O CORRESPONDENTE ESTRANGEIRO

SUMA de letras

ALAN FURST

O CORRESPONDENTE ESTRANGEIRO

Tradução
Heloísa Mourão

SUMA de letras

Esta é uma obra de ficção. Todos os eventos e diálogos, e todos os personagens, com exceção de algumas bem-conhecidas figuras públicas e históricas, são produto da imaginação do autor e não devem ser interpretadas como reais. Onde figuras públicas ou históricas da vida real aparecem, as situações, incidentes e diálogos envolvendo estas pessoas são inteiramente fictícios e não pretendem representar acontecimentos verdadeiros ou modificar a natureza inteiramente ficcional da obra. Em todos os outros aspectos, qualquer semelhança com pessoas vivas ou mortas é mera coincidência.

Título original:
The Foreign Correspondent

EDITORA OBJETIVA LTDA. Rua Cosme Velho, 103
Rio de Janeiro – RJ – CEP: 22241-090
Tel.: (21) 2199-7824 – Fax: (21) 2199-7825
www.objetiva.com.br

Capa
Raul Fernandes

Revisão
Ana Grillo
Gabriel Dória Marinho
Rosy Lamas

Diagramação
ô de casa

CIP-BRASIL. CATALOGAÇÃO-NA-FONTE
SINDICATO NACIONAL DOS EDITORES DE LIVROS, RJ

F985c

Furst, Alan
O correspondente estrangeiro / Alan Furst ; tradução de Heloísa Mourão. - Rio de Janeiro : Objetiva, 2007.
269p.

Tradução de: The foreign correspondent
ISBN 978-85-60280-12-4

1. Romance americano. I. Mourão, Heloísa. II. Título.

07-1282. CDD: 813
CDU: 821.111(73)-3

DENTRO DA *RESISTENZA*

Paris, últimos dias do outono; um céu cinzento e turbulento ao amanhecer, a chegada do crepúsculo ao meio-dia, seguido, às sete e meia, por chuvas oblíquas e guarda-chuvas negros enquanto o povo da cidade corria para casa diante das árvores desfolhadas. Em 3 de dezembro, 1938, no coração do Sétimo Arrondissement, um Lancia sedan de cor champanhe virou a esquina da rue Saint Dominique e estacionou junto à calçada na rue Augereau. Em seguida, o homem no banco traseiro inclinou-se à frente por um instante, e o chofer avançou alguns metros mais e parou novamente, desta vez na sombra entre dois postes de luz.

O homem no banco traseiro do Lancia chamava-se Ettore, *il conte* Amandola – o décimo nono Ettore, Heitor, na linhagem Amandola, sendo *conde* apenas o mais ilustre de seus títulos. Mais perto dos sessenta que dos cinqüenta, ele tinha olhos escuros e levemente protuberantes, como se a vida o tivesse surpreendido (embora ela nunca tivesse ousado fazê-lo), e um rubor nas faces que sugeria uma garrafa de vinho com o almoço, ou a excitação da expectativa por um evento planejado para o cair da noite. Na verdade, tratava-se de ambos. Quanto ao resto de suas cores, era um tipo bastante prateado: seus cabelos cor de prata, reluzindo com brilhantina, eram penteados para trás até chegar a uma superfície lustrosa, e seu fino bigode prata, aparado diariamente com uma tesoura, delineava seu lábio superior. Sob um branco sobretudo de lã, na lapela do terno de seda cinza, usava uma fita da qual pendia uma cruz de Malta com um fundo de esmalte azul, o que significava que possuía o título de *cavaliere* da Ordem da Coroa da Itália. Na outra lapela, a medalha de prata do partido fascista italiano; um quadrado inclinado com fasces – um feixe de varas de bétula atadas a um machado por um cordão vermelho – na diagonal. Simbolizava o poder dos cônsules do Império Romano, que traziam consigo as verdadeiras varas de bétula e o machado e tinham a autoridade para surrar com as varas, ou decapitar com o machado.

O conde Amandola olhou para o seu relógio, baixou a janela traseira e, através da chuva, fixou o olhar numa curta ruela, a rue du Gros Caillou, transversal à rue Augereau. Daquele ponto de observação – e mandara averiguar duas vezes naquela semana – podia ver a entrada do Hotel Colbert; uma entrada bastante sutil, apenas o nome em letras douradas na porta de vidro e um jorro de luz do saguão que brilhava no pavimento molhado. O Colbert, um hotel bastante sutil, silencioso, discreto, que atendia aos *affaires cinq-à-sept*; aventuras amorosas administradas entre as cinco e as sete, aquelas horas flexíveis do começo da noite. *Mas*, pensou Amandola, *para você, um gostinho de fama amanhã*. O *commissionaire* do hotel, segurando um amplo guarda-chuva, deixou a entrada e caminhou energicamente para o fim da rua, em direção à rue Saint-Dominique. Mais uma vez, Amandola olhou para o relógio. 7h32, marcava. *Não*, pensou ele, *são 19h32*.

Para esta ocasião, o horário de 24 horas, a hora *militar*, era obviamente a forma apropriada. Afinal, ele era um major, recebera a patente em 1914, servira na Grande Guerra e tinha as medalhas e sete uniformes pomposamente confeccionados como prova. Servira com distinção – oficialmente reconhecido – no departamento de finanças do Ministério da Guerra, em Roma, onde dava ordens, mantinha a disciplina, lia e assinava formulários e cartas, e recebia e dava telefonemas, seu escrupuloso decoro militar em todos os sentidos.

E assim permaneceu, desde 1927, em seu mandato como oficial superior na *Pubblica Sicurezza*, o departamento de Segurança Pública do Ministério do Interior, instituído no ano anterior pelo chefe da polícia nacional de Mussolini. O trabalho não era muito diferente de seu emprego durante a guerra; os formulários, as cartas, os telefonemas e a manutenção da disciplina – sua equipe se mantinha a postos em suas mesas, e a formalidade era a regra em todas as conversações.

19h44. A chuva tamborilava regularmente no teto do Lancia e Amandola apertou o casaco mais firmemente, contra o frio. Na calçada do lado de fora, uma criada – sob a capa de chuva aberta um uniforme cinza e branco – era puxada por um bassê que vestia um suéter. Enquanto o cão farejava na calçada e começava a andar em círculos, a criada estreitou os olhos para ver Amandola através do vidro. *Grosseiros, os parisienses.* Ele não se deu ao trabalho de virar o rosto, simplesmente olhou através dela, ela não existia. Alguns minutos depois, um táxi negro de formas quadradas encostou à entrada do Colbert. O *commissionaire* saltou para fora, deixando a porta aberta, enquanto um casal emergia do saguão: ele, cabelos brancos, alto e encurvado; ela, mais nova, usando um chapéu com um véu. Postaram-se juntos sob o guarda-chuva do *commissionaire*, ela ergueu o véu, e eles se beijaram apaixonadamente – *até a próxima terça, meu querido.* Em seguida a mulher entrou no táxi, o homem deu uma gorjeta ao *commissionaire*, ergueu seu próprio guarda-chuva e virou a esquina a passos largos.

19h50. *Ecco, Bottini!*

O chofer observava o retrovisor lateral. "*Il galletto*", disse. Sim, o frangote, assim o chamavam, pois ele realmente se emproava. Rumando pela rue Augereau em direção ao Colbert, ele era o clássico baixinho que se recusava a ser baixo: postura ereta, as costas rijas, queixo erguido, peito para fora. Bottini era um advogado de Turim que emigrara para Paris em 1935, insatisfeito com as políticas fascistas de seu país natal. Insatisfação indubitavelmente aguçada por uma boa surra em público e meia garrafa de óleo de rícino, administrada por um esquadrão de Camisas Negras enquanto uma multidão atônita se reunia e observava em silêncio.

Sempre um liberal, provavelmente um socialista, possivelmente um comunista em segredo, presumia Amandola – escorregadios como enguias, estes tipos –, Bottini era um compatriota a ser oprimido, e proeminente na comunidade de compatriotas-a-serem-oprimidos.

Mas o problema com o *galletto* não era o fato de que se emproava, o problema era que cantava de galo. Chegando a Paris, naturalmente se uniu à organização *Giustizia e Libertà*, o maior e mais determinado grupo de oposição antifascista, e em seguida tornou-se editor de um de seus jornais clandestinos, o *Liberazione*, escrito em Paris, contrabandeado para a Itália, depois impresso e distribuído clandestinamente. *Infamità*! O jornal escoiceava como uma mula; farpado, mordaz, bem informado e selvagem, sem um pingo de respeito pelo glorioso *fascismo* da Itália, por *Il Duce* ou por quaisquer de seus feitos. Mas agora, Amandola pensou, este *galletto* já cantara o bastante.

Quando Bottini virou a esquina da rue Augereau, tirou os óculos de armação de metal, enxugou a chuva das lentes com um grande lenço branco e pôs os óculos num estojo. Entrou no hotel em seguida. Estava precisamente no horário, de acordo com os relatórios da investigação. Nas noites de terça, das oito às dez, sempre no quarto 44, ele recebia sua amante, a esposa do político socialista francês LaCroix. LaCroix, que dirigira um ministério, e depois outro, no governo da Frente Popular. LaCroix, que aparecia ao lado do primeiro-ministro Daladier nas fotografias dos jornais. LaCroix, que jantava em seu clube toda terça-feira e jogava bridge até meia-noite.

Eram 20h15 quando um táxi estacionou em frente ao Colbert, e Madame LaCroix emergiu, correndo a passos curtos para dentro do hotel. Amandola teve apenas um vislumbre dela – cabelos cor de telha, nariz branco e pontiagudo, uma pintura de Rubens, carnuda e abundante. E amplamente concupiscente, segundo os investigadores que alugavam o quarto 46 e espreitavam do outro lado da parede. Os elementos são vocais e ruidosos, dizia um relatório. Descrevia, supôs Amandola, cada espécie de gemido e guincho de quando os dois executavam seu acasalamento como porcos excitados. Ah, ele conhecia o tipo; ela gostava de boa comida e gostava de um bom vinho e gostava de seus prazeres carnais – qualquer uma das opções ou todas juntas, sem dúvida, o baralho completo de cartas depravadas. Libertinos. Havia um espelho de corpo inteiro em frente ao pé da grande cama do quarto 44, e eles certamente tiravam vantagem dele, excitados por observar a si mesmos debatendo-se por todo lado, excitados por observar – tudo.

Agora, Amandola pensou, *é preciso esperar*.

Sabiam que os amantes costumavam passar alguns minutos conversando antes de entrar em ação. Então, dêem um tempinho a eles. Os espiões OVRA de Amandola – OVRA era o nome da polícia secreta, a polícia política, instituída por Mussolini na década de 20 – já estavam dentro do hotel, tinham ocupado quartos naquela tarde, acompanhados de prostitutas. Que, com o tempo, poderiam muito bem ser encontradas pela polícia e interrogadas, mas o que poderiam dizer? "Ele era careca, ele usava barba, ele disse que seu nome é Mario." Mas, àquela altura, o Mario careca e o Mario barbudo já teriam passado há muito pela fronteira, de volta à Itália. No máximo, as moças apareceriam em fotos nos jornais.

Madame LaCroix, quando os homens da OVRA irrompessem no quarto, ficaria sem dúvida indignada, imaginaria que se tratava de alguma artimanha desprezível perpetrada pela cobra do marido. Mas não imaginaria por muito tempo e, quando o revólver aparecesse, com o longo cano de um silenciador, seria tarde demais para gritar. Bottini gritaria? Ou imploraria por sua vida? Não, pensou Amandola, nenhum dos dois. Praguejaria contra eles, um *galletto* arrogante até o fim, e tomaria sua pílula. Na têmpora. Em seguida, o silenciador seria retirado, o revólver colocado na mão de Bottini. Tão triste, tão melancólico, um caso de amor condenado, o desespero de um amante.

E o mundo acreditaria? O encontro amoroso que terminou em tragédia? A maioria sim, mas alguns não, e o evento fora orquestrado para estes, para os que saberiam imediatamente que isso era política, não paixão. Pois não era um desaparecimento silencioso, era público e extravagante, assim concebido para servir de aviso: *Faremos tudo que quisermos, vocês não podem nos deter.* Os franceses ficariam ultrajados, mas e daí, os franceses ficavam sempre ultrajados. Bem, que esperneassem à vontade.

Eram 20h42 quando o líder do esquadrão OVRA deixou o hotel e cruzou para o lado da rue Augereau em que estava Amandola. Mãos nos bolsos, cabeça baixa, usava uma capa de chuva de borracha e chapéu de feltro negro, gotas pingando da aba. Quando passou pelo Lancia, levantou a cabeça, revelando um rosto pesado e escuro, um rosto sulista, e fez contato visual com Amandola. Uma breve olhadela, mas suficiente. *Está feito.*

4 de dezembro, 1938. O Café Europa, localizado numa rua estreita próxima à Gare du Nord, pertencia a um francês de ascendência italiana. Um homem de opiniões ardorosas e inflamadas, um idealista, ele dispo-

nibilizou a sala dos fundos para um grupo de *giellisti* parisienses, assim chamados por sua associação à *Giustizia e Libertà* – conhecidos informalmente pelas iniciais GL, portanto *giellisti*. Havia oito deles naquela manhã, convocados para uma reunião de emergência. Todos usavam sobretudos escuros, sentados ao redor de uma mesa na sala apagada, e, com exceção da única mulher, usavam seus chapéus. Não só porque a sala era fria e úmida, mas também – embora ninguém jamais o tivesse dito em voz alta – porque de certo modo combinava com a natureza conspiratória de sua política: a resistência antifascista, a *Resistenza*.

Todos estavam mais ou menos na meia-idade, eram emigrados da Itália e membros de uma certa classe – um advogado de Roma, um professor da escola de medicina de Veneza, um historiador de arte de Siena, um homem que possuíra uma farmácia na mesma cidade, a mulher uma ex-química industrial de Milão. E assim por diante – muitos usavam óculos e a maioria fumava cigarros, exceto o professor sienense de história da arte, empregado posteriormente como medidor para a companhia de gás, que fumava um pequeno e poderoso charuto.

Três deles trouxeram consigo um certo jornal matutino, o mais pérfido e ultrajante dos tablóides parisienses, e uma cópia jazia sobre a mesa, desdobrada para exibir uma fotografia granulada sob a manchete ASSASSINATO/SUICÍDIO NO HOTEL DOS AMANTES. Bottini, de peito nu, sentado e recostado numa cabeceira, um lençol puxado até a cintura, olhos abertos e vagos, sangue em seu rosto. A seu lado, uma forma sob o lençol, os braços abertos, jogados.

O líder do grupo, Arturo Salamone, deixou o jornal repousar por algum tempo, uma homenagem silenciosa. Em seguida, fechou o jornal com um suspiro, dobrou-o ao meio e pôs ao lado de sua cadeira. Salamone era um homem grande como um urso, com uma mandíbula pesada e sobrancelhas espessas que se encontravam no alto do nariz. Fora um expedidor marítimo em Gênova e agora trabalhava como contador em uma companhia de seguros.

– E então – disse ele. – Aceitamos isto?

– Eu não – disse o advogado. – Encenação.

– Concordamos?

O farmacêutico limpou a garganta e disse:

– Temos absoluta certeza? De que isso foi homicídio?

– Eu tenho – disse Salamone. – Bottini não tinha tal brutalidade em si. Eles o mataram e à sua amante, a OVRA ou alguém como eles. Isto foi ordem de Roma; foi planejado, preparado e executado. E não apenas assassinaram Bottini, eles o difamaram: "Este é o tipo de homem, instável, depravado, que fala contra o nosso nobre fascismo." E, claro, há pessoas que acreditarão.

– Alguns sempre acreditarão em qualquer coisa – disse a química. – Mas veremos o que os jornais italianos dirão a respeito.

– Terão de seguir a linha governamental – disse o professor veneziano.

A mulher deu de ombros.

– Como de hábito. Ainda assim, temos alguns amigos por lá, e uma ou duas simples palavras, *alegou* ou *supostamente*, podem mandar sinais. Ninguém apenas *lê* as notícias hoje em dia, eles as decifram, como um código.

– Então, como contra-atacamos? – perguntou o advogado. – Não com olho por olho.

– Não – disse Salamone. – Não somos como eles. Não ainda.

– Precisamos expor tudo isso – disse a mulher. – A verdadeira história, no *Liberazione*. E esperar que a imprensa clandestina nos siga, aqui e na Itália. Não podemos deixar que saiam incólumes com o que fizeram, não podemos deixar que *pensem* que saíram incólumes. E deveríamos dizer de onde veio esta monstruosidade.

– De onde veio? – perguntou o advogado.

Ela apontou para o alto.

– Do topo.

O advogado assentiu.

– Sim, tem razão. Talvez possa ser feito como um obituário, numa caixa emoldurada em preto, um obituário *político*. Deve ser forte, muito forte: aqui está um homem, um herói, que morreu pelo que acreditava, um homem que disse verdades que o governo não suportou ver reveladas.

– Você escreverá? – perguntou Salamone.

– Farei um rascunho – disse o advogado. – Depois veremos.

O professor de Siena disse:

– Talvez você possa finalizar escrevendo que, quando Mussolini e seus amigos forem chutados para longe, poremos abaixo a merda de sua estátua num cavalo e ergueremos uma em honra a Bottini.

O advogado tirou uma caneta e um bloco do bolso e fez uma anotação.

– E quanto à família? – perguntou o farmacêutico. – A família de Bottini.

– Eu falarei com a esposa – disse Salamone. – Temos um fundo de reserva, precisamos ajudar da melhor maneira possível. – Após um momento, acrescentou: – E também é preciso escolher um novo editor. Sugestões?

– Weisz – disse a mulher. – Ele é o jornalista.

Ao redor da mesa, confirmação, a escolha óbvia. Carlo Weisz era um correspondente estrangeiro, trabalhara no *Corriere della Sera* de Milão, em seguida emigrara para Paris em 1935 e de algum modo encontrara trabalho no departamento da Reuters.

– Onde está ele, nesta manhã? – perguntou o advogado.

– Em algum lugar na Espanha – disse Salamone. – Foi enviado até lá para escrever sobre a nova ofensiva de Franco. Talvez a ofensiva final; a guerra espanhola está morrendo.

– É a Europa que está morrendo, meus amigos.

Isto dito por um próspero homem de negócios, de longe o contribuinte mais generoso, que raramente falava em reuniões. Deixara Milão e se estabelecera em Paris alguns meses antes, após a imposição das leis anti-semitas em setembro. Suas palavras, ditas com leve pesar, ocasionaram um momento de silêncio, porque não estavam erradas e eles sabiam disso. Aquele outono fora uma época maligna no continente – os tchecos traídos em Munique no fim de setembro, e em seguida, na segunda semana de novembro, um Hitler renovadamente encorajado lançara a *Kristallnacht*, a Noite de Cristal, a destruição de vitrines de lojas judias por toda a Alemanha, a prisão de judeus proeminentes, terríveis humilhações nas ruas.

Por fim, Salamone disse em voz branda:

– É verdade, Alberto, não se pode negar. E ontem foi a nossa vez, fomos atacados, ordenados a nos calar ou algo mais. No entanto, mesmo assim, haverá cópias do *Liberazione* na Itália ainda neste mês, ele será passado de mão em mão e dirá o mesmo que sempre disse: não desistam. Afinal, o que resta?

•

Na Espanha, uma hora depois da alvorada no 23º dia de dezembro, os canhoneiros nacionalistas dispararam sua primeira saraivada. Ainda meio adormecido, Carlo Weisz ouviu e sentiu. *Talvez*, pensou, *a alguns quilômetros ao sul.* Na cidade mercantil de Mequinenza, onde o rio Segre encontra o Ebro. Levantou-se, desvencilhou-se da capa de borracha sob a qual dormira e saiu pelo vão de entrada – a porta desaparecera havia muito – ao pátio do monastério.

Uma alvoradade El Greco. Gigantescas vagas de nuvens cinza erguiam-se no horizonte ao sul, estriadas de vermelho pelos primeiros raios da luz do sol. Enquanto observava, labaredas de disparos bruxuleavam na nuvem, e no momento seguinte, como trovões murmurando, detonações chegaram recuando pelo Segre. Sim, Mequinenza. Foi-lhes dito que esperassem uma nova ofensiva, "a campanha catalã", pouco antes do Natal. Bem, aí estava.

Para avisar os outros, ele entrou novamente na sala onde passaram a noite. Outrora, antes que a guerra chegasse aqui, a sala fora uma capela. Agora, as janelas altas e estreitas eram emolduradas por fragmentos de vitrais coloridos enquanto os restos cintilavam no chão, havia buracos no teto e um canto exterior fora aberto por uma explosão. Em alguma época, deteve prisioneiros – era evidente devido às inscrições rabiscadas nas paredes de gesso: nomes, cruzes encimadas por três pontos, datas, súplicas para serem lembrados, um endereço sem uma cidade. E fora usado como hospital de campanha, um montículo de bandagens usadas empilhadas num canto, manchas de sangue nos sacos de aniagem que cobriam os antiqüíssimos colchões de palha.

Seus dois companheiros já estavam acordados; Mary McGrath do *Chicago Tribune* e um tenente das forças republicanas, Sandoval, que era seu vigia, motorista e guarda-costas. McGrath inclinou seu cantil, despejou um pouco d'água no côncavo da mão e a esfregou no rosto.

– Parece que começou – disse ela.

– Sim – ele respondeu. – Ao sul, em Mequinenza.

– É melhor darmos o fora – disse Sandoval, em espanhol. A Reuters enviara Weisz à Espanha anteriormente, oito ou nove pautas desde 1936, e esta foi uma das primeiras frases que ele aprendeu.

Weisz ajoelhou ao lado de sua mochila, pegou uma pequena bolsa de tabaco e um pacote de papéis – seus Gitanes acabaram havia uma semana – e começou a enrolar um cigarro. Quarenta anos dentro de poucos meses, era de estatura mediana, esbelto e compacto, com longos cabelos escuros, não exatamente negros, que penteava para trás com os dedos quando caíam na testa. Viera de Trieste e, como a cidade, era meio italiano pelo lado da mãe e meio esloveno – austríaco num passado distante, daí o nome – pelo lado do pai. De sua mãe herdara um rosto florentino, levemente aquilino, de constituição forte, com olhos inquisitivos de um surpreendente cinza-claro – um rosto descendente da nobreza, talvez, um rosto encontrado em retratos renascentistas. Mas não exatamente. Maculado pela curiosidade e simpatia, não era um rosto inflamado pela cobiça dos príncipes ou pelo poder dos cardeais. Weisz torceu as pontas do cigarro, prendeu-o entre os lábios e acendeu um isqueiro militar, um cilindro de aço que funcionava no vento, até que produziu uma chama.

Sandoval, segurando uma tampa de um distribuidor de ignição com fios dependurados – o modo consagrado pelo tempo de assegurar que o veículo ainda estaria ali pela manhã –, saiu para dar partida no carro.

– Para onde nos levará? – perguntou Weisz a McGrath.

– Norte daqui, foi o que ele disse, alguns quilômetros. Ele acha que os italianos estão bloqueando a estrada na margem leste do rio. Talvez.

Estavam em busca de uma companhia de voluntários italianos, remanescentes do Batalhão Garibaldi agora associados ao 5º Corpo de Exército republicano. O Batalhão Garibaldi juntamente com o Batalhão Thaelmann e o Batalhão André Marty – respectivamente alemão e francês – compunham anteriormente a 12ª Brigada Internacional, tendo sido a maior parte da força enviada para casa em novembro como parte de uma iniciativa política republicana. Porém, uma companhia italiana decidiu seguir lutando, e Weisz e McGrath estavam atrás daquela história.

Coragem em face da quase certa derrota. Pois o governo republicano, após dois anos e meio de guerra civil, mantinha apenas Madri, sob cerco desde 1936, e a ponta nordeste do país, a Catalunha, com administração agora situada em Barcelona, a cerca de 136 quilômetros das montanhas sobre o rio.

McGrath atarraxou novamente a tampa de seu cantil e acendeu um Old Gold.

– Muito bem – disse ela –, se os encontrarmos, seguimos para Castelldans para telegrafar.

Uma cidade mercantil ao norte, e quartel-general do 5º Corpo de Exército, Castelldans tinha serviço de telégrafo sem fio e um censor militar.

– Hoje, certamente – disse Weisz.

A troca de tiros ao sul se intensificou, a campanha catalã começara, tinham de telegrafar as notícias o quanto antes.

McGrath, uma correspondente veterana na casa dos quarenta anos, reagiu com um sorriso cúmplice e olhou para o relógio.

– Uma e vinte da manhã em Chicago. Portanto, edição da tarde.

Estacionado ao lado de um muro no pátio, um carro militar. Enquanto Weisz e McGrath observavam, Sandoval desdobrou a capota aberta e deu um passo para trás quando ela se fechou com estrondo, deslizando em seguida para o assento do motorista e imediatamente produzindo uma cadeia de explosões – altas e agudas, o motor não tinha abafador – e uma gaguejante nuvem de descarga preta, o ritmo das explosões diminuindo enquanto ele brincava com o afogador. Virou-se por fim, com um sorriso triunfante, e chamou os dois com um aceno.

Era um carro de comando francês, de cor cáqui, mas há muito tempo desbotado pelo sol e pela chuva, que servira na Grande Guerra e fora, vinte anos depois, enviado à Espanha apesar dos tratados europeus de neutralidade – *nonintervention élastique*, chamavam os franceses. Mas não suficientemente *élastique* – a Alemanha e a Itália armaram os nacionalistas de Franco, enquanto o governo republicano recebia uma relutante ajuda da União Soviética e comprava o que podia no mercado negro. Ainda assim, um carro era um carro. Quando chegou à Espanha, alguém com um pincel e uma lata de tinta vermelha, alguém com pressa, tentou pintar uma foice e um martelo na porta do motorista. Outro alguém grafou *J-28* em branco no capô, alguém mais disparou dois tiros através do assento traseiro e outro ainda arrebentou a janela do carona com um martelo. Ou talvez tudo tenha sido feito pela mesma pessoa – uma possibilidade real na guerra espanhola.

Enquanto se afastavam, um homem num hábito de monge apareceu no pátio da capela, observando-os enquanto partiam. Não tinham a menor idéia de que havia alguém no monastério, mas aparentemente ele estivera escondido em algum lugar. Weisz acenou, mas o homem apenas permaneceu parado ali, certificando-se de que tinham ido embora.

•

Sandoval dirigia lentamente na estrada de terra esburacada que corria junto ao rio. Weisz fumava seus cigarros, os pés para o alto no banco traseiro, e observava a paisagem campestre, carvalhos e zimbros mirrados, às vezes uma vila ou algumas poucas casas, um pinheiro alto com corvos enfileirados nos galhos. Pararam uma vez para a passagem de um rebanho; os carneiros tinham sinos em torno dos pescoços que vez por outra emitiam um pesado tilintar enquanto caminhavam, conduzidos por um pequeno e desgrenhado cão dos Pirineus que corria incessantemente nos limites do rebanho. O pastor se aproximou da janela do motorista, tocou sua boina em cumprimento e disse bom-dia.

– Eles vão cruzar o rio hoje – disse. – Os mouros do Franco.

Weisz e os outros olhavam para a margem oposta, mas viam apenas juncos e choupos.

– Estão lá – disse o pastor. – Mas não dá para ver.

Ele cuspiu, desejou boa sorte e seguiu seu rebanho morro acima.

Dez minutos depois, um par de soldados acenou para que parassem. Eles ofegavam, transpirando no ar gelado, os fuzis dependurados nos ombros. Sandoval diminuiu, mas não parou.

– Levem-nos com vocês! – gritou um deles.

Weisz olhou pelo vidro traseiro, imaginando se atirariam no carro, mas eles apenas pararam ali.

– Não deveríamos levá-los? – perguntou McGrath.

– Estão fugindo. Eu devia ter atirado neles.

– E por que não atirou?

– Não tenho coragem para isso – disse Sandoval.

Foram parados novamente, alguns minutos depois, por um oficial que descia o morro vindo da floresta.

– *Aonde* vocês vão? – perguntou a Sandoval.

– Estes dois são de jornais estrangeiros, estão procurando pela companhia italiana.

– Qual?

– Italianos. Da companhia Garibaldi.

– Aqueles dos lenços vermelhos?

– É isso mesmo? – Sandoval perguntou a Weisz.

Weisz respondeu que sim. A Brigada Garibaldi incluía voluntários comunistas e não-comunistas. A maioria dos últimos era de militares.

– Pois estão à sua frente, acho. Mas é melhor que vocês fiquem no topo da colina.

Alguns quilômetros adiante, a pista se bifurcava, e o carro se arrastou pela íngreme ladeira acima, o martelar da primeira marcha ecoando para além das árvores. No topo da colina, uma estrada de terra seguia para o norte. Dali tinham uma visão melhor do Segre, um rio lento e raso, deslizando pelas ilhas de pedregulhos no meio do curso d'água. Sandoval seguiu em frente, diante de uma bateria que atirava da margem oposta. Os artilheiros trabalhavam duro, levando balas para os carregadores, que punham os dedos nos ouvidos quando os canhões disparavam, as rodas rolando para trás a cada rechaço. A meio caminho subindo a encosta, uma granada explodiu acima das árvores, uma repentina lufada de fumaça negra que se dissipou no vento. McGrath pediu a Sandoval que parasse por um momento, saiu do carro e tirou um binóculo de sua mochila.

– Tome cuidado com o sol – disse Sandoval. Atiradores eram atraídos pelo brilho do sol refletido no binóculo, poderiam disparar uma rajada com uma mira de longo alcance. McGrath usou a mão como proteção, em seguida entregou o binóculo a Weisz. Através da pálida fumaça que pairava, ele vislumbrou uniformes verdes, talvez a 400 metros da margem oeste.

Quando retornaram ao carro, McGrath disse:

– Podem nos ver, aqui no topo desta colina!

– Com certeza podem – disse Sandoval.

A fileira do 5º Corpo de Exército engrossava à medida que seguiam rumo ao norte e, no outro lado do rio, na estrada pavimentada que levava à cidade de Serós, encontraram a companhia italiana, bem entrincheirada no pé da colina. Weisz contou três metralhadoras Hotchkiss 6,5 milímetros, montadas em bipés – fabricadas na Grécia, ouvira dizer, e contrabandeadas para a Espanha por gregos antimonarquistas. Também havia três morteiros. A companhia italiana recebeu ordens de defender uma importante posição, cobrindo a estrada pavimentada e uma ponte de madeira que cruzava o rio. A ponte foi destruída por uma explosão, deixando estacas carbonizadas de pé no leito do rio e algumas tábuas enegrecidas, arrastadas pela correnteza até a margem. Assim que Sandoval estacionou o carro, um sargento se aproximou para ver o que queriam. Quando Weisz e McGrath saíram do carro, Sandoval disse:

– Falaremos em italiano, mas traduzo para vocês depois.

Ela agradeceu, e ambos empunharam blocos e lápis. Era tudo que o sargento precisava ver.

– Um momento, por favor. Vou chamar o comandante.

Weisz riu.

– Ora, diga pelo menos seu nome.

O sargento sorriu de volta.

– É Sargento Bianchi, certo?

Não use meu nome, ele quis dizer. Signor Bianchi e Signor Rossi – sr. Branco e sr. Vermelho – eram os equivalentes italianos de Silva e Souza, nomes genéricos para uma piada ou um pseudônimo cômico.

– Escreva o que quiser – disse o sargento. – Mas eu tenho família por lá.

Ele se foi e, alguns minutos depois, o comandante chegou.

Weisz sinalizou para McGrath, mas ela não viu o mesmo que ele. O comandante era moreno, com o rosto, os malares angulosos, o nariz pontudo e particularmente os olhos de um falcão, marcado por uma cicatriz que arqueava do canto do olho direito até o meio da face. Na cabeça, o quepe verde-claro de um soldado de infantaria espanhol, o topo alto com longa borla preta pendente. Usava um pesado suéter negro sob a farda cáqui de algum exército, sem insígnia, e as calças de outro. Cruzando o peito, apoiado num ombro, um cinto de pistola com uma automática no coldre. Nas mãos, luvas de couro negras.

Em italiano, Weisz disse bom-dia e acrescentou:

– Somos correspondentes. Meu nome é Weisz, esta é a Signora McGrath.

– Da Itália? – perguntou o comandante, incrédulo. – Vocês estão no lado errado do rio.

– A signora é do *Chicago Tribune* – disse Weisz. – E eu trabalho para a agência de notícias britânica, Reuters.

O comandante, alerta, estudou-os por um momento.

– Bem, é uma honra para nós. Mas, por favor, nada de fotos.

– Não, é claro que não. Por que disse "no lado errado do rio"?

– Aquela é a Divisão Littorio, do outro lado. Os Flechas Negras e os Flechas Verdes. Oficiais italianos, recrutas italianos e espanhóis. Portanto, hoje mataremos os *fascisti*, e eles nos matarão.

Do comandante, um sorriso sombrio: assim seguia a vida, infelizmente.

– De onde é, Signor Weisz? Eu diria que seu italiano é nativo.

– De Trieste – disse Weisz. – E o senhor?

O comandante hesitou. Mentir ou dizer a verdade? Finalmente disse:

– Sou de Ferrara, conhecido como Coronel Ferrara.

Sua expressão era quase de arrependimento, mas a resposta confirmou a intuição de Weisz, nascida no instante em que vira o comandante, pois fotografias de seu rosto, com sua cicatriz curva, estiveram nos jornais – louvado ou difamado, dependendo da política.

"Coronel Ferrara" era um *nom de guerre,* sendo comum o uso de pseudônimos entre voluntários do lado republicano, particularmente entre agentes stalinistas do Leste Europeu. Mas este *nom de guerre* era anterior à guerra civil. Em 1935, adotando o nome de sua cidade, o coronel abandonou as forças italianas combatendo na Etiópia – gás mostarda chovendo de aviões sobre vilarejos e milícias nativas – e ressurgiu em Marselha. Entrevistado pela imprensa francesa, disse que nenhum homem em sã consciência poderia tomar parte na guerra de conquista de Mussolini, uma guerra imperialista.

Na Itália, os fascistas tentaram destruir sua reputação de todas as maneiras possíveis, pois o homem que chamava a si mesmo de Coronel Ferrara era um herói legítimo e altamente condecorado. À idade de 19, serviu como suboficial, combatendo os exércitos alemão e austro-húngaro na fronteira alpina do norte da Itália, um oficial dos *arditi*. Eram tropas de choque, o nome derivado de *ardito*, significando "corajoso, bravo", e eram os soldados mais respeitados da Itália, conhecidos pelos suéteres negros e por arrasar trincheiras inimigas durante a noite, facas presas entre os dentes, uma granada em cada mão, jamais usando uma arma de alcance maior que 30 jardas. Quando Mussolini lançou o partido fascista em 1919, seus primeiros recrutas eram quarenta veteranos *arditi*, irados pelas promessas quebradas de diplomatas franceses e britânicos, promessas usadas para levar a Itália à guerra em 1915. Mas este *ardito* era um inimigo, um inimigo público do fascismo, seu rosto marcado uma de suas maiores credenciais, e a mão tão severamente queimada que tinha de usar luvas.

– Quer dizer que posso designá-lo como Coronel Ferrara – disse Weisz.

– Sim. Meu verdadeiro nome não importa.

– Anteriormente pertenceu ao Batalhão Garibaldi, 12ª Internacional.

– Exato.

– Que foi dispensado, enviado de volta.

– Exilado – disse Ferrara. – Dificilmente poderiam voltar à Itália. Então saíram em busca de um novo lar, junto com alemães, poloneses e húngaros, todos como nós, cães de rua que não seguem a matilha. A maioria foi para a França, que é para onde o vento sopra hoje em dia, embora não sejamos muito bem-vindos por lá.

– Mas vocês ficaram aqui.

– Nós ficamos – disse. – Cento e vinte e dois de nós, esta manhã. Não estamos prontos para desistir desta luta, isto é, desta causa, portanto aqui estamos.

– Que causa, coronel? Como o senhor a descreveria?

– Há muitas palavras, Signor Weisz, nesta guerra de palavras. É fácil para os bolcheviques, eles têm suas fórmulas: Marx diz isto, Lenin diz aquilo. Mas para o resto de nós, não é tão preto no branco. Estamos lutando pela liberdade da Europa, certamente, ou, se preferir, pela justiça, talvez, e com certeza contra todos os *cazzi fasulli* que querem dirigir o mundo à sua maneira. Franco, Hitler, Mussolini, pode escolher, e todos os homenzinhos ardilosos que fazem o trabalho para eles.

– Não posso escrever "*cazzi fasulli*". Significa "putos falsos". Quer mudar isso?

Ferrara deu de ombros.

– Então tire. Não posso dizê-lo melhor.

– Quanto tempo ficará?

– Até o fim, o que quer que isto venha a significar.

– Alguns dizem que a República está acabada.

– Alguns podem estar certos, mas nunca se sabe. Quando se faz o tipo de trabalho que fazemos aqui, é bom pensar que uma bala, disparada por um fuzileiro, poderia transformar a derrota em vitória. Ou talvez alguém como você escreva sobre a nossa pequena companhia, e os americanos saltem e digam: "*Por Deus, é verdade, vamos pegá-los, garotos!*"

Um sorriso repentino iluminou o rosto de Ferrara – a idéia era tão fora da realidade que chegava a ser engraçada.

– Isso será visto principalmente na Grã-Bretanha e no Canadá, e na América do Sul, onde os jornais publicam nossos despachos.

– Ótimo, então que saltem os ingleses, embora nós dois saibamos que isso não vai acontecer, não enquanto não for a vez deles de comer o *wiener schnitzel* de Adolf. Ou que tudo vá para o inferno na Espanha, e espere só para ver se isto vai parar por aqui.

– E a Divisão Littorio, do outro lado do rio, o que pensa deles?

– Ah, nós os conhecemos, os Littorio, e a milícia dos Camisas Negras. Lutamos contra eles em Madri, e quando eles ocuparam o Castelo Ibarra, nós o invadimos e os pusemos para correr. E faremos o mesmo hoje.

Weisz voltou-se para McGrath.

– Quer perguntar alguma coisa?

– Como tem sido até aqui? O que ele pensa da guerra, de uma derrota?

– Já falamos sobre isto. Está bom.

Do outro lado do rio, uma voz gritou "*Eià, eià, alalà*". Era o grito de guerra fascista, a princípio usado pelos esquadrões dos Camisas Negras em suas primeiras batalhas de rua. Outras vozes repetiram a frase.

A resposta veio de um soldado posicionado numa metralhadora abaixo da estrada. "*Va f'an culo, alalà*!" Vá tomar no rabo. Outro riu, e duas ou três vozes repetiram o grito. Um metralhador disparou uma rajada curta, ceifando uma linha de juncos na margem oposta.

– Eu abaixaria a cabeça se fosse vocês – disse Ferrara. Dobrando a cintura, saiu trotando pela encosta.

Weisz e McGrath deitaram-se no chão, e McGrath sacou o binóculo.

– Posso vê-lo!

Weisz experimentou o binóculo. Um soldado estava deitado numa moita de juncos, as mãos em concha ao redor da boca enquanto repetia o grito de guerra. Quando a metralhadora disparou novamente, ele deslizou para trás e desapareceu.

Sandoval, revólver em punho, chegou correndo do carro e se atirou no chão ao lado deles.

– Está começando – disse Weisz.

– Eles não tentarão cruzar o rio – disse Sandoval. – Isto será hoje à noite.

Na margem oposta, um estrondo abafado, seguido por uma explosão que estilhaçou um arbusto de zimbro e provocou uma revoada de passarinhos das árvores. Weisz pôde ouvir o bater das asas quando voaram por cima do morro.

– Morteiro – disse Sandoval. – Nada bom. Talvez eu deva tirar vocês daqui.

– Acho que deveríamos ficar um pouco – disse McGrath.

Weisz concordou. Quando McGrath disse a Sandoval que ficariam, ele apontou para um grupo de pinheiros.

– É melhor ali – disse ele.

Contaram até três e correram, alcançando as árvores exatamente quando uma bala ricocheteou acima de suas cabeças.

Os morteiros continuaram por dez minutos. A companhia de Ferrara não revidava, seus morteiros não alcançavam o outro lado do rio, e eles tinham de poupar todas as granadas que tinham para a noite próxima. Quando o fogo nacionalista cessou, a fumaça se dispersou e o silêncio retornou à encosta.

Algum tempo depois, Weisz percebeu que estava com fome. As unidades republicanas mal tinham comida suficiente para si mesmas, portanto os dois correspondentes e seu tenente vinham subsistindo de pão velho e uma saca de lentilhas – conhecidas, depois da descrição do ministro da economia republicano, como as "pílulas da vitória do dr. Negrín". Não podiam acender uma fogueira ali, portanto Weisz vasculhou em sua mochila e tirou sua última lata de sardinhas – que não fora aberta antes porque a chave necessária para enrolar a tampa de metal se perdera. Sandoval resolveu o problema, usando um canivete para abrir a tampa, e os três lancetaram sardinhas e comeram com nacos de pão, entornando um pouco do óleo em cima. Enquanto comiam, o som do combate em algum lugar ao norte, um estrépito de metralhadoras e tiros de fuzis, desenvolveu um ritmo estável. Weisz e McGrath decidiram dar uma olhada, seguir rumo nordeste em direção a Castelldans e enviar suas histórias.

Encontraram Ferrara em uma das posições de metralhadora, disseram adeus e desejaram boa sorte.

– Para onde irá, quando isto acabar? – perguntou-lhe Weisz. – Talvez possamos conversar novamente.

Ele queria escrever um segundo relato sobre Ferrara, a história de um voluntário no exílio, uma história do pós-guerra.

– Se eu ainda estiver inteiro, França, em algum lugar. Mas por favor, não divulgue isso.

– Não divulgarei.

– Minha família está na Itália. Talvez na rua, ou no mercado, alguém diz algo ou faz um gesto, mas em geral eles são deixados em paz. Comigo é diferente, podem fazer algo se souberem onde estou.

– Eles sabem que está aqui – disse Weisz.

– Ah, acho que sabem. Do outro lado do rio, eles sabem. Então tudo que têm de fazer é vir até aqui, dizer olá e contar como anda a vida.

Ergueu uma sobrancelha. Independentemente do que viesse a acontecer, ele era bom no que fazia.

– A Signora McGrath enviará sua história para Chicago.

– Chicago, sim, eu sei, os White Socks, os Young Bears, maravilha.

– Até a próxima – disse Weisz.

Apertaram-se as mãos, uma forte mão, pensou Weisz, dentro da luva.

Alguém do outro lado do rio atirou contra o carro enquanto este seguia ao longo da colina, e uma bala atravessou a porta traseira e saiu pelo teto. Weisz pôde ver um pedaço rasgado de céu através do buraco. Sandoval praguejou e pisou no acelerador, o carro disparou e, enquanto trombava contra os buracos e montes na estrada, quicava no ar e batia duramente no chão, esmagando suas velhas molas e chocando aço contra aço com um estrondo horrível. Weisz mantinha a mandíbula cerrada para não quebrar um dente. Murmurando, Sandoval pedia a Deus que poupasse os pneus. Logo, após alguns minutos, diminuiu. McGrath voltou-se no assento do carona e pôs um dedo no buraco de bala. Calculando a distância entre Weisz e a trajetória da bala, disse:

– Carlo? Você está bem?

O som da batalha adiante aumentava, mas eles nada viam. No céu ao norte, dois aviões apareceram, os alemães HE-111 Heinkels, segundo Sandoval. Lançaram bombas contra as posições espanholas sobre o Segre, em seguida arremeteram e metralharam o lado leste do rio.

Sandoval saiu da estrada e parou o carro sob uma árvore, o máximo de cobertura que pôde encontrar.

– Vão acabar conosco – disse. – Não há razão para seguir em frente, a menos que vocês queiram ver o que aconteceu com os homens junto ao rio.

Weisz e McGrath não precisavam ver, já tinham visto muitas vezes antes.

Portanto, Castelldans.

Sandoval deu meia-volta no carro, retomou a estrada pavimentada e seguiu para o leste, em direção à cidade de Mayals. A estrada ficou deserta durante certo tempo, enquanto galgava uma longa e íngreme ladeira através de uma floresta de carvalhos, emergindo depois num alto platô e encontrando uma estrada de terra que atravessava os vilarejos ao sul e ao norte.

Naquela altitude, o céu se fechara; nuvens cinzas sobre um capão vazio e uma fita de estrada que serpenteava através dele. Na estrada, uma vagarosa coluna cinzenta se estendia a perder de vista, um exército em retirada, quilômetros dele, interrompido apenas pelas ocasionais carroças puxadas por mulas, carregando aqueles que não podiam andar. Aqui e ali caminhavam refugiados entre os vagarosos soldados, alguns com carros de bois levando baús e colchões, o cão da família no alto junto aos idosos, ou mulheres com crianças.

Sandoval desligou o motor, Weisz e McGrath saíram e postaram-se ao lado do carro. Não se ouvia um único som no árido vento que soprava das montanhas. McGrath tirou os óculos e esfregou as lentes com a barra da camisa, entrefechando os olhos enquanto observava a coluna.

– Meu Deus – disse ela.

– Você já viu isso antes – disse Weisz.

– Sim, eu vi.

Sandoval abriu um mapa sobre o capô.

– Se retornarmos alguns quilômetros, poderemos contornar a coluna – disse ele.

– Para onde vai esta estrada? – perguntou McGrath.

– Barcelona – respondeu Sandoval. – Para a costa.

Weisz buscou bloco e lápis. *O céu se fechara no fim da manhã, com nuvens baixas e cinzentas sobre o alto platô, e uma fita de estrada que serpenteava através dele, rumo leste, em direção a Barcelona.*

O censor, em Castelldans, não gostou daquilo. Era um major do exército, alto e magro, o rosto de uma asceta. Sentou-se diante de uma mesa nos fundos do que antes fora o posto dos correios, não muito longe do equipamento de telégrafo sem fio e do funcionário que o operava.

– Por que faz isso? – perguntou. Seu inglês era preciso, tinha sido professor. – Será que não poderia dizer "reposicionando-se"?

– O que vi foi um exército em retirada – disse Weisz.

– Isso não nos ajuda.

– Eu sei – disse Weisz. – Mas é a verdade.

O major releu a história, algumas páginas cobertas em letra de forma escrita à lápis.

– Seu inglês é muito bom – disse.

– Obrigado, senhor.

–Diga-me, Señor Weisz, será que não poderia simplesmente escrever sobre nossos voluntários italianos, e o coronel? A coluna que descreve foi substituída, a frente ainda está sendo mantida no Segre.

– A coluna é parte da história, major. Precisa ser relatada.

O major devolveu o texto e acenou com a cabeça em direção ao funcionário.

– Pode enviar como está – disse a Weisz. – E depois o senhor pode lidar com sua consciência da maneira que lhe aprouver.

26 de dezembro. Weisz recostou-se na poltrona de camurça desbotada num compartimento de primeira classe, enquanto o trem passava ronronando diante da periferia de Barcelona. Estariam na divisa da fronteira de Port Bou em poucas horas, e depois na França. Weisz estava na poltrona da janela; diante dele, uma criança pensativa junto à mãe e ao pai, um homenzinho asseado num terno escuro, um relógio de ouro preso no colete. Ao lado de Weisz, a filha mais velha, usando uma aliança de casamento embora não houvesse nenhum marido à vista, e uma mulher gorda com cabelos grisalhos, talvez uma tia. Uma família silenciosa, pálida, abalada, deixando o lar, provavelmente para sempre.

Este homenzinho aparentemente seguira seus princípios, era um aliado do governo republicano ou um de seus funcionários públicos. Tinha a aparência de um funcionário público. Mas agora tinha de escapar enquanto podia, a fuga começara, e o que o aguardava na França era, se não tivesse sorte, um campo de refugiados – tendas, arame farpado – ou, se a sorte sorrisse, penúria. Para evitar o enjôo do trem, a mãe vasculhava num saco de papel amassado e, de quando em quando, administrava uma gota de limão a cada membro da família; começavam as pequenas economias.

Olhando para o compartimento do outro lado do corredor, Weisz pôde ver Boutillon, do diário comunista *L'Humanité*, e Chisholm, do *Christian Science Monitor*, compartilhando sanduíches e uma garrafa de vinho tinto. Weisz voltou-se para a janela e contemplou o mato verde-acinzentado que crescia à margem dos trilhos.

O major espanhol tinha razão quanto a seu inglês: era bom. Depois de terminar os estudos secundários numa academia particular em Trieste, ele partiu para a *Scuola Normale* – fundada por Napoleão, imitando a *École Normale* de Paris, e muitas vezes o berço de primeiros-ministros e filósofos –, na Universidade de Pisa, provavelmente a mais prestigiosa universidade da Itália. Lá estudou economia política. A *Scuola Normale* não foi exatamente sua escolha, foi ditada pelo nascimento. Ditada por Herr Doktor Professor Helmut Weisz, o eminente etnólogo e pai de Weisz, nessa ordem. E logo, de acordo com o planejado, ele entrou na Universidade de Oxford, mais uma vez em economia, onde conseguiu ficar por dois anos. Época em que seu tutor, um homem incrivelmente gentil e educado, sugeriu que seu destino intelectual estava em outro lugar. Não que Weisz não tivesse aptidão para aquilo – tornar-se um docente –, mas ele simplesmente não queria fazê-lo, não de fato. Em Oxford, *não de fato* era uma ortografia variante para *ruína*. Assim, após uma última noite de bebedeira e cantoria, ele se foi. Mas se foi com um ótimo inglês.

E isto, na forma estranha e misteriosa em que o mundo funcionava, acabou sendo sua salvação. De volta a Trieste, que em 1919 mudou de nacionalidade austro-húngara para italiana, ele passava seus dias nos cafés com os amigos de sua cidade natal. Não era uma turma tradicional: descabelados, espertos, rebeldes – um aspirante a romancista, um aspirante a ator, dois ou três não sei/não ligo/não me importo, um aspirante a explorador de ouro na Amazônia, um comunista, um gigolô e Weisz.

"Você deveria ser jornalista", diziam-lhe. "Ver o mundo."

Conseguiu um emprego num jornal de Trieste. Escrevia obituários, relatava um crime ocasional, de vez em quando entrevistava uma autoridade local. Seu pai, sempre frio, neste caso cintilante como gelo, mexeu alguns pauzinhos, e Weisz retornou a Milão para escrever no principal jornal da Itália, o *Corriere della Sera.* A princípio mais obituários, e depois uma pauta na França, outra na Alemanha. Nestas, à idade de 25, ele trabalhou – trabalhou mais duro do que jamais havia feito, pois finalmente descobrira a grande motivação da vida: o medo do fracasso. *Presto,* a poção mágica!

Na verdade uma pena, porque o reinado de Mussolini havia começado, com a Marcha sobre Roma – Mussolini foi de trem – em 1922. Logo se instituíram leis de imprensa restritivas e, por volta de 1925, o jornal passou a ser de propriedade de simpatizantes fascistas, e o editor teve de pedir demissão. Os antigos editores saíram com ele, um determinado Weisz agüentou por três meses, e depois saiu porta afora em seu rastro. Pensou em emigrar, depois voltou a Trieste, conspirou com amigos, arrancou um ou dois cartazes das paredes, mas em geral manteve a cabeça baixa. Viu pessoas sendo espancadas, pessoas com sangue no rosto, sentadas na rua. Não era para Weisz.

Em todo caso, Mussolini e sua corja logo cairiam, era uma simples questão de esperar, o mundo sempre se ajeitara e o faria novamente. Pegou tépidas pautas nos jornais de Trieste – um jogo de futebol, um incêndio num cargueiro no porto –, deu aulas de inglês para alguns estudantes, apaixonou-se, desapaixonou-se, passou 18 meses escrevendo para um periódico comercial em Basel, outro ano num informativo das remessas marítimas de Trieste, sobreviveu. Sobreviveu e sobreviveu. Forçado pela política às margens da existência profissional, assistia enquanto sua vida escorria como areia.

Então, em 1935, com a pavorosa guerra de Mussolini na Etiópia, não pôde mais suportar. Nesta época, juntou-se aos *giellisti* de Trieste – o aspirante a romancista estava agora trancafiado na ilha-prisão de Lipari, o comunista se tornou fascista, o gigolô se casou com uma condessa e ambos tinham namorados, e o aspirante a explorador encontrou ouro e morreu rico; havia mais do que tesouros para se encontrar na Amazônia.

Assim, Weisz foi a Paris, encontrou um quarto num minúsculo hotel no distrito de Belleville e começou a viver sob a dieta imaginada por cada sonhador que chegava a Paris; pão, queijo e vinho. Porém, muito bom pão – o preço controlado pelo brutalmente perspicaz governo francês –, muito bom queijo, incrementado com azeitonas e cebolas, e horrendo vinho argelino. As mulheres eram um clássico e efetivo acréscimo à dieta: se ele estava pensando em mulheres, não estava pensando em comida. A política era um cansativo acréscimo à dieta, mas ajudava. Era mais fácil, muito mais fácil, sofrer acompanhado, e a companhia às vezes incluía jantar, e mulheres. Assim, após sete meses lendo jornais em mostradores de cafeterias e procurando emprego, Deus lhe enviou Delahanty. O Grande Autodidata, Delahanty. Aquele que o ensinou a ler em francês, ler em espanhol, ler – Deus tenha piedade! – em *grego*, e a ler, providencialmente, em italiano. Delahanty, o chefe do escritório parisiense da agência de notícias Reuters. *Ecco*, um emprego!

Delahanty, cabelos brancos e olhos azuis, abandonara a escola em Glasgow havia muitos anos e, como dizia, "trabalhou para os jornais". Vendendo-os a princípio, depois passando de copista a repórter novato, sua ascensão impulsionada por determinação, insolência e elegante oportunismo. Até que chegou ao topo – chefe do escritório de Paris, um especialista de prestígio que lia cópias de despachos das sucursais mais importantes da Europa – Berlim, Roma. O que fazia dele a aranha no centro da teia, na área das agências de notícias próximas à place de l'Opéra, onde, num gelado dia de primavera, Carlo Weisz apareceu.

– Pois bem, sr. Weisz... A pronúncia é *Weiss*, e não *Veisch*, certo? O senhor escreveu para o *Corriere*. Não resta muito dele hoje em dia. Um triste destino para um bom jornal como aquele. Agora me diga, será que tem os recortes do que escreveu?

Os artigos recortados, transportados numa pasta barata, não estavam nas melhores condições, mas eram legíveis, e Delahanty os leu.

– Não senhor – disse –, não precisa se incomodar em traduzir, eu me viro com o italiano.

Delahanty pôs os óculos e leu com o dedo indicador.

– Hmm. Hmm, não está tão mau. Já vi piores. O que quis dizer com isso, bem aqui? Ah, faz sentido. Acho que o senhor pode fazer este tipo de trabalho, sr. Weisz. Gosta dele? E o senhor se importa com o que faz, sr. Weisz? Os novos esgotos da Antuérpia? O concurso de beleza em Düsseldorf? Não se incomoda em fazer esse tipo de coisa? Como é o seu alemão? Falava em casa? Um pouco servo-croata? Não faz mal. Ah, entendo, Trieste, claro, eles falam de tudo por lá, não? Como é o seu francês? Sim, eu também, eu me viro, e os franceses olham torto, mas dá para administrar. Algum espanhol? Não, não se preocupe, você vai pegar. Agora falando francamente, aqui fazemos as coisas no estilo Reuters, você aprenderá as regras, tudo que precisa fazer é segui-las. E tenho que avisar que você não será *o* homem da Reuters em Paris. Mas será *um* homem da Reuters, e isso não é assim tão mau. É o que eu fui, e escrevi sobre absolutamente todas as coisas que existem sob o sol. Então me diga, o que acha, senhor? Pode fazê-lo? Viajar de trem, carroças de mula e afins, e conseguir a história para nós? Com emoção? Com sensibilidade para o lado humano, do primeiro-ministro em sua grande mesa ao camponês em seu pedacinho de terra? Acha que pode? Eu sei que pode! E se sairá muito bem. Ora, por que não colocar a mão na massa imediatamente? Que tal amanhã? O encarregado anterior, bem, há uma semana ele foi para a Holanda e desmaiou no colo da rainha. É a maldição desta profissão, sr. Weisz, tenho certeza de que sabe disso. Muito bem, tem alguma pergunta? Nenhuma? Certo, então isto nos leva ao triste assunto do dinheiro.

Weisz caiu no sono, depois acordou quando o trem chegou a Port Bou. A família espanhola olhava para a plataforma diante dos trilhos, para alguns guardas civis encostados na parede da bilheteria, para uma pequena multidão de refugiados postados entre baús, trouxas e malas amarradas com cordas, esperando pelo trem para o sul. Ao que parecia, nem todos tinham permissão para cruzar a fronteira. Após alguns minutos, oficiais espanhóis entraram no vagão, pedindo documentos. Quando chegaram ao compartimento ao lado, a filha mais velha, ao lado de Weisz, fechou os olhos e apertou as mãos uma contra a outra. Ele percebeu que ela estava rezando. Mas os oficiais foram educados – afinal, esta era a primeira classe –, passaram apenas uma vista rápida nos documentos e seguiram para o próximo compartimento. Em seguida, o trem soou seu apito e avançou alguns metros pelos trilhos, onde os oficiais franceses estavam esperando.

Relatório do Agente 207, entregue em mãos no dia 5 de dezembro a uma base clandestina da OVRA no Décimo Arrondissement:

> O grupo *Liberazione* se reuniu na manhã de 3 de dezembro no Café Europa, os mesmos elementos que constam dos relatórios anteriores, ausentes o engenheiro AMATO e o jornalista WEISZ. Decidiu-se publicar um "obituário político" do advogado BOTTINI e afirmar que sua morte não foi suicídio. Decidiu-se também que o jornalista WEISZ assumirá agora a editoria do jornal *Liberazione.*

28 de dezembro. Com a prosperidade, ou pelo menos com sua prima distante, Weisz encontrou para si um novo lugar para viver, o Hotel Dauphine, na rue Dauphine, Sexto Arrondissement. A proprietária, Madame Rigaud, era uma viúva da guerra de 1914 e, como muitas mulheres vistas por toda a França, ainda usava o negro do luto após vinte anos. Ela gostou de Weisz e não cobrou excessivamente pelos dois quartos, ligados por uma porta, no alto de quatro intermináveis lances de escadas, no último andar. Pobre rapaz, ela o alimentava de vez em quando na cozinha do hotel, um agradável descanso dos pequenos antros que ele freqüentava, *Mère* isso e *Chez* aquilo, salpicados pelas ruas estreitas do Sexto.

Exausto, dormiu tarde na madrugada do dia 28 e, quando o sol angulava através das ripas das persianas fechadas, obrigou-se a acordar e ao levantar descobriu que quase tudo doía. Até a passagem por uma guerra, durante algumas semanas, estava cobrando seu preço. Mais tarde devoraria o almoço de três pratos, passaria rapidamente pelo escritório, checaria se algum dos *habitués* de seu café estava presente e talvez telefonasse para Véronique, quando ela chegasse em casa voltando da galeria. Um dia agradável, ou pelo menos a expectativa dele. Contudo, os poeirentos raios de sol revelaram uma tira de papel, deslizada sob sua porta em algum momento enquanto ele dormia. Uma mensagem, trazida pelo funcionário da recepção do hotel. Ora, o que poderia ser? Véronique? *Meu querido, você precisa me encontrar, como anseio por você!* Pura fantasia, e ele sabia disso. Véronique jamais sequer consideraria fazer algo do tipo, aquele era um caso de amor muito pálido, de vez em quando, aqui e ali.

Ainda assim, nunca se sabe, tudo era possível. Diante da remota possibilidade, ele leu a nota. "Por favor, telefone assim que voltar. Arturo."

Encontrou Salamone num bar deserto próximo à companhia de seguros. Sentaram-se no fundo e pediram café.

– E como está indo na Espanha? – perguntou Salamone.

– Mal. Está quase terminado. O que resta é a nobreza de uma causa perdida, mas isso é coisa frágil numa guerra. Fomos derrotados, Arturo, e podemos agradecer aos franceses e britânicos e ao pacto de não-intervenção. Vencidos pela superioridade das armas, e não da luta, fim de papo. Portanto, o que acontecerá a seguir está agora nas mãos de Hitler.

– Bem, minha notícia não é nem um pouco melhor. Tenho de lhe dizer que Enrico Bottini está morto.

Weisz levantou os olhos rispidamente, e Salamone lhe entregou uma página recortada de um jornal. Weisz vacilou quando viu a fotografia, leu rapidamente a prosa do tablóide, e então balançou a cabeça e o devolveu.

– Algo aconteceu, pobre Bottini, mas não isso.

– Não, acreditamos que foi obra da OVRA. Encenada para parecer um assassinato/suicídio.

Weisz sentiu a ferroada aguda que nauseava o coração; não era como ser baleado, era como ver uma cobra.

– Tem certeza?

– Sim.

Weisz respirou fundo e desabafou:

– Que queimem no inferno por isso.

Somente a raiva curaria o medo que o dominou.

Salamone concordou.

– Com o tempo, queimarão. – Fez uma pausa e depois disse: – Mas por hora, Carlo, o comitê quer que você o substitua.

Weisz assentiu casualmente, como se lhe tivessem perguntado as horas.

– Hum – disse. *É claro que querem.*

Salamone riu, o ribombar de um contrabaixo dentro de um urso.

– Sabíamos que você ficaria ansioso por isso.

– Oh sim, *ansioso* é pouco. Mal posso esperar para contar à minha namorada.

Salamone quase acreditou nele.

– Ahh, eu não acho...

– E na próxima vez que formos para a cama, tenho que me lembrar de fazer a barba. Para a fotografia.

Salamone assentiu, fechou os olhos. *Sim, eu sei, perdoe-me.*

– Além de tudo – disse Weisz –, eu me pergunto como posso fazer isso e viajar pela Europa para a Reuters.

– É do seu instinto que precisamos, Carlo. Idéias, intuições. Sabemos que teremos de substituí-lo, dia a dia.

– Mas não quando se trata do grande momento, Arturo. Aquele é todo meu.

– Todo seu – disse Salamone. – Mas, brincadeiras à parte, a resposta é sim?

Weisz sorriu.

– Você acha que eles têm um licor Strega aqui?

– Vamos perguntar – respondeu Salamone.

O que tinham era conhaque, e eles se conformaram com isso.

Weisz tentou ter o dia agradável, provando a si mesmo que a mudança em sua vida não o afetava tanto assim. O almoço de três pratos, *céleri rémoulade*, vitela *à la Normande*, *tarte Tatin*, foi consumido – algo dele, em todo caso – e a indagação silenciosa do garçom, ignorada, mas resultando numa gorjeta generosa inspirada pela culpa. Apreensivo, passou direto por sua cafeteria habitual e tomou café em outro lugar, sentando próximo a uma mesa de turistas alemães com câmeras e guias de viagem. Turistas alemães bastante quietos e sóbrios, pareceu-lhe. E ele realmente encontrou Véronique naquela noite, no apartamento dela, abarrotado de obras de arte, no Sétimo. Lá ele se sentiu melhor; as ritualísticas preliminares foram saboreadas com mais intensidade, e mais longamente, do que de costume – ele sabia do que ela gostava, ela sabia do que ele gostava, e portanto tiveram bons momentos. Mais tarde, ele fumava um Gitane e a observava sentada em sua penteadeira, seus pequenos seios subindo e descendo enquanto ela escovava os cabelos.

– Sua vida vai bem? – disse ela, capturando seus olhos no espelho.

– Neste exato momento, sim.

Ela retribuiu com um caloroso sorriso, afetuosa e apaziguada, sua alma de mulher francesa exigindo que ele encontrasse conforto em fazer amor com ela.

Saindo à meia-noite, ele não seguiu diretamente para casa – uma caminhada de 15 minutos –, mas tomou um táxi no ponto do metrô, foi até o apartamento de Salamone em Montparnasse e pediu ao motorista que esperasse. A transferência da sede editorial do *Liberazione* – caixas de fichas de índice tamanho A5, pilhas de pastas de arquivos – exigia duas jornadas subindo e descendo as escadas do prédio de Salamone, e duas mais no Dauphine. Weisz levou tudo para o escritório que fez para si em seu segundo quarto; uma pequena escrivaninha em frente à janela, uma máquina de escrever Olivetti de 1931, um belo gabinete-fichário de carvalho que anteriormente servira no escritório de uma corretora de grãos. Quando concluíram a mudança, as caixas e pastas cobriam o tampo da escrivaninha, com uma pilha no chão. Portanto, aí estava, papelada.

Folheando alguns números antigos, ele encontrou o último artigo que escreveu, uma matéria sobre a Espanha para a primeira das duas edições de novembro. A história era baseada num editorial do semanário da Brigada Internacional, *Nossa Luta.* Com tantos comunistas e anarquistas nas tropas da brigada, as convenções da disciplina militar eram freqüentemente consideradas contrárias aos ideais igualitários. Por exemplo, a continência. A matéria de Weisz tinha um elegante toque irônico – devemos encontrar um modo, disse a seus leitores na Itália, de cooperar, de trabalhar juntos contra o *fascismo.* Mas isto não é sempre tão fácil, vejam só o que está acontecendo na guerra espanhola, mesmo em meio ao feroz combate. O autor do *Nossa Luta* justificava a continência como "a forma militar de dizer olá". Argumentou que a continência não era antidemocrática, afinal dois oficiais de patentes iguais faziam continência um ao outro, que "uma continência é um sinal de que um camarada que era um individualista egocêntrico na vida privada ajustou-se ao modo coletivo de fazer as coisas". O artigo de Weisz era também uma leve alfinetada num dos concorrentes do *Liberazione*, o comunista *L'Unità*, impresso em Lugano e amplamente distribuído. Nosso grupo, insinuou, nós, liberal-democratas, socialdemocratas, humanistas de centro, não somos, graças aos céus, afligidos por toda aquela agonia doutrinal quanto a símbolos.

Ele esperava que o artigo fosse divertido, e isso era crucial. Pretendia oferecer um descanso da vida diária fascista – um descanso muito necessário. Por exemplo, o governo de Mussolini emitia um comunicado diário no rádio, e qualquer um dentro do raio de audição tinha de ficar de pé durante a transmissão. Esta era a lei. Portanto, estando em um café, ou no trabalho, ou mesmo em sua própria casa, era preciso ficar de pé, e ai daqueles que não ficassem.

Pois bem, o que tínhamos para janeiro. O advogado de Roma estava escrevendo o obituário de Bottini. Este seria, *quem assassinaria um homem honrado*? Weisz previa que Salamone faria uma revisão, e ele próprio também. Havia sempre um resumo das notícias do mundo – notícias que tinham sido abafadas ou distorcidas na Itália, onde o jornalismo tinha sido definido por lei como acessório de apoio da política nacional. O resumo, extraído de jornais franceses e britânicos, e particularmente da BBC, era incumbência da química de Milão e era sempre factual e exato. Eles também tinham, sempre tentavam ter, uma charge, geralmente desenhada por um emigrado funcionário do parisiense *Le Journal*. Para janeiro, aqui estava Mussolini bebê, com uma touquinha particularmente rica em babados, sentado nos joelhos de Hitler e sendo alimentado com uma farta colherada de suásticas. "Mais, mais!", grita o bebê Mussolini.

Acima de tudo, os *giellisti* queriam criar um racha entre Hitler e Mussolini, pois Hitler pretendia trazer a Itália para a iminente guerra a seu lado, mesmo tendo o próprio Mussolini declarado que a Itália não estaria pronta para a guerra antes de 1943.

Muito bem, o que mais?

Salamone lhe disse que o professor de Siena estava trabalhando numa matéria, baseada numa carta contrabandeada, que descrevia o comportamento de um chefe de polícia e uma quadrilha fascista numa cidade na região dos Abruzzi. O objetivo do artigo era nomear o chefe de polícia, que rapidamente tomaria conhecimento de sua nova fama uma vez que o jornal chegasse à Itália. *Sabemos quem você é, sabemos o que está fazendo, e você será responsabilizado quando chegar a hora.* E mais, quando sair na rua, abra o olho. Essa exposição o irritaria, mas poderia obrigá-lo a pensar duas vezes sobre o que estava fazendo.

Portanto: Bottini, resumo, charge, chefe de polícia, algumas variedades, talvez um texto de teoria política – Weisz se certificaria de que fosse breve – e um editorial, sempre apaixonado e poético, que quase sempre dizia a mesma coisa: resista nas pequenas coisas, isto não poderá continuar, a maré vai virar. Os grandes heróis liberais italianos, Mazzini, Garibaldi, Cavour, seriam citados. E sempre em negrito no topo da primeira página: "Por favor, não destrua este jornal, dê a um amigo de confiança, ou deixe onde outros possam ler."

Weisz tinha quatro páginas para preencher; o jornal era impresso numa única folha dobrada. Uma pena, pensou, que não podiam publicar anúncios. *Após um longo e duro dia de dissidência política,* giellisti *de bom gosto jantam no Lorenzo's.* Não, não era assim, o espaço que restava era dele, e o tema era óbvio, Coronel Ferrara, mas... Mas quê? Não sabia exatamente. Em algum lugar desta idéia ele pressentia uma bomba-relógio. Onde? Não conseguia discernir. A história do Coronel Ferrara não era nova, já tinham escrito sobre ele em 1935 em jornais italianos e franceses, e a história sem dúvida foi colhida pelas agências de notícias. Ele apareceria na matéria da Reuters, que provavelmente seria reescrita como crônica – as agências de notícias, e a imprensa inglesa em geral, não tomavam partido na guerra espanhola.

Sua matéria no *Liberazione* não seria em nada semelhante àquilo. Escrita sob seu pseudônimo, Palestrina – todos usavam compositores como pseudônimos –, seria heróica, inspiradora, emocional. O chapéu de soldado de infantaria, a pistola no cinto, os gritos cruzando o rio. Mussolini enviara 75 mil soldados italianos para a Espanha, cem bombardeiros Caproni, tanques Whippet, canhões, munição, navios – tudo. Uma vergonha nacional; eles já tinham dito antes, diriam novamente. Mas aqui estava um oficial e 122 homens que tinham a coragem de lutar por seus ideais. E os distribuidores se certificariam de deixar cópias nas cidades próximas às bases militares.

Portanto, isso tinha de ser escrito, e o próprio Ferrara pedira apenas que seu destino futuro não fosse citado. Facílimo de fazer. *Melhor ainda* – o leitor poderia muito bem imaginar que ele iria combater em outro lugar, onde quer que homens e mulheres corajosos estivessem enfrentando a tirania. De outro modo, Weisz perguntou a si mesmo, o que poderia dar errado? Os serviços secretos italianos certamente sabiam que Ferrara estava na Espanha, sabiam seu verdadeiro nome, sabiam tudo a seu respeito. E Weisz se certificaria de que este artigo não revelasse nada que pudesse ajudá-los. Além disso, na verdade, o que *não* era uma bomba-relógio nestes dias? Pois bem, ele tinha esta pauta e, uma vez concluída, voltaria às pastas de arquivos.

Carlo Weisz sentou-se em sua escrivaninha, o paletó pendurado nas costas da cadeira. Vestia uma camisa cinza-clara com um fino riscado vermelho, mangas dobradas, botão da gola aberto, gravata afrouxada. Um pacote de Gitanes descansava próximo a um cinzeiro do San Marco, a cafeteria dos conspiradores e artistas de Trieste. O rádio estava ligado, o mostrador cor de âmbar aceso, sintonizando uma performance de Duke Ellington gravada numa casa noturna do Harlem, e a sala estava escura, iluminada apenas por um pequeno abajur com uma cúpula de vidro verde. Recostou-se na cadeira por um momento, esfregou os olhos e correu os dedos pelos cabelos para tirá-los da testa. E, se por acaso ele estivesse sendo observado de um apartamento do outro lado da rua – as persianas estavam abertas –, jamais ocorreria ao espião que esta era uma cena para um cinejornal, ou para uma página de um livro ilustrado dos *Guerreiros do Século XX*.

De Weisz, um silencioso suspiro quando voltou ao trabalho. Percebeu que estava em paz, pela primeira vez desde seu encontro com Salamone. Estranhíssimo, não? Pois tudo que estava fazendo era ler.

10 de janeiro, 1939. Desde a meia-noite, uma neve lenta e uniforme caía sobre Paris. Às três e meia da manhã, Weisz postou-se na esquina da rue Dauphine com a marginal esquerda do Sena. Perscrutou através da escuridão, tirou as luvas e tentou esfregar um pouco de calor nas mãos. Uma noite sem ventos; a neve descia sobre a rua branca e o rio negro. Weisz estreitou os olhos, perscrutando ao longo da marginal, mas não pôde ver coisa alguma, e em seguida olhou para o relógio; 3h34. *Atrasado, mas não como Salamone, talvez...* Contudo, antes que pudesse imaginar as possíveis catástrofes, viu um par de faróis turvos oscilando à medida que o carro derrapava nos paralelepípedos escorregadios.

O velho e amassado Renault de Salamone deslizou em direção à calçada e parou ao aceno de Weisz. Ele teve de puxar com força para abrir a porta, enquanto Salamone se inclinava sobre o banco do carona e empurrava do outro lado.

– Ahh, que merda – disse Salamone.

O carro estava frio, o aquecedor não funcionava havia muito, e os esforços de seu único limpador de pára-brisas pouco faziam para limpar o vidro. No banco traseiro, um pacote embrulhado em papel pardo e amarrado com barbante.

O carro chacoalhou e derrapou ao longo da marginal, passando pelo grande vulto negro da Notre Dame, rumando leste junto ao rio até chegar à Pont d'Austerlitz, a ponte que cruzava para a margem direita do Sena. À medida que o vidro embaçava, Salamone se inclinava sobre o volante.

– Não vejo nada – disse ele.

Weisz esticou o braço e abriu um pequeno círculo com a luva.

– Melhor?

– *Mannaggia*! – exclamou Salamone, ou seja, dane-se a neve e o carro e tudo o mais. – Aqui, tente com isto.

Ele vasculhou no bolso do sobretudo e tirou um grande lenço branco. O Renault esteve esperando pacientemente por este momento, quando o condutor estivesse com uma única mão no volante, e lentamente girou num círculo enquanto Salamone praguejava e pisoteava o freio. O Renault o ignorou, completando uma segunda pirueta, e por fim parou com as rodas traseiras enfiadas num monte de neve que se acumulara contra um poste de luz no final da ponte.

Salamone pôs o lenço de lado, ligou o carro empacado e engatou a primeira marcha. As rodas patinhavam enquanto o motor gania; uma vez, duas vezes, novamente.

– Espere, pare, vou empurrar – disse Weisz.

Usou o ombro para abrir a porta, deu um passo do lado de fora, e logo seus pés levantaram vôo e ele se estatelou no chão.

– Carlo?

Weisz lutou para ficar em pé e, com passinhos vacilantes, circundou o carro e pôs as duas mãos no porta-malas.

– Experimente agora.

O motor disparou, e os pneus se enterraram mais fundo nos buracos que tinham cavado.

– Não acelere tanto!

A janela rangeu quando Salamone baixou-a com a manivela.

– O quê?

– Devagar, devagar.

– Certo.

Weisz empurrou novamente. Não haveria *Liberazione* algum nesta semana.

De uma *boulangerie* na esquina, um padeiro apareceu vestindo camisa branca, avental branco e um pano branco atado pelas pontas na cabeça. Os fornos a lenha das padarias tinham de ser acesos às três da manhã; Weisz podia sentir o cheiro do pão.

O padeiro parou ao lado de Weisz e disse:

– Agora conseguimos. – Após três ou quatro tentativas, o Renault se lançou para a frente, na direção de um táxi, o único outro carro nas ruas de Paris naquela manhã. O motorista desviou, buzinou e gritou:

– Qual diabos é o seu problema? – e girou o dedo indicador junto à têmpora. O táxi deslizou na neve e atravessou a ponte enquanto Weisz agradecia ao padeiro.

Salamone cruzou o rio, a 8 quilômetros por hora, e virou à esquerda e à direita nas ruas transversais até que encontrou a rue Parrot, perto da estação de trem da Gare de Lyon. Ali, para viajantes e trabalhadores da via férrea, havia um café 24 horas. Salamone saiu do carro e se dirigiu à varanda envidraçada. Sentado sozinho numa mesa próxima à porta, um homem baixo com uniforme e chapéu de fiscal das ferrovias italianas lia um jornal e bebia um *apéritif*. Salamone tamborilou no vidro, o homem olhou para cima, terminou sua bebida, deixou dinheiro sobre a mesa e seguiu Salamone até o carro. Medindo talvez pouco mais que um metro e meio, usava um espesso bigode de homem de trem, e a barriga era grande o suficiente para esgarçar o paletó do uniforme entre os botões. Sentou-se no banco de trás e trocou com Weisz um aperto de mãos.

– Tempo bom, não? – disse ele, sacudindo a neve dos ombros.

Weisz respondeu que sim.

– Desde Dijon até aqui, está assim.

Salamone entrou e se sentou no banco da frente.

– Nosso amigo aqui trabalha no trem das 7h15 para Gênova – disse a Weisz. Dirigiu-se ao fiscal: – Isto é para você. – Acenou com a cabeça em direção ao pacote.

O fiscal o pegou.

– O que tem aqui?

– Galés para a linotipo. E também dinheiro, para Matteo. E o jornal, com uma folha-modelo.

– Jesus, deve ser um monte de dinheiro, podem procurar por mim no México.

– São as galés, são de zinco.

– Ele não pode conseguir as galés?

– Diz ele que não.

O fiscal deu de ombros.

– Como vai a vida no lar? – perguntou Salamone.

– Não melhora em nada. *Confidenti* por todo lado, é preciso tomar cuidado com o que se diz.

– Você fica no café até as sete? – perguntou Weisz.

– Eu não. Vou até o vagão-leito de primeira classe e tiro um cochilo.

– Bem, é melhor irmos andando – disse Salamone.

O fiscal saiu, carregando o pacote com as duas mãos.

– Por favor, tenha cuidado – disse Salamone. – Olhe onde pisa.

– Eu olho tudo – disse o fiscal. Sorriu ante a idéia e afastou-se através da neve.

Salamone engatou a primeira marcha.

– Ele é bom nisso. E esta é uma coisa que não dá para prever. O anterior durou um mês.

– O que aconteceu com ele?

– Prisão – disse Salamone. – Em Gênova. Fazemos um esforço e enviamos algo para a família.

– Custoso, este ramo em que estamos – disse Weisz.

Salamone sabia que ele falava de algo mais do que dinheiro e assentiu com a cabeça, pesaroso.

– A maior parte do dinheiro fica comigo, e não digo ao comitê mais do que eles precisam saber. É claro, você será informado à medida que prosseguimos, por prevenção, se entende o que quero dizer.

20 de janeiro. Continuava frio e cinzento, e a maior parte da neve desaparecera, exceto pelos montes enegrecidos pela fuligem que entupiam os bueiros. Weisz foi para o escritório da Reuters às dez, perto da estação Opéra, da Associated Press, da sucursal francesa da agência Havas e da American

Express. Parou neste último. "Correspondência para Monsieur Johnson?" Havia uma carta – apenas alguns *giellisti* de Paris tinham permissão para usar o sistema, que era anônimo e, acreditavam, ainda desconhecido dos espiões da OVRA em Paris. Weisz mostrou a *carte d'identité* Johnson, pegou a carta – endereço de resposta em Bari – e subiu para o escritório.

A sala de Delahanty ficava no canto do corredor, as altas janelas opacas de fuligem, a escrivaninha amontoada de papéis. Estava bebendo chá com leite com uma colher na caneca e, quando Weisz parou junto à porta, abriu um sorriso malicioso e ergueu os óculos para a testa.

– Entre, entre, disse a aranha para a mosca.

Weisz disse bom-dia e deslizou na cadeira do outro lado da mesa.

– Hoje é seu dia de sorte – disse Delahanty, remexendo em sua gaveta e entregando-lhe um comunicado de imprensa.

A Associação Internacional de Escritores estava, que surpresa, realizando uma conferência. À uma da tarde de 20 de janeiro, no Palais de la Mutualité, junto à place Maubert no Quinto Arrondissement. O público estava cordialmente convidado. A lista de palestrantes incluía Theodore Dreiser, Langston Hughes, Stephen Spender, C. Day-Lewis e Louis Aragon. Aragon, que começara como surrealista, tornara-se stalinista, e acabou sendo ambos, era a certeza de que o ponto de vista de Moscou estaria bem representado. Em pauta: a Espanha tomada por Franco, a China atacada pelo Japão, a Tchecoslováquia dominada por Hitler – nenhuma boa notícia. Weisz sabia que os motores da indignação estariam funcionando a todo vapor, mas, independentemente da politicagem vermelha, ainda era melhor que silêncio.

– Você merece um pouco de tédio, Carlo, e é a sua vez numa dessas chatices – disse Delahanty, bebericando seu chá frio. – Vamos querer algo de Dreiser. Procure no marxismo e me arranje uma citação ilustre. E La Pasionaria sempre merece um parágrafo.

Apelido afetuoso de Dolores Ibárurri, a oradora pela causa republicana, descrita sempre como "inflamada".

– Só um despacho de nada, rapaz, você não vai ouvir nenhuma novidade, mas precisamos ter alguém lá, e a Espanha é importante para os jornais sul-americanos. Então, dê o fora daqui e não assine coisa alguma

•

Weisz chegou devidamente na hora marcada. O saguão estava cheio, uma multidão perambulando na névoa da fumaça de cigarro – *engagés* de todas as descrições, o Quartier Latin em peso, alguns estandartes vermelhos visíveis acima da massa, e todo mundo parecia conhecer todo mundo. Notícias da Espanha naquela manhã diziam que a linha da margem leste do Segre fora abandonada, o que significava que a tomada de Barcelona não estava longe. Portanto, como sempre se soube, Madri, com seu inflexível orgulho, seria a última a se render.

A coisa finalmente teve início, e os palestrantes falaram, e falaram, e falaram. A situação era *crítica*. Seus esforços tinham de ser *redobrados*. Uma pesquisa da Liga de Escritores da América mostrava que 410 dos 418 membros apoiavam o lado republicano. Havia uma ausência marcante de escritores russos na conferência, já que estavam ocupados garimpando ouro na Sibéria ou sendo fuzilados na praça Lubyanka. Weisz, é claro, não poderia escrever nada daquilo – ficaria registrado no grande livro de *histórias que nunca escrevi*, mantido por todo correspondente.

– Carlo? Carlo Weisz!

E agora, quem era este – este homem no passadiço olhando para baixo em sua direção? A memória levou um tempo para funcionar; alguém que ele conhecera, havia muito, em Oxford.

– Geoffrey Sparrow – disse o homem. – Você lembra, não?

– É claro, Geoffrey, como vai você?

Eles falavam aos sussurros, enquanto um homem barbado martelava o punho sobre a bancada.

– Vamos para fora – disse Sparrow.

Ele era alto e louro e sorridente e, agora Weisz recordava, rico e inteligente. Enquanto atravessava o corredor, todo pernas longas e flanela, Weisz viu que ele não estava sozinho, que trazia consigo *uma garota espetacular*. Naturalmente, inevitavelmente.

Quando alcançaram o saguão, Sparrow disse:

– Esta é minha amiga Olivia.

– Olá, Carlo.

– Pois então, está aqui para a Reuters? – perguntou Sparrow, os olhos postos no bloco e lápis na mão de Weisz.

– Sim, estou trabalhando em Paris agora.

– Está mesmo? Bem, isto não pode ser *tão* mau.

– Veio para a conferência? – perguntou Weisz, uma versão jornalística para *o que diabos você está fazendo aqui?*

– Ah, na verdade não. Demos uma escapada para passar um fim de semana prolongado, mas não tivemos ânimo para encarar o Louvre esta manhã, portanto... Sabe, só por diversão, pensamos em dar uma olhada.

Seu sorriso tornou-se tristonho, não estava sendo de fato toda aquela diversão.

– Mas nunca imaginei que encontraria alguém que conheço! – Virou-se para Olivia: – Carlo e eu estudamos juntos na universidade. Ahn, qual era, era a aula de Harold Dowling, eu acho, certo?

– Sim, isso mesmo. Preleções muito longas, eu lembro.

Sparrow riu, alegre. Como se divertiram juntos, não é mesmo, Dowling e tudo o mais.

– Quer dizer que você saiu da Itália?

– Sim, há uns três anos. Não podia ficar mais.

– Sim, eu sei, Mussolini e seus homenzinhos, realmente uma vergonha. De vez em quando vejo seu nome numa matéria da Reuters, e eu sabia que não poderia haver dois de você.

Weisz sorriu, graciosamente o bastante.

– Pois é, sou eu.

– *Nossa*, um correspondente estrangeiro – disse Olivia.

– Ele é, o safado, enquanto eu fico sentado num banco – disse Sparrow. – Na verdade, agora que penso a respeito, eu tenho um amigo em Paris que é um grande fã seu. Droga, o que foi aquilo que ele citou? Uma história de Varsóvia? Não, Danzig! Sobre a milícia *Volksdeutsche* em treinamento na floresta. Era seu artigo?

– Era sim. Fico surpreso por você lembrar.

– Fico surpreso de me lembrar de qualquer coisa, mas meu amigo falava muito sobre isso, sujeitos gordos de calças curtas com rifles velhos. Cantando ao redor de uma fogueira de acampamento.

Mesmo sem querer, Weisz ficou lisonjeado.

– Assustador, de certo modo. Eles pretendem combater os poloneses.

– Sim, e aí vem Adolf para ajudá-los. Diga, Carlo, você tem planos para esta tarde? Temos reserva para jantar, que diabos, mas o que me diz de alguns drinques? Às seis? Talvez eu chame meu amigo, tenho certeza de que ele gostaria de conhecer você.

– Bem, na verdade eu tenho que escrever essa história – acenou com a cabeça na direção do salão, onde a voz de uma mulher se elevava num *crescendo.*

– Ah, a*quilo* não vai durar muito – disse Olivia, seus olhos encontrando os dele.

– Vou tentar – disse Weisz. – Onde estão hospedados?

– No Bristol – disse Sparrow. – Mas não vamos beber lá. Talvez no Deux Magots, ou no do lado, qualquer que seja o nome. Drinques com o velho Sartre!

– É o Flore – disse Weisz.

– Por favor, querido – disse Olivia. – Chega de barbas horrorosas. Não poderíamos ir ao Le Petit Bar? Não estamos aqui todos os dias.

Le Petit Bar era o muito-mais-chique dos dois bares do Ritz. Voltando-se para Weisz, ela disse:

– Coquetéis do Ritz, Carlo! – *E quando eu estiver mareada, não me importo com o que aconteça embaixo da mesa.*

– Fechado! – disse Sparrow. – No Ritz às seis. Não pode ser *tão* mau.

– Eu ligo se não puder ir – disse Weisz.

– Oh, mas tente, Carlo – disse Olivia. – Por favor?

Weisz, martelando resolutamente na Olivetti, terminou por volta das quatro e meia. Tempo suficiente para ligar para o Ritz e cancelar os drinques. Levantou-se, pronto para descer as escadas e usar o telefone, mas não o fez. A perspectiva de passar uma hora com Sparrow, Olivia e o amigo o atraía como, pelo menos, uma mudança. Não seria outra noite de política lúgubre com colegas emigrados. Ele sabia perfeitamente bem que a namorada de Sparrow só estava flertando, mas flertar não era tão mau, e Sparrow era inteligente e podia ser divertido. *Não seja tão anti-social*, disse a si mesmo. E se o amigo pensava que ele era bom no que fazia, bem, por que não? Ele já ouvia pouquíssimos elogios, fora as ironias indiretas de Delahanty, algumas palavras gentis de um leitor não seriam o fim do mundo. Assim, pôs sua camisa mais limpa e sua melhor gravata, de seda listrada de vermelho e cinza, penteou os cabelos com água, deixou os óculos na mesa, desceu as escadas às 17h45 e teve o considerável prazer de dizer ao taxista:

– *Le Ritz, s'il vous plaît.*

Nada de estampas florais para Olivia esta noite, um vestido-coquetel para coquetéis, seus pequenos e espertos seios insinuando-se no decote, e um justo e elegante chapéu sobre os cabelos dourados. Ela puxou um Players de um maço em sua bolsa de noite e entregou um isqueiro de ouro a Weisz. "Obrigada, Carlo." Enquanto isso, um esplêndido Sparrow em fina alfaiataria londrina conversava engenhosamente sobre nada, mas nenhum convidado, ainda não. Papeavam enquanto esperavam, no bar forrado de madeira escura com sua mobília de salão de recepções – Sparrow e Olivia num divã, Weisz numa poltrona estofada junto à porta francesa drapejada que levava ao terraço. Ah, Weisz estava deliciado, após mosteiros abandonados e salas de reuniões enfumaçadas. Uma delícia, de fato, melhor e melhor à medida que bebia o Ritz 75. Basicamente um French 75, gim e champanhe, o nome derivado do canhão francês de 75 milímetros da Grande Guerra, e mais tarde um vívere no bar do Stork Club. Bertin, o famoso barman do Ritz, acrescentou suco de limão e açúcar e *voilà*, o Ritz 75. *Voilà* mesmo. Weisz estava amando toda a humanidade, e seu humor não conhecia limites – sorrisos encantados de Olivia, *há-hás* cheios de dentes de Sparrow.

Vinte minutos depois, o amigo. Weisz esperava que um amigo de Sparrow seria feito do mesmo barro, mas não era o caso. A aura do amigo dizia *comércio* em alto e bom som, enquanto ele olhava em torno na sala, avistava a mesa e se dirigia até eles. Era pelo menos uma década mais velho que Sparrow, gorducho e inofensivo, um cachimbo preso entre os dentes, um suéter sob o paletó de um terno confortável.

– Perdoem o atraso – disse ao chegar. – O taxista mais safado que já vi, deu voltas comigo por toda Paris.

– Edwin Brown, este é Carlo Weisz – disse Sparrow orgulhosamente quando se levantaram para cumprimentar o amigo.

Brown estava claramente satisfeito em conhecê-lo, seu prazer manifestado por um enfático "Hmmm!", dito por entre a piteira do cachimbo enquanto apertaram as mãos. Após se instalar em sua poltrona, ele disse:

– Acho que o senhor é um escritor excelente, sr. Weisz. Sparrow lhe disse?

– Sim, e o senhor é muito gentil por dizer.

– Estou certo, é o que sou, pode esquecer o "gentil". Sempre procuro por seu nome, quando lhe permitem assinar as matérias.

– Obrigado – disse Weisz.

Pediram uma terceira rodada de coquetéis, agora que o sr. Brown chegara. E, em Weisz, uma fonte de vida borbulhava ainda mais alegremente. Olivia tinha um rubor rosado nas bochechas e estava muito além de *mareada*, ria facilmente, encontrava os olhos de Weisz vez por outra. Excitada, ele pressentia, mais pela elegância do Petit Bar, pela noite, por Paris, do que por qualquer coisa que pudesse estar vendo nele. Quando ela ria, jogava a cabeça para trás, e a luz suave tocava seu colar de pérolas.

A conversa passou para a conferência da tarde, o sarcasmo conservador de Sparrow não tão distante do afável liberalismo de Weisz, e para Olivia tudo começava e acabava em barbas. O sr. Brown era bem mais opaco, suas opiniões políticas aparentemente mantidas em segredo, embora fosse um enfático partidário de Churchill. Até citou Winston, quando este se dirigiu a Chamberlain e seus colegas na ocasião do covarde acordo de Munique.

– "Foi-lhes dada uma escolha entre a vergonha e a guerra. Escolheram a vergonha e terão a guerra" – e acrescentou: – E tenho certeza de que o senhor concorda com isto, sr. Weisz.

– Parece estar certo, de fato – disse Weisz. No pequeno silêncio que se seguiu, ele disse: – Perdoe-me pela pergunta de jornalista, sr. Brown, mas posso saber a que tipo de atividade o senhor se dedica?

– Certamente que sim, embora, como dizem, não para divulgação.

Neste momento o cachimbo emitiu uma grande nuvem de fumaça adocicada, como para sublinhar a proibição.

– Por hoje o senhor está a salvo – disse Weisz. – Informação confidencial. – Seu tom era brincalhão, Brown jamais poderia pensar que estava sendo entrevistado.

– Sou proprietário de uma pequena companhia que controla alguns armazéns no porto de Istambul – disse ele. – Temo que seja apenas o bom e velho comércio, e só estou lá às vezes.

Puxou um cartão e entregou a Weisz.

– E o que o senhor pode fazer é torcer para que os turcos não se alinhem com a Alemanha.

– Exato – disse Brown. – Mas creio que ficarão neutros. Tiveram toda a guerra que queriam em 1918.

– Nós todos tivemos – disse Sparrow. – Não vamos fazer isso outra vez, combinado?

– Não se pode parar uma vez que começa – disse Brown. – Veja a Espanha.

– Acho que deveríamos ter ajudado – disse Olivia.

– Suponho que deveríamos – disse Brown. – Mas, de nossa parte, estávamos pensando em 1914, sabe como é. – Dirigiu-se a Weisz: – O senhor não escreveu algo sobre a Espanha, sr. Weisz?

– Sim, ocasionalmente.

Brown observou-o por um momento.

– O que li, será recente? Eu estava em Birmingham, algo no jornal de lá... A campanha catalã?

– Talvez tenha lido. Estive cobrindo por lá há algumas semanas, final de dezembro.

Brown terminou sua bebida.

– Muito bom, podemos experimentar mais uma? Tem tempo, Geoffrey? Esta rodada é por minha conta.

Sparrow acenou para o garçom.

– Oh, Deus – disse Olivia. – E vinho no jantar.

– Lembrei – disse Brown. – Era sobre um italiano, combatendo os italianos de Mussolini? Era seu artigo?

– Provavelmente sim. Eles assinam a Reuters, em Birmingham.

– Um coronel, ele era. Coronel alguma coisa.

– Coronel Ferrara.

Bingo.

– Com um chapéu, de algum tipo.

– O senhor tem uma memória e tanto, sr. Brown.

– Bem, infelizmente não, na verdade não tenho, mas fixei isto, de algum modo.

– Um homem corajoso – disse Weisz. Voltou-se para Sparrow e Olivia: – Lutou com as Brigadas Internacionais e seguiu lutando quando elas se retiraram.

– Vai servir de muita coisa para ele agora – disse Sparrow.

– O que vai ser dele? – perguntou Brown – Quando os republicanos se renderem?

Lentamente, Weisz balançou a cabeça.

– Deve ser estranho – disse Brown –, entrevistar pessoas, ouvir sua *história*, e depois elas desaparecem. O senhor mantém contato, sr. Weisz?

– Isto é difícil, do jeito como está o mundo agora. As pessoas desaparecem, ou pensam que talvez tenham que desaparecer, amanhã, no mês que vem...

– Sim, entendo. Ainda assim, ele deve ter-lhe causado uma grande impressão. É bastante incomum, à sua maneira, um oficial militar lutando pela causa de outra nação.

– Acredito que ele via como uma única causa, sr. Brown. Conhece o dito de Rosselli? Ele e o irmão fundaram uma organização emigrada nos anos 20, e foi morto em Paris em 37.

– Conheço a história de Rosselli, não conheço o dito.

– Hoje na Espanha, amanhã na Itália.

– Significando?

– A batalha é pela liberdade na Europa; democracia versus fascismo.

– Não seria comunismo versus fascismo?

– Não para Rosselli.

– Mas para o Coronel Ferrara talvez?

– Não, não. Para ele também não. Ele é um idealista.

– Isso é muito romântico – disse Olivia. – Como num filme.

– De fato – disse Brown.

Eram quase oito horas quando Weisz saiu do hotel, passou pela fila de táxis no ponto e seguiu em direção ao rio. Deixou que o clima frio e úmido clareasse sua cabeça, encontraria um táxi mais tarde. Repetiu-o a si mesmo e relaxou, escolhendo as ruas pelo prazer de caminhar por elas. Circundou a place Vendôme, as vitrines das joalherias à espera da clientela do Ritz, pegou a rue Saint-Honoré em seguida, passando por elegantes lojas, agora fechadas, e por um casual restaurante, o letreiro dourado sobre fundo verde, um refúgio secreto, o aroma de excelente comida pairando no ar noturno.

O sr. Brown o convidara para jantar, mas ele declinou – já tinha sido interrogado o bastante por uma noite. *Continental Trading Ltda.*, dizia o cartão, com números de telefone de Istambul e Londres, mas Weisz tinha uma boa idéia do verdadeiro negócio do sr. Brown, o negócio de espionagem, acreditava, provavelmente o Serviço Secreto de Inteligência Britânico. Nada de novo ou surpreendente, não de fato, espiões e jornalistas estavam fadados a atravessar a vida lado a lado e às vezes era difícil distingui-los.

Seus trabalhos não eram assim tão diferentes: conversavam com políticos, cultivavam fontes em departamentos governamentais e procuravam por segredos. Às vezes falavam, e negociavam, uns com os outros. E, vez por outra, um jornalista trabalhava diretamente para os serviços secretos.

Weisz sorriu ao recordar a tarde – haviam feito um belo trabalho com ele: é o seu velho camarada de faculdade! E a namorada sexy que acha você uma graça! Tome um drinque! Tome seis! Oh veja, aqui está nosso amigo sr. Brown! Sr. Green! Sr. Jones! Sparrow e Olivia, apostava, provavelmente eram civis – as vidas das nações estavam em perigo ultimamente, portanto as pessoas ajudavam se eram chamadas –, contudo, o sr. Brown era do ramo. Mas então, Weisz perguntou a si mesmo, o que havia neste específico mijo neste específico poste que tanto excitou aquele específico cão-de-caça? Seria Ferrara suspeito de algo – estaria numa lista? Weisz esperava que não. Mas, senão,oquê?Pois Brown queria saber quem ele era, queria encontrá-lo e se deu algum trabalho em nome disso. Droga, Weisz *pressentiu* isto enquanto pensava em escrever sobre Ferrara, por que não se escutou?

Acalme-se. Os espiões estavam sempre atrás de alguma coisa. Se você era um jornalista, de repente aparecia o russo mais amável, o alemão mais culto, a francesa mais sofisticada que jamais conheceu. O favorito de Weisz em Paris era o magnífico Conde Polanyi, da diplomacia húngara – adoráveis modos de europeu dos velhos tempos, honestidade implacável e senso de humor; muito interessante, muito perigoso. Era um erro estar perto dele em quaisquer circunstâncias, mas erros são cometidos de vez em quando. Weisz certamente cometera erros. Por exemplo, com a espiã inglesa Lady Angela Hope – ela não fazia segredo algum disso –, e a lembrança dela produziu um ronco bêbado de riso. Errou com Lady Angela duas vezes, no apartamento dela em Passy, e ela fazia da coisa toda uma alta e elaborada ópera; sem dúvida ele devia ser no mínimo Casanova para produzir tais berros – Deus, havia *criadas* no apartamento. Esqueça as criadas, os vizinhos! *Oh, meu querido, Lady Angela está sendo assassinada. De novo.* Esta performance era seguida de um interrogatório de cabeceira de considerável extensão, tudo pelos petiscos não-publicados da entrevista com Gafencu, o ministro das Relações Exteriores romeno. Que ela não ganhou, tanto quanto Brown não descobriu onde o Coronel Ferrara se havia entocado.

•

Em torno das nove, Weisz estava de volta a seu quarto. Quis jantar na hora em que chegou ao Sexto, mas jantar no *Chez* isto ou no *Mére* aquilo, com um jornal como companhia, não o atraiu e ele parou em sua cafeteria e pediu um sanduíche de presunto, café e uma maçã. Uma vez em casa, pensou em escrever, escrever de coração, para si mesmo, e teria trabalhado naquele romance na gaveta da escrivaninha, mas o fato era que não havia romance algum na gaveta. Assim, esticou-se na cama, escutou uma sinfonia, fumou cigarros e leu *A Condição Humana* de Malraux – *La Condition Humaine* em francês – pela segunda vez. Xangai em 1927, o levante comunista, camponeses terroristas, agentes políticos soviéticos trabalhando contra as forças nacionalistas de Chiang Kai-shek, polícia secreta, espiões, aristocratas europeus. Tudo coberto pelo gosto francês pela filosofia. Não era um refúgio da vida vocacional de Weisz, mas ele não queria, não iria, buscar refúgio.

Ainda assim, felizmente, havia pelo menos uma exceção à regra. Baixava o livro de quando em quando e pensava em Olivia, em como teria sido fazer amor com ela, em Véronique, em sua caótica vida amorosa, nesta e naquela, em onde estariam naquela noite. Pensava especialmente no... Bem, talvez não no amor de sua vida, mas na mulher em quem jamais parou de pensar, porque suas horas juntos foram excitantes e apaixonadas, sempre.

– É simplesmente porque somos feitos um para o outro – ela dizia, um suspiro melancólico em sua voz. – Às vezes eu penso, por que não podemos simplesmente continuar?

Continuar significava, supunha ele, uma vida de tardes em camas de hotéis, jantares ocasionais em restaurantes afastados. Seu desejo por ela não tinha fim, e ela dizia que sentia o mesmo. *Mas.* Não se traduziria em casamento, filhos, vida doméstica, era um caso de amor, e ambos sabiam disso. Três anos atrás, ela se casara na Alemanha, um casamento de dinheiro, posição social, um casamento, pensava ele, produzido pela chegada dos 40 anos e o cansaço com os casos de amor, mesmo o deles. Ainda assim, quando se sentia sozinho, pensava nela. E ele estava muito sozinho.

Nunca imaginou que acabaria assim, mas o redemoinho político de seus 20 e 30 anos, o mundo de pernas para o ar, o pulsar do mal e o eterno fugir dele viraram a vida do lado errado. Mesmo assim, culpava a vida por deixá-lo sozinho num quarto de hotel de uma cidade estrangeira. Onde cochilou duas vezes, por volta das onze e meia, antes de se render, rastejar para dentro do cobertor e apagar a luz.

28 de janeiro, Barcelona.

S. Kolb.

Assim se chamava em seu atual passaporte, um nome de trabalho que lhe davam quando convinha aos interesses deles. Seu verdadeiro nome desaparecera, havia muito, e ele se tornou o sr. Ninguém, do país Lugar Nenhum, e sua aparência corroborava: careca, com uma orla de cabelo escuro, óculos, um bigode ralo – um homem baixo e desimportante num terno surrado, naquele momento acorrentado a dois anarquistas e um cano d'água no banheiro de um café do porto bombardeado de uma cidade abandonada. Condenado a fuzilamento. Eventualmente. Havia uma fila, cada um tinha de esperar sua vez, e os executores poderiam não voltar ao trabalho até que tivessem almoçado.

Terrivelmente injusto, parecia a S. Kolb.

Seus documentos diziam que era representante de uma firma suíça de engenharia em Zurique, e uma carta em sua pasta, em papel do governo republicano, datada de duas semanas antes, confirmava seu compromisso no escritório da procuradoria militar. Fábula, tudo aquilo. A carta era forjada, o escritório da procuradoria militar era agora uma sala vazia, o chão coberto de papéis importantes, o nome era um pseudônimo, e Kolb não era um representante comercial.

Mesmo assim, injusto. Pois as pessoas que atirariam nele não sabiam de nada daquilo. Tentara entrar num estábulo, o acampamento temporário de algumas poucas companhias do 5º Corpo de Exército, onde um guarda o prendeu, levando-o para o escritório da *Checa* – polícia secreta – localizado naquele momento num café da zona portuária. O comandante encarregado, sentado numa mesa junto ao bar, era um touro, com uma gorda cara de lua coberta pela sombra de barba azul-escura. Ouviu impacientemente a história do guarda, levantou-se numa perna, olhou, franziu a testa e finalmente disse:

– É um espião, matem-no.

Não estava errado. Kolb era um agente do Serviço Secreto de Inteligência Britânico, um agente secreto, sim, um espião. Todavia, terrivelmente injusto. Pois ele não estava espionando naquela ocasião – não estava roubando documentos, subornando oficiais ou tirando fotografias. Esse era seu trabalho geralmente, com um ou outro assassinato quando Londres ordenava, mas não esta semana. Esta semana, sob ordens de seu chefe, um homem gélido conhecido como *sr. Brown*, S. Kolb fechou a conta num confortável hotel de prostitutas em Marselha – uma operação ligada à marinha mercante francesa – e veio às pressas para a Espanha em busca de um italiano chamado Coronel Ferrara, que acreditavam que tinha recuado para Barcelona com elementos do 5º Corpo de Exército.

Mas Barcelona estava um pesadelo, não que isso importasse ao sr. Brown. O governo embalou seus arquivos e fugiu para Girona, ao norte, rumo à França, milhares de refugiados em seu rastro, e a cidade foi deixada à espera das colunas nacionalistas em avanço. A anarquia imperava, os garis municipais abandonaram suas vassouras e foram para casa, grandes pilhas de lixo freqüentadas por nuvens de moscas acumulavam-se nas calçadas, refugiados invadiam mercearias vazias, a cidade era agora governada por bêbados armados percorrendo as ruas em tetos de táxis.

Ainda assim, mesmo em meio ao caos, Kolb tentara fazer seu trabalho.

– Para o mundo – disse-lhe Brown certa vez –, você pode parecer um camaradinha medíocre, mas, se me permite dizer, você tem os colhões de um gorila.

Seria um elogio? Deus o fizera medíocre, o destino arruinou sua vida quando foi acusado, ainda jovem, de fraude quando trabalhava num banco da Áustria, e o SSI britânico fez o resto. Não era um elogio lá muito gentil, se é que era elogio. Ainda assim, ele perseverou, encontrou neste caso o que restava do 5º Corpo de Exército, e qual era sua recompensa?

Acorrentado a anarquistas, lenços negros em torno dos pescoços, e um cano. Do lado de fora, no beco adjacente, vários tiros foram disparados. Bem, pelo menos a fila estava andando – quando era o almoço? *Hora de...?*, perguntou ao anarquista mais próximo, fazendo um movimento de colheradas com sua mão livre. Do anarquista, um olhar de certa admiração. Aqui estava um homem à beira da morte, e ele queria almoçar.

A porta se escancarou de repente e dois milicianos, pistolas em punho, entraram displicentemente no banheiro. Enquanto um desabotoava a braguilha e usava o buraco azulejado no chão, o outro começou a soltar a corrente do cano.

– Oficial – disse Kolb. Nenhuma resposta do miliciano. – *Comandante* – tentou. O homem olhou para ele. – *Por favor* – disse Kolb educadamente. – *Importante!*

O miliciano disse algo a seu companheiro, que deu de ombros e começou a abotoar a braguilha. Em seguida ele agarrou Kolb pelo ombro e arrastou os três homens acorrentados porta afora até o café. O comandante *Checa* tinha diante de si um homem bem vestido, cabeça baixa, e lhe passava um sermão espetando o dedo sobre a mesa.

– *Señor!* – Kolb chamou enquanto seguiam para a porta. – *Señor Comandante!*

O comandante olhou, Kolb tinha uma chance.

– *Oro* – ele disse. – *Oro para vida.*

Kolb inventou isso enquanto estava no banheiro, tentando desesperadamente reunir velhos retalhos de espanhol. Como se dizia ouro? Como se dizia vida? O resultado – "ouro pela vida" – era conciso, mas efetivo. O comandante gesticulou, Kolb e os anarquistas foram arrastados até a mesa. Neste momento, a linguagem dos sinais assumiu. Kolb apontou exasperadamente para a costura da perna de sua calça e disse, "*Oro*".

O comandante acompanhou a pantomima com interesse e em seguida estendeu a mão. Kolb não se moveu, o oficial estalou os dedos duas vezes e abriu a mão novamente. Um gesto universal: *entregue o ouro.* Apressadamente, Kolb abriu o cinto, soltou o botão e conseguiu, com uma só mão, baixar as calças e entregá-las ao comandante, que correu o dedão pela costura. Um excelente alfaiate fizera este trabalho, e o comandante teve de pressionar os dedos com força para encontrar as moedas cosidas no tecido. Quando seu dedão encontrou um círculo rígido, fitou Kolb com interesse. *Quem é você, para administrar estes assuntos com tanto cuidado*? Mas Kolb continuava parado, agora em cuecas frouxas de algodão, acinzentadas com a idade, traje que o tornava, se possível, ainda menos imponente que de costume. O comandante tirou um canivete dobrável de seu bolso e fez surgir, com um golpe do pulso, uma brilhante lâmina de aço. Cortou a costura, revelando vinte moedas de ouro. Florins holandeses. Uma pequena fortuna, o comandante arregalou os olhos e depois os estreitou. *Sujeitinho esperto, o que mais você tem?*

Fatiou a outra costura, a braguilha, a cintura, as bainhas e os bolsos de trás, deixando as calças em retalhos. Atirou-as num canto e depois fez uma pergunta que Kolb não entendeu. Ou melhor, quase não entendeu, porque ele reconheceu a expressão que significa "para todos". Kolb pretendia libertar a si próprio, ou aos dois anarquistas também?

Kolb farejou perigo, e sua mente disparava entre as possibilidades. O que fazer? O que dizer? Como Kolb hesitava, o comandante tornou-se mais impaciente, encerrou todo o caso com um fidalgo gesto de mão e disse algo ao miliciano; este começou a desacorrentar Kolb e os anarquistas, que se entreolhavam e em seguida se dirigiram para a porta. Sobre a mesa, Kolb viu seu passaporte – sua pasta, seu dinheiro e relógio tinham desaparecido, mas ele precisava do passaporte para sair deste maldito país. Humildemente, com a maior modéstia que pôde encontrar, Kolb deu um passo à frente e pegou o passaporte, docilmente meneando a cabeça para o comandante quando voltou para trás. O comandante, coletando as moedas da mesa, fitou-o, mas não disse nada. O coração aos pulos, Kolb caminhou para fora do café.

Do lado de fora, a zona portuária. Armazéns incendiados, crateras de bombas na rua de paralelepípedos, um escaler meio afundado, amarrado a um ancoradouro. A rua estava lotada: soldados, refugiados; cidadãos locais sentados em meio a bagagens, esperando por um navio que nunca chegaria, sem nada para fazer e nenhum lugar para ir. Um dos fiacres de aluguel de Barcelona, com dois homens elegantemente vestidos no carro aberto, movia-se lentamente através da multidão. Um dos homens olhou para Kolb por um momento, virando-se em seguida.

Fazia sentido. Um funcionariozinho em suas roupas de baixo, fora isso vestido para um dia no escritório. Alguns olhavam, outros não – Kolb não era a coisa mais estranha que tinham visto naquele dia em Barcelona, nem de longe. Enquanto isso, as pernas de S. Kolb enregelavam-se no vento que soprava da baía. Deveria amarrar o paletó em torno da cintura? Talvez o fizesse, num minuto, mas no momento queria apenas se afastar do café o máximo que pudesse. *Dinheiro*, pensou, *e depois uma passagem de trem*. Andava rapidamente, em direção à esquina. Deveria tentar retornar ao estábulo? Correndo ao longo do porto, ele cogitava.

•

3 de fevereiro, Paris.

O clima arrefeceu para uma falsa e nublada primavera, a cidade retornandoaseu *grisaille* normal – pedras cinzas, céu gris. Carlo Weisz deixou o Hotel Dauphine às onze da manhã, um encontro do comitê do *Liberazione* no Café Europa. Seguramente foi seguido uma vez, talvez duas.

Caminhou até a estação de metrô Saint Germain-des-Prés, no caminho para a Gare du Nord, parou para contemplar uma vitrine de que gostava, velhos mapas e cartas náuticas e, com o canto do olho, viu que um homem a meio quarteirão também parou, aparentemente para examinar a vitrine de uma tabacaria. Nada incomum neste homem, em torno dos 30 anos, que usava um boné cinza e tinha as mãos nos bolsos de um paletó de tweed. Weisz, cansado de olhar para *Madagascar-1856*, seguiu em frente, entrou no metrô e desceu as escadas que levavam à plataforma sentido Porte de Clignancourt. Na descida, ouviu passos apressados no alto e olhou por cima do ombro. Naquele momento, os passos pararam. Weisz se voltou e teve um vislumbre de um paletó de tweed, quando alguém inverteu a direção e desapareceu na saída da escadaria. Seria o mesmo paletó? O mesmo homem? Quem diabos desceria as escadas do metrô para depois subir? Um homem que esquecera algo. Um homem que percebera que estava na linha errada do metrô.

Weisz ouviu o trem chegando e desceu rapidamente até a plataforma. Entrou no vagão – apenas alguns passageiros naquela hora da manhã. Quando buscou um assento, viu o homem do paletó de tweed novamente, correndo para o vagão mais próximo do pé da escada. E foi tudo. Weisz encontrou um assento e abriu uma cópia do *Le Journal*.

Mas isso não foi tudo. Pois quando o trem parou na estação Château d'Eau, alguém disse "Signor" e, quando Weisz olhou para cima, entregou-lhe um envelope e saiu rapidamente porta afora, pouco antes de o trem começar a se mover. Weisz deu apenas uma breve olhadela no homem: aproximadamente 50 anos, pobremente vestido, camisa escura abotoada até a garganta, um rosto profundamente vincado, olhos preocupados. Quando o trem pegou velocidade, Weisz foi até a porta e viu o homem correndo ao longo da plataforma. Voltou a seu assento, examinou o envelope – pardo, em branco, fechado – e abriu.

Dentro, uma única folha dobrada de papel-manteiga amarelo com um esquema cuidadosamente desenhado de uma longa forma cônica, a ponta sombreada, uma hélice e barbatanas na outra extremidade. Um torpedo. Extraordinário! Viu todos os aparatos que a coisa continha, descrições em italiano indicadas por toda a extensão – válvulas, cabos, uma turbina, um balão de ar, lemes, fusíveis, eixo acionador, e muito mais. Tudo desgraçadamente fadado a explodir. Na margem, uma lista de especificações. Peso: 1,7 tonelada. Comprimento: 7,17 metros. Carga explosiva: 269,5 quilos. Alcance/velocidade: 3.960 metros a 50 nós, 11.800 metros a 30 nós. Propulsão: câmara de ebulição. Significando, depois que pensou por um momento, que o torpedo se deslocava pela água movido a vapor.

Por que lhe deram isto?

O trem diminuiu a marcha para a próxima estação, Gare du Nord, azulejos azuis decorando a curva do túnel branco. Weisz dobrou o desenho novamente e pôs de volta no envelope. Na curta caminhada até Café Europa, tentou de todas as maneiras verificar se alguém o estava seguindo. Havia uma mulher com uma cesta de compras, um homem passeando com um cocker. Como poderia saber?

No Café Europa, Weisz falou em particular com Salamone, dizendo que um estranho no metrô lhe entregara um envelope – uma cópia de um projeto mecânico. A expressão no rosto de Salamone foi eloqüente: *era a última coisa que eu precisava hoje.*

– Veremos depois da reunião – disse. – Se é um... projeto? É melhor chamar Elena para se juntar a nós.

Elena, a química de Milão, era a conselheira do comitê para qualquer questão técnica, o resto deles mal conseguia trocar uma lâmpada. Weisz concordou. Gostava de Elena. Seu rosto anguloso, longo, o cabelo gris penteado para trás e preso por um grampo, os severos ternos escuros, nada disso revelava quem era ela em particular. Seu sorriso sim; um canto da boca alçado, o relutante meio-sorriso do ironista, testemunha dos absurdos da existência, metade divertido, metade não. Weisz a considerava atraente e, mais importante, confiava nela.

Não foi uma boa reunião.

Todos tiveram tempo de pensar sobre o assassinato de Bottini, sobre o que significava para *eles* serem alvos da OVRA – não como *giellisti*, mas como indivíduos, tentando levar suas vidas diárias. No primeiro lampejo de ira, pensaram apenas em contra-atacar, mas agora, depois de um debate sobre os artigos da próxima edição do *Liberazione*, queriam conversar sobre uma mudança do local das reuniões, sobre segurança. Consideravam-se amadores talentosos na produção de jornais, mas sabiam que segurança não era matéria para amadores talentosos, e isso os assustava.

Quando todos os outros já tinham saído, Salamone disse:

– Muito bem, Carlo, acho que deveríamos dar uma olhada no seu desenho.

Weisz colocou-o sobre a mesa.

– Um torpedo – disse ele.

Elena o examinou por algum tempo, depois deu de ombros.

– Alguém copiou isto de um projeto de engenharia, portanto este alguém achou que era importante. Por quê? Porque é diferente, melhorado, talvez experimental, mas só Deus sabe como, eu não. Isto é para um perito em artilharia.

– Há duas possibilidades – disse Salamone. – É um projeto italiano, então só poderia ter vindo de Pola, no Adriático, do que antigamente era a Whitehead Torpedo Company: fundada pelos ingleses, tomada pela Áustria-Hungria, tornada italiana depois da guerra. Você tem razão, Elena, tem que ser importante, certamente secreto, ou seja, por tê-lo estamos envolvidos em espionagem. O que significa que o homem no metrô poderia ser um *agent provocateur*, e este papel foi plantado como prova. Com base nisso, vamos queimá-lo.

– E a outra possibilidade – disse Weisz –, é que se trata de um gesto. De resistência.

– E se for? – disse Elena. – Isto só é do interesse de uma marinha, provavelmente é destinado à marinha inglesa, ou francesa. Ou seja, se aquele idiota em Roma nos jogar numa *guerra*, contra a França, ou a Grã-Bretanha, Deus me livre, isso levaria à perda de navios italianos, vidas italianas. Como? Não posso decifrar os detalhes, mas informações secretas sobre as capacidades de um armamento são sempre uma vantagem.

– É verdade – disse Salamone. – E, com base nisso, não queremos ter nada a ver com essa história. Somos uma organização de resistência, e isto é espionagem, é traição, não resistência, embora haja alguns do outro lado que pensam que é tudo a mesma coisa. Então, mais uma vez, vamos queimá-lo.

– Outra coisa – disse Weisz. – Acho que talvez eu tenha sido seguido, mais cedo hoje, quando caminhava para o metrô.

Descreveu brevemente o comportamento do homem do paletó de tweed.

– Estariam os dois trabalhando juntos de alguma maneira? – perguntou Elena.

– Não sei – disse Weisz. – Talvez eu esteja vendo monstros embaixo da cama.

– Ah, sim – disse Elena. – *Aqueles* monstros.

– Embaixo de todas as nossas camas – disse Salamone, acidamente. – Vide como foi a reunião de hoje.

– Há algo que possamos fazer?

– Não que eu saiba, a não ser interromper a publicação. Tentamos ser tão secretos quanto possível, mas, na comunidade emigrada, as pessoas falam, e os espiões da OVRA estão em toda parte.

– No comitê? – perguntou Elena.

– Talvez.

– Que mundo – disse Weisz.

– Nosso próprio mundo – disse Salamone. – Mas a imprensa clandestina é um fato da vida desde 1924. Na Itália, em Paris, na Bélgica, estamos em todos os lugares. E a OVRA não pode parar isso. Não pode diminuir essa marcha. Eles prendem um grupo socialista em Turim, os *giellisti* de Florença começam uma nova publicação. E os grandes jornais vêm sobrevivendo por um longo tempo; o socialista *Avanti*, o comunista *Unità*. Nosso irmão mais velho, o jornal da *Giustizia e Libertà* publicado em Paris. Os emigrados que editam o *Non Mollare!*, como indica o nome do jornal, *não desistem*, e o pessoal da Ação Católica publica *Il Corriere degli Italiani*. A OVRA não pode matar todos nós. Eles podem até querer, mas Mussolini ainda anseia por legitimidade aos olhos do mundo. E, quando eles de fato matam, Matteotti em 1924, os irmãos Rosselli na França em 1937, eles criam mártires; mártires da oposição italiana, e mártires nos jornais do mundo. Isto é uma guerra, e numa guerra por vezes você perde, por vezes vence, e por vezes, quando pensa que perdeu, venceu.

Elena gostou da idéia.

– Talvez isso deva ser dito ao comitê.

Weisz concordou. Os fascistas nem sempre conseguiam ditar as coisas a seu modo. Quando desapareceu Matteotti, o líder do Partido Socialista Italiano, após ter feito um apaixonado discurso antifascista, a reação na Itália foi tão intensa, mesmo entre membros do partido fascista, que Mussolini foi forçado a apoiar uma investigação. Um mês depois, o corpo de Matteotti foi descoberto numa cova rasa nas cercanias de Roma, um formão de carpinteiro atravessado em seu peito. No ano seguinte, um homem chamado Dumini foi preso, julgado e condenado, mais ou menos. Ele era culpado, disse a corte, de "homicídio não-premeditado atenuado pela resistência física subnormal de Matteotti e por outras circunstâncias". Portanto, assassinado sim, mas não tão assassinado.

– E o *Liberazione*? – perguntou Weisz. – Será que sobreviveremos, como você diz sobre os grandes jornais?

– Talvez – disse Salamone. – Por hora, antes que os policiais cheguem correndo aqui...

Amassou o papel-manteiga amarelo formando uma bola e jogou no cinzeiro.

– Quem fará as honras? Carlo?

Weisz pegou seu isqueiro de aço e acendeu um canto do papel.

Foi um fogo rápido, trêmulo e fumegante, administrado por Weisz com a ponta de um lápis. Enquanto as cinzas se espalhavam pelo cinzeiro, uma batida na porta foi seguida pela entrada do barman.

– Tudo bem por aqui?

Salamone disse que sim.

– Se vão por fogo no lugar, primeiro me avisem, certo?

4 de fevereiro. Weisz descansava em sua cadeira por um momento, assistindo à noite que caía em sua rua, e depois obrigou-se a voltar ao trabalho.

"MONSIEUR DE PARIS" MORTO AOS 76

Anatole Deibler, o grão-executor da França, faleceu ontem de ataque cardíaco na estação Châtelet do metrô de Paris. Conhecido pelo tradicional título "Monsieur de Paris", Deibler se dirigia para sua 401ª execução, tendo operado a guilhotina da França por quarenta anos. Deibler era o último herdeiro varão da posição ocupada por sua família, executores desde 1829, e diz-se que será substituído por seu assistente, conhecido como "o valete". Neste caso, André Obrecht, sobrinho de Monsieur Deibler, será o novo "Monsieur de Paris".

Seria necessário um segundo parágrafo? Segundo a esposa, Deibler era um apaixonado *bicycliste*, e competia por seu clube de ciclismo. Uniu-se pelo casamento a outra família de executores, e seu pai, Louis, foi o último a usar o tradicional chapéu alto enquanto cortava cabeças. Algo daquilo? Não, pensou Weisz, melhor não. Que tal *A invenção do dr. Joseph Guillotin na França revolucionária...*? Isso sempre aparecia quando a geringonça era mencionada, mas interessaria em Manchester ou Montevidéu? Duvidava. E o revisor provavelmente cortaria o trecho de qualquer maneira. Ainda assim, às vezes era útil dar-lhe algo que pudesse cortar. Não, que fique como está. E, com um mínimo de sorte, Delahanty o pouparia de uma tarde num funeral de fevereiro.

França apóia nomeação de Tsvetkovitch

O Quai d'Orsay anunciou hoje seu apoio ao novo primeiro-ministro da Iugoslávia, dr. Dragisha Tsvetkovitch, indicado pelo governante iugoslavo, Príncipe Paul, para substituir o dr. Milan Stoyadinovitch.

Foi tudo que receberam do comunicado de imprensa – seguido de alguns insípidos parágrafos diplomáticos. Mas a notícia tinha peso suficiente para que Weisz fosse encontrar seu contato no Ministério das Relações Exteriores. Seguiu para o régio edifício central do Quai d'Orsay, próximo ao Palais Bourbon, retrocedendo no tempo ao século XVIII: vastos candelabros, quilômetros de tapetes Aubusson, infindáveis escadarias de mármore, o silêncio do estado.

Devoisin, um subsecretário permanente do ministério, tinha um sorriso magnífico, e um escritório magnífico, janelas para um Sena ardósia, invernal. Ofereceu a Weisz um cigarro de uma caixa de cerejeira sobre a escrivaninha e disse:

– Confidencial, estamos contentes de ver aquele canalha Stoyadinovitch pelas costas. Um nazista, Weisz, até a medula, o que não é nenhuma novidade para você.

– Sim, o *Vodja* – disse Weisz, secamente.

– Monstruoso. O *líder*, exatamente como seus colegas; o *Führer*, o *Duce* e o *Caudillo*, como Franco gosta de se intitular. E o velho *Vodja* também teve toda a parafernália, milícia dos Camisas Verdes, saudação de braço erguido, toda a sordidez. De qualquer modo, *adieu*, pelo menos por enquanto.

– Este *adieu* – disse Weisz. – Seu pessoal esteve envolvido?

Devoisin sorriu.

– Você adoraria saber, não?

– Há maneiras de dizer. Não tão diretamente.

– Não neste gabinete, meu amigo. Suspeito que os ingleses tenham ajudado, o Príncipe Paul é um grande camarada deles.

– Então direi apenas que a expectativa é de que a aliança franco-iugoslava se fortaleça.

– Certamente; nosso amor se aprofunda com o tempo.

Weisz fingiu escrever.

– Gostei bastante disto.

– A bem da verdade, nós amamos os sérvios, não é possível negociar com os croatas, estão indo direto para o canil de Mussolini.

– Eles não gostam uns dos outros por lá, está no sangue.

– Está, não? E, se por acaso você ouvir algo sobre isso, sobre uma independência croata, uma palavra sua será muito bem-vinda.

– Você será o primeiro a saber. Em todo caso, gostaria de elaborar uma declaração oficial? Sem citar nomes, claro. "Um antigo oficial afirma..."

– Weisz, por favor, minhas mãos estão atadas. A França apóia a mudança, e cada palavra no comunicado foi suavizada ao máximo. Gostaria de tomar um café? Vou mandar trazer.

– Obrigado, não. Usarei o cenário nazista, sem usar a palavra.

– Nada veio de mim.

– Claro que não – disse Weisz.

Devoisin mudou de assunto – estaria em breve viajando para Saint Moritz para esquiar por uma semana, perguntou se Weisz tinha visto a nova mostra de Picasso na galeria de Paul Rosenberg, o que achou dela. O relógio interno de Weisz foi eficiente: 15 minutos, e ele então tinha que "voltar ao escritório".

– Não suma – disse Devoisin. – É sempre bom vê-lo.

Ele tinha, pensou Weisz, um sorriso verdadeiramente magnífico.

12 de fevereiro. A solicitação – era uma ordem, claro – chegou como uma mensagem telefônica em sua caixa postal no escritório. A secretária que recebeu a mensagem pregou nele um certo olhar quando ele chegou naquela manhã. *Pois bem, o que significa isso?* Ela não esperava que ele lhe contasse, não era da conta dela, e foi apenas um olhar momentâneo, mas de um tipo prolongado, concentrado. E ela o observava enquanto ele lia – sua presença era solicitada na Sala 10 da *Sûreté Nationale*, às oito da manhã seguinte. O que ela pensou, que ele iria tremer? Desmanchar-se em suor frio?

Não fez nenhum dos dois, mas sentiu, na boca estômago. A *Sûreté* era a polícia de segurança nacional – o que queriam? Pôs a tira de papel no bolso e, passo a passo, dedicou-se ao seu dia de trabalho. Mais tarde naquela manhã, resolveu passar no escritório de Delahanty. Teria a secretária contado algo? Mas Delahanty não disse nada e agiu como sempre. Será mesmo? Ou havia algo? Saindo cedo para o almoço, Weisz ligou para Salamone de um telefone público num café, mas Salamone estava no trabalho e, além de "Bem, tome cuidado", não pôde dizer muito. Naquela noite, Weisz levou Véronique ao balé – lugares na galeria, mas eles puderam ver – e para jantar logo depois. Véronique era atenciosa, inteligente e comunicativa, e daquelas que não perguntam aos homens o que há de errado. Eles não teriam falado com *ela*, teriam? Ele pensou em perguntar, mas o momento certo não chegou. Caminhando para casa, a idéia não o deixava em paz; elaborava perguntas, tentava respondê-las e depois começava novamente.

Às 8h10 da manhã seguinte, ele caminhou pela avenue de Marigny para o Ministério do Interior na rue des Saussaies. Maciço e cinzento, o prédio se estendia ao horizonte e erguia-se diante dele; aqui viviam os pequenos deuses em pequenas salas, os deuses do destino emigrado, que poderiam colocá-lo num trem, de volta para onde quer que fosse, de volta para o que quer que o estivesse esperando.

Um funcionário o levou à Sala 10 – uma mesa longa, algumas cadeiras, um sibilante aquecedor a vapor, uma janela alta atrás de uma grade. Uma presença poderosa na Sala 10: cheiro de tinta recente e fumaça de cigarro estagnada, mas principalmente um cheiro de suor, como num ginásio. Fizeram-no esperar, claro, eram 9h20 quando apareceram, dossiês em mãos. Havia algo no mais jovem, em torno de seus 20 anos, pensou Weisz, que sugeria a palavra *estagiário*. O mais velho era um policial, grisalho e cabisbaixo, com olhos que tinham visto de tudo.

Formais e corretos, eles se apresentaram e espalharam seus dossiês. Inspetor Pompon, o mais jovem, sua camisa branca engomada brilhando como o sol, conduziu o interrogatório e anotou as respostas de Weisz num formulário impresso. Depois de confirmar as informações pessoais, data de nascimento, endereço, ocupação, chegada à França – tudo constando no dossiê – perguntou se Weisz conhecia Enrico Bottini.

– Sim, éramos conhecidos.

– Bons amigos?

– Amigos, eu diria.

– O senhor alguma vez encontrou sua amante, Madame LaCroix?

– Não.

– Talvez ele tenha falado dela.

– Não para mim.

– O senhor sabe, Monsieur Weisz, por que está aqui hoje?

– Na verdade, não.

– Normalmente esta investigação seria conduzida pela *préfecture* local, mas nos interessamos por ela porque envolve a família de um indivíduo que trabalha para o governo nacional. Ou seja, estamos preocupados com as, ahn, implicações políticas. Do assassinato/suicídio. Está claro?

Weisz respondeu que sim. E estava, embora o francês não fosse sua língua nativa, e responder perguntas na *Sûreté* não fosse o mesmo que papear com Devoisin ou dizer a Véronique que gostava de seu perfume. Felizmente, Pompon extraía considerável prazer do som de sua própria voz, macia e precisa, e isso o tornava lento o suficiente para que, com esforço, Weisz pudesse entender bem todas as palavras.

Pompon pôs de lado o dossiê de Weisz, abriu outro, e procurou pelo que queria. Weisz pôde ver a impressão de um carimbo oficial, feito com uma almofada de tinta vermelha, no canto superior de cada página.

– Seu amigo Bottini era canhoto, Monsieur Weisz?

Weisz pensou a respeito.

– Não sei – disse. – Nunca notei que era.

– E como descreveria sua filiação política?

– Era um emigrado político, da Itália, portanto eu descreveria sua política como antifascista.

Pompon anotou a resposta, sua mão cuidadosa produto de um sistema educacional que exigia horas intermináveis no exercício da caligrafia.

– O senhor diria que ele era de esquerda?

– De centro.

– Vocês discutiam política?

– Quando surgia o assunto, de maneira geral.

– Ouviu falar de um jornal, uma publicação clandestina, que se chama *Liberazione*?

– Sim. Um jornal de oposição distribuído na Itália.

– Já leu?

– Não. Vi outros, aqueles que são publicados em Paris.

– Mas não o *Liberazione*.

– Não.

– E a relação de Bottini com este jornal?

– Não saberia dizer. Ele nunca mencionou.

– Poderia descrever Bottini? Que tipo de homem era ele?

– Muito orgulhoso, seguro de si. Melindroso, creio, e consciente de sua... aqui se diz "posição"? Seu lugar na ordem das coisas. Era um advogado proeminente, em Turim, e era sempre um advogado, mesmo quando amigo.

– Significando precisamente o quê?

Weisz pensou por um momento.

– Se havia uma discussão, mesmo que fosse uma discussão amigável, ainda assim ele gostava de vencer.

– O senhor diria que ele era capaz de cometer violência?

– Não, creio que violência, para ele, significava fracasso, uma perda, uma perda de...

– Autocontrole?

– Ele acreditava em palavras, debate, racionalidade. Violência para ele era um, como dizer? Um declínio, um declínio ao nível de, bem, animais.

– Mas ele assassinou sua amante. O senhor acha que foi paixão romântica que o levou a fazer tal coisa?

– Não acredito nisso.

– O quê, então?

– Suspeito que esse crime tenha sido um duplo assassinato, não um assassinato/suicídio.

– Cometido por quem, Monsieur Weisz?

– Por agentes do governo italiano.

– Um homicídio, então.

– Sim.

– Sem nenhuma preocupação com o fato de que uma das vítimas era a mulher de um importante político francês.

– Não, não creio que eles se importassem.

– Portanto, Bottini era, em sua forma de ver, o alvo primário?

– Acredito que era, sim.

– Por que acredita nisso?

– Acho que isto teve a ver com o envolvimento dele com a oposição antifascista.

– Por que ele, Monsieur Weisz? Há outros em Paris. Em bom número.

– Não sei por quê – disse Weisz.

Estava muito quente na sala, Weisz sentiu uma gota de suor escorrer da axila até a barra da camisa.

– Como um emigrado, Monsieur Weisz, qual é a sua opinião sobre a França?

– Sempre gostei daqui, e desde muito antes de emigrar.

– O senhor gosta exatamente do quê?

– Eu diria... – fez uma pausa, e depois disse: – A tradição da liberdade individual sempre foi forte aqui, e eu aprecio a cultura, e Paris é tudo que se diz dela. É um privilégio viver aqui.

– O senhor está ciente de que há disputas entre nós, a Itália exige a Córsega, a Tunísia e Nice; portanto, se seu país natal e seu país adotivo lamentavelmente entrassem em guerra, o que faria então?

– Bem, eu não iria embora.

– O senhor serviria a um país estrangeiro, contra sua terra natal?

– Hoje – disse Weisz – não sei como responder a isso. Minha esperança é pela mudança no governo da Itália, e paz entre ambas as nações.

Realmente, se há dois países que não deveriam entrar em guerra, são Itália e França.

– E o senhor deseja pôr esses ideais em prática? Pela harmonia que acredita que deveria haver entre estas duas nações?

Ah, vá se foder.

– Sinceramente, não consigo imaginar o que eu poderia fazer para ajudar. Tudo acontece no alto, essas dificuldades. Entre nossos países.

Pompon quase sorriu, começou a falar, para atacar, mas seu colega, muito calmamente, limpou a garganta.

– Apreciamos sua sinceridade, Monsieur Weisz. Não são tão fáceis, estas políticas. Talvez o senhor seja daqueles que acreditam de coração que as guerras deveriam ser decididas por diplomatas de cuecas, lutando com cabos de vassouras.

Weisz sorriu, intensamente agradecido.

– Eu pagaria para ver isso, sim.

– Infelizmente, não funciona assim. Uma pena, não? Aliás, por falar em diplomatas, eu me pergunto se o senhor, como jornalista, ficou sabendo que um oficial italiano da embaixada daqui foi enviado para casa. *Persona non grata*, acredito que foi esta a frase.

– Não ouvi falar.

– Não? Tem certeza? Bem, talvez um comunicado não tenha sido emitido; não é da nossa conta, aqui nas trincheiras, mas me disseram que realmente aconteceu.

– Não soube – disse Weisz. – Nada chegou à Reuters.

O policial deu de ombros.

– Então é melhor manter o bico fechado, não?

– É o que farei – disse Weisz.

– Muito obrigado – disse o policial.

Pompon fechou seu arquivo.

– Creio que é tudo por hoje – disse. – É claro que falaremos com o senhor novamente.

Weisz deixou o ministério, um vulto solitário em meio à correnteza de homens com suas pastas, circundou o prédio – o que levou um longo tempo –, finalmente saiu de sua sombra e foi para o escritório da Reuters. Relembrando a entrevista, sua mente girava, mas com o tempo se fixou no diplomata enviado de volta à Itália. Por que lhe contaram aquilo? O que queriam dele? Por terem farejado que ele se tornou o novo editor do *Liberazione*, esperaram pela mentira *pro forma*, para depois tentá-lo com uma história interessante. A imprensa clandestina não existia oficialmente, mas era potencialmente útil. Como? Porque o governo francês poderia querer tornar público, para aliados e inimigos da Itália, que tomou providências no caso Bottini. Não divulgaram um comunicado, não queriam forçar o governo Mussolini a exonerar um diplomata francês, o tradicional sacrifício de um peão no xadrez diplomático. Por outro lado, não poderiam simplesmente cruzar os braços, tinham de vingar o mal feito a LaCroix, um político importante.

Seria verdade? Se não, e se a história aparecesse no *Liberazione*, ficariam muito aborrecidos com ele. *Mantenha o bico fechado, certo?* Melhor fazer isso, se você valoriza a cabeça que carrega o bico. Não, pensou, deixe como está, deixe que encontrem algum outro jornal, não morda a isca. Os franceses permitiam que o *Liberazione* e os outros existissem porque a França se opunha publicamente ao governo fascista. Hoje. Amanhã, isso poderia mudar. Por todos os lados na Europa, a possibilidade de uma outra guerra forçava alianças governadas pela *realpolitik*: Inglaterra e França precisavam da Itália como parceira contra a Alemanha, não podiam ter a Rússia e não teriam os Estados Unidos, por isso tinham de combater Mussolini com uma mão e afagá-lo com a outra. A valsa da diplomacia, e agora Weisz era convidado a entrar na dança.

Mas ele declinaria, com o silêncio. Foi convocado para esse encontro, concluiu, como editor do *Liberazione* – uma missão para o Inspetor Pompon, o novo homem no cargo: poderia espionar para eles?, seria discreto com relação à política francesa? E *falaremos com o senhor novamente* significava *estamos de olho em você*. Pois fiquem de olho. Mas as respostas, *não*, e *sim*, não mudariam.

Agora Weisz se sentia melhor. Um dia não tão mau, pensou, o sol indo e vindo, nuvens grandes e elaboradas chegando do Canal da Mancha e esvoaçando para leste por sobre a cidade. Weisz, no caminho para o quarteirão da Opéra, deixou as cercanias do ministério e retornou às ruas de Paris: duas vendedoras de loja guiando bicicletas em seus aventais cinzas, um senhor de idade num café, lendo *Le Figaro*, seu terrier enrodilhado sob a mesa, um músico na esquina tocando clarineta, alguns centavos dentro do chapéu virado para cima. Todos eles, pensou ao acrescentar uma moeda de um franco no chapéu, figurando em dossiês. Ficou um pouco abalado por ver o seu próprio, mas a vida continua. Mesmo assim, era triste a seu modo. Entretanto, em nada diferia da Itália, os dossiês lá chamados *schedatura* – informações sobre alguém que supostamente constava num arquivo policial chamado *schedata* – compilados pela polícia nacional por mais de uma década, registrando visões políticas, hábitos da vida diária, pequenos e grandes pecados, tudo. Estava tudo escrito.

Aproximadamente às 10h15, Weisz estava de volta ao escritório. De volta, novamente, a um certo olhar da secretária: *O quê, sem algemas?* E, como ele temia, ela contou a Delahanty sobre a mensagem, porque ele disse "Tudo bem, rapaz?" quando Weisz visitou sua sala. Weisz olhou para o teto e abriu as mãos, Delahanty sorriu. Polícia e emigrados, nenhuma novidade. Na opinião de Delahanty, um funcionário poderia ser quase um assassino com um machado, contanto que a frase do ministro das Relações Exteriores estivesse correta.

Passada a entrevista, Weisz se permitiu ter um dia tranqüilo no escritório. Deu um telefonema para Salamone, tomou café em sua mesa e, sendo um *cruciverbiste*, como diziam os franceses, brincou com as palavras cruzadas no *Paris-Soir*. Fazendo poucos progressos, encontrou três dos cinco animais do quebra-cabeça, passou para as páginas de cultura, consultou a programação dos cinemas e descobriu, nos confins distantes do décimo primeiro Arrondissement, *L'Albergo del Bosco*, de 1932. O que *aquilo* estava fazendo ali? O décimo primeiro mal chegava a ser na França, um bairro pobre, lar de refugiados. Ouvia-se mais iídiche, polonês e russo do que francês naquelas ruas sombrias. E italiano? Talvez. Havia milhares de italianos em Paris, trabalhando em qualquer coisa que conseguissem encontrar, vivendo onde quer que o aluguel fosse baixo e a comida barata. Weisz anotou o endereço do cinema, talvez fosse até lá.

Olhou para cima e viu Delahanty caminhando casualmente na direção de sua mesa, as mãos nos bolsos. No trabalho, o chefe do escritório parecia um operário – um operário completamente amarfanhado: sem paletó, mangas dobradas, as pontas do colarinho tortas, calças folgadas e usadas sob uma grande barriga. Sentou-se de lado na beirada da mesa de Weisz e disse:

– Carlo, meu mais antigo e mais querido amigo...

– Sim?

– Você vai ficar contente em saber que Eric Wolf vai se casar.

– Oh? Que bom.

– Que bom mesmo. Está voltando para Londres, para se casar com seu docinho e levá-la em lua-de-mel para a Cornualha.

– Uma lua-de-mel longa?

– Duas semanas. O que deixa Berlim sem cobertura, claro.

– Quando me quer lá?

– Três de março.

Weisz assentiu.

– Estarei lá.

Delahanty se pôs de pé.

– Ficamos gratos, rapaz. Com Eric fora, você é meu melhor homem no alemão. Você conhece o riscado: vão levá-lo para comer, vão alimentá-lo com propaganda, você vai enviar, nós não vamos publicar. Mas, se eu não cobrir, aquele mexeriqueiro vai começar uma guerra comigo, só por rancor, e nós não queremos isso, queremos?

O Cinéma Desargues não ficava na rue Desargues, não exatamente. Ficava no final de um beco, no que outrora fora uma garagem – vinte cadeiras dobráveis de madeira, uma tela parecendo um lençol pendendo do teto. O proprietário, um gnomo de cara rançosa usando um quipá, pegou o dinheiro e em seguida rodou o filme sentado em uma cadeira inclinada para trás contra a parede. Ele assistia ao filme numa espécie de transe, a fumaça de seu cigarro flutuava através da luz azul que irradiava na tela, enquanto o diálogo estalava acima do chiado da música incidental e do assobio ritmado do projetor.

Em 1932, a Itália ainda está sufocada pela Depressão, portanto ninguém chega para se hospedar no *albergo del bosco* – o albergue do bosque, próximo a uma vila nos limites de Nápoles. O estalajadeiro, com cinco filhas, é atormentado por credores, e então entrega suas últimas economias ao marquês local por precaução. Contudo, devido a um mal-entendido, o marquês, membro da mui decadente nobreza e não mais rico que o estalajadeiro, doa o dinheiro para a caridade. Acidentalmente descobrindo seu erro – o estalajadeiro é um homem orgulhoso e finge que pretendia dar o dinheiro –, o marquês vende seus últimos dois retratos de família, e assim paga ao estalajadeiro para oferecer um grande banquete para os habitantes pobres da vila.

Não tão mau, prendeu a atenção de Weisz. O operador de câmera era bom, muito bom, mesmo em preto-e-branco, pois os montes e prados, a grama alta oscilando ao vento, a estradinha branca marginada por choupos e o adorável céu napolitano pareceram-lhe muito reais. Ele conhecia o lugar, ou lugares como aquele. Conhecia aquela vila – sua fonte seca com a borda corroída, seus casarios sombreando a rua estreita e seu povo – o carteiro, as mulheres com lenços de cabeça. Conhecia o casarão do marquês, telhas caídas do teto esperançosamente empilhadas junto à porta, a velha criada sem pagamento há anos. A sentimental Itália, pensou Weisz, cada um de seus quadros. E a música também era excelente – vagamente operística, lírica, doce. Muito sentimental realmente, pensou Weisz, a Itália dos sonhos, ou dos poemas. Ainda assim, partiu seu coração. Enquanto caminhava pelo corredor em direção à porta, o proprietário o fitou por um momento, a este homem num bom sobretudo escuro, óculos em uma das mãos, o indicador da outra tocando os cantos dos olhos.

CIDADÃO
DA
NOITE

3 DE MARÇO, 1939.

Weisz ocupou um compartimento num vagão-leito do trem noturno para Berlim, partindo às sete da Gare du Nord, chegando em Berlim ao meio-dia. Um sono inquieto na melhor das hipóteses, passou as horas acordando e cochilando, olhando para fora da janela quando o trem parava nas estações – Dortmund, Bielefeld – ao longo do caminho. Depois da meia-noite, as plataformas iluminadas por holofotes ficavam silenciosas e desertas, apenas um ocasional passageiro ou carregador ferroviário, aqui e ali um policial com um pastor-alemão na coleira, seus hálitos se vaporizando no gélido ar germânico.

Na noite em que bebeu drinques com o sr. Brown, ele pensou por muito tempo em Christa Zameny, sua ex-amante. Casada na Alemanha há três anos, agora ela estava fora de seu alcance, suas elaboradas tardes juntos fadadas a permanecer como lembrança de uma aventura amorosa. Ainda assim, quando Delahanty o mandou para Berlim, Weisz procurou por ela em sua agenda de endereços e cogitou escrever um bilhete. Ela lhe enviara o endereço em uma carta de adeus, contando de seu casamento com Von Schirren, dizendo que era a melhor coisa para ela naquela altura da vida. *Jamais nos veremos novamente*, ela quis dizer. Abaixo, no parágrafo final, seu novo endereço, onde ele jamais a veria novamente. Alguns casos de amor morrem, pensou Weisz. Outros param.

Agora, no Adlon, ele dormiria por uma ou duas horas; preparava-se para o descanso desfazendo a mala, despindo-se até as roupas de baixo, pendurando terno e camisa no armário, levantando a colcha e abrindo o folheto informativo do Adlon que jazia sobre a escrivaninha de mogno. Um hotel fino o Adlon, o melhor de Berlim, com papéis e envelopes igualmente finos, o nome e o endereço do hotel em elegante tipografia dourada. A vida era fácil para um hóspede aqui, era possível escrever uma mensagem para um conhecido, fechá-la num espesso envelope de cor creme e convocar o portador, que providenciaria um selo e postaria. Tão fácil, realmente. E o sistema postal de Berlim era rápido e eficiente. Antes das 10h do dia seguinte, um tilintar delicado e discretíssimo vindo do telefone. Weisz saltou como um gato – não houve um segundo toque.

Às quatro e meia da tarde, o bar do Adlon estava quase vazio. Escuro e camurçado, não era muito diferente do Ritz – poltronas estofadas, mesas baixas para drinques. Um homem gordo com um broche do partido nazista na lapela tocava Cole Porter num piano branco. Weisz pediu um conhaque, depois outro. Talvez ela não viesse, talvez, no último minuto, ela não pôde vir. Sua voz estava calma e cortês ao telefone – passou-lhe pela cabeça que ela não estava sozinha quando ele telefonou. Que atencioso da parte dele escrever. Estava tudo bem? Oh, um drinque? No hotel? Bem, ela não sabia, às quatro e meia talvez, não estava muito certa, um dia terrivelmente cheio, mas ela tentaria, tão atencioso da parte dele escrever.

Essa era a voz, e os modos, de uma aristocrata. A protegida filha de um pai amoroso, um nobre húngaro, e de uma mãe distante, filha de um banqueiro alemão, foi criada pela governanta no bairro Charlottenburg de Berlim, estudou em internatos na Inglaterra e na Suíça, e depois na Universidade de Jena. Compunha poesia imagética, freqüentemente em francês, publicação privada. E encontrou maneiras, depois da formatura, de viver além da riqueza – dirigiu um quarteto de cordas por um tempo, trabalhou no corpo docente de uma escola para crianças surdas.

Conheceram-se em Trieste, no verão de 1933, numa festa barulhenta e alcoólica, ela com amigos num iate, cruzando o Adriático. Trinta e sete anos quando seu caso de amor começou, ela mantinha um estilo nascido nos anos 20 de Berlim, e nos dela: mulher extremamente erótica vestida como um homem extremamente severo. Terno preto de risca de giz, camisa branca, gravata sóbria, cabelo castanho curto, exceto na frente, onde era cortado numa diagonal aguda apontando para um olho. Às vezes, no extremo do estilo, ela engomava os cabelos e os penteava para trás das orelhas. Tinha pele alva e macia, testa alta, nenhuma maquiagem – apenas um leve toque de discreto batom incolor. Um rosto mais impressionante que belo, com toda a personalidade depositada nos olhos: verdes e pensativos, concentrados, destemidos e penetrantes.

A entrada do bar Adlon ficava no alto de três degraus de mármore, através de um par de portas forradas de couro com janelinhas, e, quando se abriram e Weisz se voltou para ver quem era, seu coração alçou vôo. Não muito depois, talvez 15 minutos mais tarde, um garçom se aproximou da mesa, recolheu uma grande gorjeta, meio conhaque e meio coquetel de champanhe.

Não apenas o coração se afeiçoara mais com a ausência.

Do lado de fora da janela, Berlim nos meios-tons de seu crepúsculo de inverno, do lado de dentro, entre os destroços tombados e emaranhados das roupas de cama, Weisz e Christa deitaram-se pesadamente nos travesseiros, recuperando o fôlego. Ele se ergueu sobre um cotovelo, pôs três dedos na base da garganta dela e traçou o eixo de seu corpo até o fim. Por um momento, ela fechou os olhos, um sorriso muito tênue nos lábios.

– Você tem joelhos vermelhos – disse ele.

Ela deu uma olhada.

– Tenho mesmo. Está surpreso?

– Bem, não.

Ele moveu a mão um pouco e logo a repousou. Ela pôs a mão sobre a dele. Weisz fitou-a por um longo tempo.

– Então, o que vê?

– A melhor coisa que já vi.

De Christa, um sorriso duvidoso.

– Não, é verdade – disse ele.

– São seus olhos, amor. Mas eu adoro ser o que você vê.

Ele se deitou, as mãos entrelaçadas sob a cabeça. Ela se pôs de lado e estendeu um braço e uma perna sobre ele, o rosto pressionado contra seu peito. Embalaram-se no silêncio por um instante, e de repente ele percebeu que sua pele, onde o rosto dela descansava, estava molhada e quente. Ele começou a falar, para perguntar, mas ela pôs um dedo suave sobre seus lábios.

Diante da escrivaninha, de costas para ele, ela esperou que a telefonista do hotel respondesse ao telefone e depois ditou um número. Nua, ela estava mais esbelta do que ele recordava – isto sempre o impressionava – e enigmaticamente desejável. O que havia nela, que o tocava tão profundamente? Mistério, mistério dos amantes, um campo magnético além das palavras. Ela esperava enquanto o telefone tocava, trocando o peso de um pé para o outro, uma das mãos inconscientemente alisando os cabelos. Era excitante observá-la; a nuca – cabelos curtos e altos – as costas longas, tesas, a suave curva do quadril, a fenda profunda, pernas bem torneadas, pés bem cuidados.

– Helma? – disse ela. – Sou eu. Poderia por favor dizer a Herr Von Schirren que estou atrasada? Oh, ele não está em casa? Pois bem, quando ele chegar, diga a ele. Sim, é só isso. Até logo.

Pôs o fone de volta no gancho alto e se voltou, leu os olhos dele, ergueu-se nos dedos de um pé, mãos para o alto, dedos na posição das castanholas, e executou uma pirueta de dançarina espanhola no carpete do Adlon.

– Olé – disse ele.

Ela voltou para a cama, pegou uma ponta da colcha e puxou-a sobre ambos. Weisz esticou-se por cima dela e apagou a luz da cabeceira, deixando o quarto nas sombras. Por uma hora, eles fingiram passar uma noite juntos.

•

Mais tarde, ela se vestiu à luz dos postes de rua que brilhava através da janela, em seguida dirigiu-se ao banheiro para pentear os cabelos. Weisz seguiu-a e parou à porta.

– Por quanto tempo vai ficar?

– Duas semanas.

– Ligarei para você – disse ela.

– Amanhã?

– Sim, amanhã.

Olhando no espelho, ela virou a cabeça para um lado, depois para o outro.

– Na hora do almoço, eu posso ligar.

– Você tem um escritório?

– Todos temos que trabalhar, aqui no Reich de mil anos. Sou uma espécie de executiva, na *Bund Deutscher Mädchen*, a Liga das Moças Alemãs, parte da organização Juventude Hitlerista. Um amigo de Von Schirren me conseguiu o emprego.

– Na Itália, eles começam pelos 6 anos de idade, fazem das crianças fascistas, pegam-nas enquanto são pequenas. É horrível.

– Sim. Mas *temos* é o que quero dizer. Temos de fazer parte, caso contrário eles vêm atrás de nós.

– O que você faz?

– Organizo coisas, faço planos... Para desfiles, ou exibições de ginástica coletiva, ou o que quer que seja naquela semana. Às vezes tenho que levá-las para o campo, trinta adolescentes, para fazer a colheita ou simplesmente para respirar o ar da floresta alemã. Fazemos uma fogueira, cantamos e então algumas delas vão para os bosques de mãos dadas. Tudo muito ariano.

– Ariano?

Ela riu.

– É como eles pensam. Saúde e força e *Freiheit*, liberdade do corpo. Esperam de nós que encorajemos essas coisas, porque os nazistas querem que elas procriem. Se não querem se casar, devem sair por aí e encontrar um soldado solitário e engravidar. Para fazer mais soldados. Herr Hitler precisará de todos que puder ter, quando for para a guerra.

– E quando será isso?

– Ah, isso eles não dizem. Em breve, eu acho. Se um homem está procurando briga, mais cedo ou mais tarde ele encontra. Pensávamos que seria contra os tchecos, mas deram a Hitler o que ele queria, portanto agora, talvez, os poloneses. Ultimamente ele tem gritado contra eles no rádio, e o Ministério da Propaganda lança histórias nos jornais: aqueles pobres alemães em Danzig, espancados por gangues polonesas. Nada sutil.

– Se ele atacar, os ingleses e franceses vão declarar guerra.

– Sim, espero que sim.

– Eles fecharão a fronteira, Christa.

Ela se voltou e, por um momento, seus olhos se encontraram. Por fim, ela disse:

– Sim, eu sei.

Uma última olhada em si mesma no espelho, em seguida pôs o pente de volta em sua bolsa, vasculhou nela por um momento e sacou uma peça de joalheria, erguendo-a para que Weisz pudesse ver.

– Minha *Hakenkreuz.* Onde eu vivo, todas as damas usam uma.

Numa corrente de prata, uma suástica feita de prata envelhecida, com um diamante em cada um dos quatro braços.

– Que beleza – disse Weisz.

– Von Schirren me deu.

– Ele está no partido?

– Deus, não! Ele pertence à velha e próspera Prússia, eles odeiam Hitler.

– Mas ele fica.

– É claro que fica, Carlo. Talvez ele pudesse ter saído há três anos, mas naquela época ainda havia esperança de que alguém veria a luz e se livraria dos nazistas. No começo, em 1933, ninguém aqui poderia acreditar no que eles estavam fazendo, que passariam incólumes. Mas agora, cruzar a fronteira seria perder tudo. Cada casa, cada conta bancária, cada cavalo, os criados. Meus *cães.* Tudo. Mãe, pai, família. Fazer o quê? Passar roupa para fora em Londres? Enquanto isso, a vida segue por aqui, e, a qualquer momento, Hitler terá ido longe demais e o exército assumirá o controle. Amanhã, talvez. Ou no dia seguinte. Isso é o que Von Schirren diz, e ele *sabe* de coisas.

– Você o ama, Christa?

– Tenho muito afeto por ele, é um bom homem, um cavalheiro da velha Europa, e ele me deu um lugar na vida. Eu não poderia seguir por muito tempo, vivendo como vivia.

– Independentemente de tudo isso, eu temo por você.

Ela meneou a cabeça, pôs a *Hakenkreuz* de volta na bolsa, fechou a aba e prendeu o botão.

– Não, não, Carlo, não pense assim. Este pesadelo acabará, este governo cairá, e aí, bem, cada um será livre para fazer o que quiser.

– Não tenho tanta certeza de que vai cair.

– Ah, mas vai – ela baixou a voz e inclinou-se para ele. – E, acho que posso dizer isto, há alguns de nós nesta cidade que poderiam até dar um empurrãozinho.

Weisz chegou ao escritório da Reuters, no final da Wilhelmstrasse, em torno das oito e meia da manhã seguinte. Os outros dois repórteres ainda não haviam chegado, mas ele foi recebido pelas duas secretárias, ambas na casa dos 20 anos e que, segundo Delahanty, falavam inglês e francês perfeitamente e podiam lidar com outras línguas se fosse necessário. "Estamos tão felizes por Herr Wolf, ele voltará com a esposa?" Weisz não sabia – duvidava que Wolf voltaria, mas não podia dizê-lo. Sentou-se na cadeira de Wolf e leu as notícias da manhã nos jornais do homem erudito, o *Deutsche Allgemeine Zeitung* de Berlim e o *Das Reich*, de Goebbels. Nada de especial, dr. Goebbels escrevendo sobre a possível substituição de Chamberlain por Churchill, "essa troca de cavalos no meio do rio já é suficientemente nociva, mas trocar um asno por um touro seria fatal". Quanto ao resto, tratava-se do que o Ministério da Propaganda quisesse dizer naquele dia. Ou seja, jornais controlados pelo governo, nenhuma novidade.

Mas o controle sobre a imprensa poderia ter conseqüências inesperadas – Weisz recordou o exemplo clássico, o fim da Grande Guerra. A rendição de 1918 lançou ondas de choque e ira entre o público alemão. Afinal, liam todos os dias que seus exércitos saíam vitoriosos no campo, e em seguida, subitamente, o governo capitulou. Como isso pôde acontecer? O infame *Dolchstoss*, a facada nas costas, *aquela* era a razão – a manipulação política em casa sobrecarregou os corajosos soldados e desonrou seu sacrifício. Portanto, eram os judeus e os comunistas, aqueles ardilosos políticos de gueto, os responsáveis pela derrota. Nisso o público alemão acreditou. E a mesa foi posta para Hitler.

Terminados os jornais, Weisz começou a ler os comunicados de imprensa, empilhados na gaveta de Wolf. Tentou se concentrar, mas não conseguiu. O que Christa estaria fazendo? Ele não esquecia sua voz sussurrada – *dar um empurrãozinho.* Isto significava negócios clandestinos, conspiração, resistência. Sob o controle dos nazistas e de sua polícia secreta, a Alemanha se tornou um estado de contra-espionagem, de informantes ansiosos e *agents provocateurs* por todos os lados, será que ela sabia o que lhe podia *acontecer*? Sim, ela sabia, malditos olhos aristocratas, *aquela gente* não diria a Christa Zameny von Schirren o que ela podia ou não podia fazer. O sangue falava, ele pensou, e falava alto. Contudo, seria algo tão diferente do que ele estava fazendo? *É diferente*, pensou. Mas não era, e ele sabia.

A porta do escritório estava aberta, mas uma das secretárias parou no limiar e tamborilou educadamente no batente.

– Herr Weisz?

– Sim, ahn...

– Eu sou Gerda, Herr Weisz. O senhor tem um compromisso, no clube de imprensa do Ministério da Propaganda, às onze da manhã, com Herr Doktor Martz.

– Obrigado, Gerda.

Com tempo para uma caminhada tranqüila, Weisz rumou para a Leipzigerstrasse em direção ao novo clube de imprensa. Passando pela Wertheim's, a vasta loja de departamentos de um quarteirão, ele parou por um momento para observar um vitrinista retirando uma amostra de livros e cartazes anti-soviéticos – títulos de livros contornados por chamas, cartazes mostrando espalhafatosos vilões bolcheviques com grandes narizes curvos – e empilhando-os cuidadosamente num carrinho de mão. Quando o vitrinista virou e olhou para ele, Weisz seguiu seu caminho.

Fazia três anos que estivera em Berlim – algo mudara? As pessoas nas ruas pareciam prósperas, bem alimentadas, bem vestidas, mas havia algo no ar, não exatamente medo, que o alcançava. Era como se todos guardassem um segredo, o mesmo segredo, sendo, porém, uma insensatez demonstrá-lo para os outros. Berlim sempre parecera oficial – muitos tipos de polícias, condutores de bonde, guardas de zoológico –, mas agora era uma cidade vestida para a guerra. Uniformes por todo lado: soldados da SS vestidos de negro com o distintivo em formato de raio, *Wehrmacht*, *Kriegsmarine*, *Luftwaffe*, outros que não reconhecia. Quando uma dupla da SA veio em sua direção, fardas e calças marrons e capacetes com tiras sob os queixos, ninguém pareceu mudar de direção, e no entanto um caminho se abriu para eles, quase magicamente, na calçada congestionada.

Ele parou numa banca de jornal, onde fileiras de revistas exibidas no quiosque prenderam sua atenção. *Fé e Beleza*, *A Dança*, *Fotografia Moderna*, todas as capas mostrando mulheres nuas empenhadas em atividades saudáveis de algum tipo. A administração nazista imediatamente baniu a pornografia ao assumir o poder em 1933, mas aqui estava sua própria versão, destinada a estimular a população masculina, como sugeriu Christa, a saltar na *Fräulein* mais próxima e produzir um soldado.

No clube de imprensa – o antigo Clube dos Estrangeiros em Leipzigerplatz –, o dr. Martz era o homem mais feliz do mundo, redondo e reluzente, moreno, com um bigode estilo escova de dente e mãos ativas e gorduchas.

– Venha, deixe-me mostrar o lugar! – cantarolou.

Era um paraíso para um jornalista, com um suntuoso restaurante, alto-falantes para convocar os repórteres, salas de leitura com jornais de todas as grandes cidades, oficinas com longas fileiras de mesas exibindo máquinas de escrever e telefones.

– Para o senhor, temos de tudo!

Instalaram-se em poltronas de couro vermelho numa sala de estar ao lado do restaurante, e imediatamente foi servido café e uma imensa bandeja de biscoitos vienenses, *babka*, calda, rocamboles amanteigados com recheio de nozes moídas com canela e açúcar, ou de uma camada de espesso creme de amêndoas. *Surpreendente, Weisz, que você tenha se tornado nazista. Oh, é uma longa história.* "Pegue mais um, vá em frente, quem vai saber." Bem, talvez mais um.

E isso era apenas o começo. Martz lhe deu sua própria carteira vermelha de identificação.

– Se tiver problemas com um policial, que Deus não permita, só precisa mostrar isto – disse. Queria ingressos para a ópera, ou um filme, ou qualquer coisa? – É só falar.

Além disso, enviar despachos ali era gloriosamente fácil, havia um guichê no Ministério da Propaganda, era só deixar sua história ali e ela seria telegrafada, sem censura, de volta ao seu escritório.

– É claro – disse Martz – que leremos o que o senhor escreverá nos jornais e esperamos que seja justo. Dois lados para cada história, certo?

Certo.

Evidentemente, Martz era um homem feliz em seu trabalho. Contou que foi ator, passou cinco anos em Hollywood interpretando alemães, franceses, qualquer papel que exigisse um sotaque do continente. Assim, ao voltar à Alemanha, seu inglês idiomático abriu as portas para seu atual emprego.

– Tenho de admitir, Herr Weisz, queremos tornar a vida agradável principalmente para os americanos.

Por fim, ele foi direto ao assunto, tirando de sua pasta um grosso dossiê de relatórios grampeados.

– Tomei a liberdade de compilar isto para o senhor. Fatos e números da Polônia. Talvez o senhor queira dar uma olhada, quando tiver um tempo livre.

Após limpar os dedos num guardanapo de linho branco, Weisz folheou o dossiê.

– É sobre o corredor que solicitamos, através da Polônia, da Alemanha para a Prússia Oriental. Também fala da situação em Danzig, piorando a cada dia, o tratamento imposto à população alemã, que é revoltante. Os poloneses estão sendo teimosos, recusam-se a entrar em acordo, e o nosso lado da história não está sendo contado. Nossas preocupações são legítimas, ninguém pode dizer que não, é preciso que nos permitam proteger nossos interesses nacionais, não?

Sim, é claro.

– É tudo que pedimos, Herr Weisz, jogo limpo. E queremos ajudá-lo: qualquer história que queira escrever, diga apenas uma palavra e nós forneceremos os dados, os periódicos apropriados, uma lista de fontes, e marcaremos as entrevistas, viagens, o que quiser. Saia pela Alemanha afora, veja por si mesmo o que realizamos aqui, com trabalho duro e engenhosidade.

O garçom apareceu oferecendo mais café, uma jarra de prata de creme espesso, açúcar de uma tigela de prata. Martz tirou uma última folha de papel de sua pasta: um programa de coletivas de imprensa, duas a cada dia, uma no Ministério da Propaganda, outra no Ministério das Relações Exteriores.

– Agora – disse ele –, conte-me sobre seus coquetéis.

Weisz se arrastou pelas horas do dia, ansioso pelo anoitecer.

Christa conseguia vir ao hotel quase todas as tardes, às vezes às quatro, quando podia, ou pelo menos em torno das seis. Dias muito longos para Weisz, esperando, devaneando, pensando nisso, ou talvez naquilo, algum aperitivo esquecido do Grande Menu, fazendo planos em seguida, planos detalhados para mais tarde.

Ela fazia o mesmo. Não dizia, mas ele podia perceber. Duas batidas na porta e lá estava Christa, calma e educada, nem um pingo de melodrama, apenas um beijo rápido. Ela se sentaria numa poltrona como se meramente tivesse passado pela vizinhança e decidido fazer uma visita, e, quem sabe, desta vez eles simplesmente conversariam. Contudo, mais tarde ele seria levado pela imaginação dela a algo novo, uma variação. O requinte de sua postura nunca mudava, mas fazer o que queria a excitava, carregava sua voz, avivava suas mãos, e isso fazia o coração dele saltar. Depois era sua vez. Nada de novo sob o sol, claro, mas para eles era um sol muito generoso. Certa noite, Von Schirren viajou para uma propriedade da família ao norte, no Báltico, e Christa passou a noite. Despreocupados, sentaram-se juntos na banheira, os seios dela, molhados, brilhando à luz, e conversaram sobre nada em especial. Ele então a tocou sob a água até que ela fechasse os olhos, prendesse o lábio inferior delicadamente entre os dentes e recostasse contra a curva da porcelana.

O trabalho tornava-se mais duro a cada dia. Weisz era infinitamente dedicado, enviando relatórios como Delahanty sugeriu, fazendo perguntas de coletiva de imprensa a coronéis ou funcionários civis. Martelavam demasiadamente naquele ponto: a Alemanha desejava apenas progresso econômico – vejam só o que aconteceu com nossas fazendas de gado da Pomerânia! – e simples justiça e segurança na Europa. Por favor, tomem nota, senhoras e senhores – está em nosso comunicado –, do caso Hermann Zimmer, um contador da cidade de Danzig, espancado na rua por bandidos poloneses diante de sua casa enquanto sua esposa, olhando da janela, gritava por socorro. E eles depois mataram seu cãozinho.

Enquanto isso, em pequenos restaurantes das vizinhanças de Berlim, abra o cardápio e encontrará uma tira de papel vermelho com letras negras: *Juden Unerwünscht.* Judeus não são bem-vindos. Weisz viu a mensagem em vitrines de lojas, colada em espelhos de barbearias, pregada nas portas. Nunca se acostumou com ela. Grandes contingentes de judeus se juntaram ao partido fascista italiano nos anos 20. No entanto, em 1938 a pressão alemã sobre Mussolini finalmente prevaleceu, artigos surgiam nos jornais sugerindo que os italianos eram, na verdade, uma raça nórdica, e os judeus eram demonizados. Isso era novo para a Itália, e em geral repudiado – eles não eram assim. Weisz parou de ir a restaurantes.

12 de março. Na manhã de terça, às 11h20, um telefonema no escritório da Reuters.

– Herr Weisz? – Gerda chamou da recepção. – É para o senhor, é Fraulein Schmidt.

– Alô?

– Olá, sou eu. Preciso ver você, meu amor.

– Há algo errado?

– Ah, uma idiotice doméstica, mas precisamos conversar.

Uma pausa.

– Sinto muito – disse ele.

– Não é sua culpa, não se desculpe.

– Onde você está? Há um bar por perto? Um café?

– Estou em Eberswalde, a trabalho.

– Sim...

– Há um parque no centro da cidade. Talvez você possa pegar o trem, leva, ahn, 45 minutos.

– Posso tomar um táxi.

– *Não!* Perdão, é melhor tomar o trem. É mais fácil, verdade, eles partem o tempo todo da estação Nordbahnhof.

– Tudo bem. Posso ir imediatamente.

– Há um parque de diversões aqui, no parque. Eu encontro você.

– Estarei lá.

– Preciso conversar com você, para, para lidar com isso. Juntos, talvez seja para o bem, não sei, veremos.

O que era isso? Parecia uma crise entre amantes, mas ele pressentiu que se tratava de alguma forma de teatro.

– O que quer que seja, juntos... – disse ele, interpretando seu papel.

– Sim, eu sei. Eu sinto o mesmo.

– Estou indo.

– Depressa, meu amor, mal posso esperar para ver você.

Ele chegou em Eberswalde por volta de uma e meia. No parque, diversos brinquedos foram instalados e música de órgão soava de um alto-falante cheio de estática. Andou casualmente até o carrossel e parou ali, mãos nos bolsos, até que ela apareceu 15 minutos depois, aparentemente vinda de algum ponto de observação estratégico. Era um dia gelado, com vento cortante, e ela usava uma boina e um alinhado casaco cinza que descia até os tornozelos, com gola alta abotoada na altura da garganta. Levava dois galgos por uma longa correia, com grandes coleiras de couro nos pescoços delgados.

Ela o beijou no rosto.

– Desculpe-me por fazer isto com você.

– O que foi? Von Schirren?

– Não, nada disso. Os telefones não são seguros, então isto tinha de parecer um, um encontro.

– Oh – ficou aliviado e, logo depois, não.

– Há alguém que quero que conheça. Só por um momento. Você não precisa saber nenhum nome.

– Está certo – seus olhos vaguearam, procurando por espiões.

– Não pareça suspeito – disse ela. – Somos apenas amantes proibidos.

Ela tomou seu braço e eles caminharam, os cães tensionando a correia.

– São lindos – disse ele.

E eram: cor de palha, esguios e lustrosos, com barrigas recolhidas e peitos fortes, feitos para a velocidade.

– Hortense e Magda – disse ela afetuosamente e explicou: – Vim de casa. Joguei as duas no carro e disse que as levaria para passear.

Uma das cadelas olhou por cima do ombro quando ouviu a palavra *passear*.

Passaram pelo carrossel e seguiram em direção a um brinquedo com um chamativo letreiro pintado sobre a cabine de ingressos: O LANDT STUNTER. APRENDA O MERGULHO-BOMBA! Ligada a um pesado eixo de aço, uma haste sustentava um avião em miniatura com uma cruz de Malta negra na fuselagem, voando em círculos, a princípio rasteiro junto à grama, erguendo-se 6 metros no ar e novamente arremetendo em direção ao chão. Um menino, talvez de 10 anos, dirigia o avião. Sentado na cabine aberta, o rosto intenso em concentração, as mãos esbranquiçadas pela força com que apertava o manche. Quando o avião mergulhava, metralhadoras de brinquedo nas asas estrepitavam e as bocas dos canos brilhavam como fogos de artifício. Uma longa fila de meninos, os olhos hipnotizados de inveja, alguns em uniformes da *Hitlerjugend*, alguns de mãos dadas com as mães, esperando por sua vez de voar, observando o avião enquanto ele acionava suas metralhadoras e dava a volta para outro ataque.

Um homem de meia-idade de sobretudo e chapéu marrons moveu-se lentamente entre a aglomeração.

– Ele chegou – disse Christa.

Tinha o rosto, pensou Weisz, de um intelectual – fortemente vincado, com olhos profundos; um rosto que leu muito e meditou sobre o que leu. Fez um cumprimento de cabeça para Christa, que disse:

– Este é meu amigo. De Paris.

– Boa tarde.

Weisz retribuiu a saudação.

– Você é o jornalista?

– Sim, exato.

– Christa sugere que você talvez nos ajude.

– Se eu puder.

– Tenho um envelope no bolso. Num minuto, nós três sairemos desta multidão e, à medida que nos aproximarmos das árvores, eu o entregarei a você.

Observaram o brinquedo, e depois começaram a caminhar, Christa inclinando-se para trás em contrapeso ao puxar dos cães.

– Christa me disse que você é italiano.

– Sim, sou.

– Esta informação envolve a Itália. Alemanha e Itália. Não podemos enviar por carta, porque nossa correspondência é lida pelas forças de segurança, mas acreditamos que deveria ser de conhecimento público. Talvez através de um jornal francês, embora tenhamos dúvidas de que eles publiquem, ou por um jornal da resistência italiana. Você conhece tais pessoas?

– Sim, conheço.

– E você levaria a informação?

– Como a conseguiu?

– Um de nossos amigos a copiou, de documentos do gabinete de finanças do Ministério do Interior. É uma lista de agentes alemães, operando na Itália com o aval italiano. Há pessoas em Berlim que apóiam nosso trabalho, e gostariam de vê-la, mas esta informação não os implica diretamente, e portanto deveria estar nas mãos de pessoas que acreditam que precisa ser revelada, não simplesmente arquivada.

– Em Paris, esses jornais são editados por pessoas de várias facções. Vocês têm alguma preferência?

– Não, não nos importamos com isso, embora os partidos de centro provavelmente tenham mais credibilidade.

– É verdade – disse Weisz. – A extrema esquerda é conhecida por improvisar.

Christa deixou que os cães a levassem num círculo, para que ela olhasse para o outro lado.

– Pode ser agora – disse ela.

O homem pôs a mão no bolso e entregou o envelope a Weisz.

Weisz esperou até que estivesse de volta ao escritório, e depois se certificou de que não estava sendo observado enquanto abria o envelope. Encontrou seis páginas no interior, espaçamento simples, uma lista de nomes datilografados em papel fino semelhante ao papel de correio aéreo, numa máquina que usava uma tipografia alemã. Os nomes eram principalmente alemães, embora não todos, e eram numerados de R100 a V718, deste modo totalizando 618 registros, precedidos por várias letras, *R*, *M*, *T* e *N* predominantemente, com várias outras dispersas. Cada nome era seguido de uma localidade, departamentos ou associações numa cidade específica – *R* para Roma, *M* para Milão, *T* para Turim, *N* para Nápoles, e assim por diante – e um pagamento em liras italianas. O cabeçalho dizia: "Desembolsos – janeiro, 1939". A cópia foi feita às pressas, pensou ele, erros marcados com X, a letra ou o número correto escrito à mão acima do registro.

Agentes, assim o homem do parque se referiu a eles. Isso poderia significar muitas coisas. Seriam espiões? Weisz achava que não; talvez os nomes fossem pseudônimos, mas não eram codinomes – PADRE, LEOPARDO – e, analisando as localidades, não encontrou nenhuma fábrica de armamentos, nenhuma base da marinha ou do exército, nenhum laboratório ou firma de engenharia. O que encontrou de fato foi a *Direzione della Pubblica Sicurezza*, Departamento de Segurança Pública, uma organização de vigilância instituída no Ministério do Interior italiano, e, por sua vez, suas ramificações na polícia nacional, chamadas *Questura*, situadas em cada cidade e povoado. Em acréscimo, esses agentes eram ligados aos departamentos das associações *Auslandsorganisation* e *Arbeitsfront* em diversas cidades, a primeira para profissionais e homens de negócios alemães, a última para empregados assalariados trabalhando na Itália.

O que estavam fazendo? Vigiando alemães no exterior, tanto de uma perspectiva oficial, na *Pubblica Sicurezza* em Roma e na *Questura*, como de uma perspectiva clandestina, nas associações – em outras palavras, produzindo dossiês ou freqüentando jantares. E uma força de segurança alemã baseada na Itália, com o aval italiano, ganharia verdadeiro domínio da língua e completa compreensão das estruturas da administração nacional. Isso começara – e os *giellisti* de Paris sabiam – em 1936, com a instalação de uma comissão racial alemã no Ministério do Interior italiano, enviada por oficiais nazistas para "ajudar" a Itália a organizar operações anti-semitas. Agora crescera de uma dúzia para seiscentos membros, uma força a postos caso um dia a Alemanha considerasse necessário ocupar sua antiga aliada. Ocorreu a Weisz que essa organização, espreitando por deslealdade entre os alemães no exterior, também poderia vigiar italianos antinazistas, assim como quaisquer outros – ingleses, americanos – estrangeiros residentes na Itália.

Lendo a lista, o dedão correndo pela margem, Weisz se perguntava quem seriam estas pessoas. G455, A. M. Kruger, da *Auslandsorganisation* em Gênova. Um ardoroso membro do partido? Ambicioso? Sendo seu trabalho fazer amigos e depois denunciá-los? *Será*, pensou Weisz, *que eu conheço alguém capaz de fazer algo desse tipo?* Ou J. H. Horst, R140, do quartel-general da *Pubblica Sicurezza* em Roma. Um oficial da Gestapo? Seguindo ordens? Por que, Weisz perguntava a si mesmo, era-lhe tão difícil acreditar na existência de tais pessoas? Como se transformaram nesses...

– Herr Weisz? É Herr Doktor Martz, senhor. Um telefonema urgente para o senhor.

Weisz deu um salto, Gerda estava de pé na entrada e aparentemente o chamou e não recebeu resposta alguma. Ela teria visto a lista? Certamente que sim, e tudo que Weisz pôde fazer foi não tapar o papel com a mão como uma criança na escola.

Amador! Irritado consigo mesmo, agradeceu a Gerda e pegou o fone. A coletiva de imprensa da tarde no Ministério das Relações Exteriores fora transferida para as quatro horas. Desdobramentos significativos, notícias importantes, Herr Weisz tinha de comparecer.

A coletiva de imprensa foi dada pelo poderoso Von Ribbentrop em pessoa. Um ex-comerciante de champanhe, inflou-se a uma estatura impressionante como ministro das Relações Exteriores, seu rosto irradiando pompa e *amour propre*. Contudo, neste 12 de março, ele estava visivelmente aborrecido, o rosto de um vermelho pálido, o maço de papéis em sua mão batendo violentamente contra o tampo da bancada. Unidades do exército tcheco invadiram Bratislava, depuseram o padre fascista, Monsenhor Tiso, do posto de primeiro-ministro da Eslováquia, e destituíram o gabinete. A lei marcial fora declarada. O comportamento de Von Ribbentrop dizia o que suas palavras não disseram: *Como ousam?*

Weisz fazia furiosas anotações, e correu para telegrafar quando a coletiva terminou. REUTERS PARIS MARÇO DATA DOZE BERLIM WEISZ VON RIBBENTROP AMEAÇA REPRESÁLIA CONTRA TCHECOS POR DEPOR PADRE TISO DE PREMIER ESLOVÁQUIA E DECLARAR LEI MARCIAL FIM. Em seguida, correu para o escritório e escreveu o despacho, enquanto Gerda obtinha uma linha da telefonista internacional e a mantinha aberta, conversando com sua colega de Paris.

Quando Weisz terminou de ditar, já passava das seis. Voltou ao Adlon, despiu as roupas suadas e tomou um banho rápido. Christa chegou às 19h20.

– Estive aqui mais cedo – disse ela –, mas me disseram na recepção que você estava fora.

– Desculpe, eu estava. Os tchecos expulsaram os nazistas da Eslováquia.

– Sim, ouvi no rádio. O que acontecerá agora?

– A Alemanha envia tropas, Inglaterra e França declaram guerra. E eu ficarei sob custódia, para passar os próximos dez anos lendo Tolstói e jogando bridge.

– Você, jogando bridge?

– Vou aprender.

– Pensei que estivesse zangado comigo.

Ele suspirou.

– Não, não estou zangado.

A boca dela estava duramente crispada, o olhar determinado, quase em desafio.

– Espero que não.

Evidentemente ela passara algum tempo, aonde quer que tivesse ido mais cedo, preparando-se para responder à ira dele com a sua própria, e não estava exatamente pronta para desistir.

– Você prefere que eu vá embora?

– Christa.

– Prefere?

– *Não*. Eu quero que fique. Por favor.

Ela se sentou na beirada de um divã que angulava num canto.

– Pedi que nos ajudasse porque você está aqui. E porque pensei que nos ajudaria. Que desejaria ajudar.

– E desejo. Eu olhei os papéis, são importantes.

– E porque suspeito, meu querido, que você não é nenhum anjinho em Paris.

Ele riu.

– Talvez um anjo caído, mas Paris não é Berlim, não ainda, e eu não falo a respeito porque é melhor não falar. Não é? Faz sentido?

– Sim, acho que sim.

– Faz sentido, acredite em mim.

Ela relaxou, fez uma expressão azeda e balançou a cabeça. *Mal posso acreditar neste mundo em que vivemos.*

Ele compreendia o que ela queria dizer.

– Também me sinto assim, minha querida – disse em alemão, exceto pela última palavra, *carissima.*

– O que achou do meu amigo?

Ele fez uma pausa e respondeu em seguida:

– Um idealista, certamente.

– Um santo.

– Quase isso. Fazendo o que acredita.

– Apenas os melhores farão qualquer coisa agora. Aqui, nesta... monstruosidade.

– Bem, só me preocupo porque as vidas dos santos geralmente terminam em martírio. E eu me importo com você, Christa. Mais que isso.

– Sim, eu sei – disse ela, acrescentando suavemente: – Mais que isso, eu também.

– E eu acho que devo mencionar que quartos de hotéis, onde jornalistas se hospedam, às vezes são... – Pôs a mão em concha no ouvido. – Entende?

Ela ficou levemente desconcertada.

– Não tinha pensado nisso.

– Nem eu, não imediatamente.

Ficaram em silêncio por um momento. Nenhum dos dois se moveu, mas Christa disse:

– Independentemente do que há neste quarto, ele também é muito quente.

Ficou de pé e tirou o casaco e a saia, e depois a camisa, as meias, e a cinta-liga, e dobrou-os sobre o divã. Geralmente ela usava caras roupas íntimas de algodão, brancas ou marfim, e suaves ao toque, mas esta noite ela usava seda cor-de-ameixa, o sutiã adornado com renda, a calcinha baixa na cintura, alta no quadril, e cavada, um estilo chamado "corte francês", como Véronique explicara certa vez. Eram novas, ele suspeitou, e compradas para ele, talvez naquela tarde.

– Muito atraente – disse ele, com um certo olhar.

– Você gosta?

Ela se virou, para um lado e depois para o outro.

– Muito – ele respondeu.

Ela caminhou até a escrivaninha, abriu a bolsa e puxou um cigarro. Seu caminhar era o de sempre, cônscio e direto como ela, simplesmente uma forma de ir daqui até ali, mas a calcinha cor-de-ameixa fazia diferença mesmo assim, e talvez, naquele momento, ela tenha demorado um pouco mais para ir daqui até ali. Quando ela voltou para o divã, Weisz deixou sua poltrona e, cinzeiro em punho, instalou-se na cama.

– Sente-se aqui comigo – disse ele.

– Eu gosto daqui – ela respondeu. – Neste móvel, posso ser lânguida.

Ela se recostou, cruzou os tornozelos, apoiou o cotovelo numa das mãos, enquanto mantinha a outra, com o cigarro, erguida junto ao ouvido – uma pose de sereia de cinema.

– Mas talvez – disse ela, com uma voz e um sorriso que arrematavam a pose – você se junte a mim.

No dia seguinte, 13 de março, a situação tcheca se deteriorou. Monsenhor Tiso foi convocado a Berlim para se encontrar pessoalmente com Hitler, e a Eslováquia, ao meio-dia, estava a caminho de declarar a independência. A nação unificada em Versalhes e depois dividida em Munique vivia, portanto, suas horas finais. No escritório da Reuters, Carlo Weisz estava completamente ocupado – os telefones não paravam de tocar e o sino do teletipo badalava ao emitir comunicados dos ministérios do Reich. Mais uma vez, a Europa central estava prestes a explodir.

No meio de tudo, Gerda, com uma certa ternura cúmplice, anunciou "Herr Weisz, é Fräulein Schmidt". A conversa com Christa foi difícil, obscurecida pela separação iminente. Domingo, dia 17, seria o último dia de Weisz em Berlim, Eric Wolf estaria de volta ao trabalho na segunda-feira, e Weisz era esperado em Paris. Isso significava que sexta-feira, dia 15, seria a última vez que poderiam estar juntos.

– Posso vê-lo hoje à tarde – disse ela. – Amanhã não posso, e sexta, não sei, não quero pensar nisso, talvez possamos nos encontrar, mas eu não quero, não quero dizer adeus. Carlo? Alô? Está me ouvindo?

– Sim, estou aqui. As linhas estiveram péssimas o dia inteiro – ele disse. – Vamos nos encontrar às quatro, pode estar lá às quatro?

Ela concordou.

Weisz deixou o escritório às três e meia. Do lado de fora, a sombra da guerra caía sobre a cidade – as pessoas caminhavam rapidamente, rostos fechados, olhos baixos, enquanto carros oficiais *Wehrmacht* passavam em velocidade, e Grosser Mercedes, bandeirolas se agitando em seus pára-choques dianteiros, enfileiravam-se na entrada do Adlon. Passando por pequenos grupos de hóspedes no saguão, ouviu por duas vezes a palavra *novamente.* E, alguns minutos depois, a sombra estava em seu quarto.

– Agora está vindo – disse Christa.

– Acho que sim.

Estavam sentados lado a lado na beira da cama.

– Christa.

– Sim?

– Quando eu for embora, no domingo, quero que venha comigo. Pegue tudo que puder, traga os cães, todo mundo tem cães em Paris, e me encontre no expresso das 10h40, na plataforma ao lado dos vagões-leito de primeira classe.

– Não posso – disse ela. – Não agora. Não posso sair.

Olhou em torno no quarto, como se houvesse alguém escondido ali, como se ela pudesse ver algo.

– Não é por Von Schirren. É pelos meus amigos, não posso simplesmente abandoná-los.

Seus olhos encontraram os dele, certificando-se de que ele compreendia.

– Eles precisam de mim.

Weisz hesitou e depois disse:

– Perdoe-me, Christa, mas isso que você está fazendo, você e seus amigos, isso realmente mudará alguma coisa?

– Quem pode dizer? Mas o que sei é que se eu não fizer algo, isso me mudará.

Ele começou a replicar, mas viu que não adiantaria, ela não seria persuadida. Percebeu que quanto mais o perigo ameaçasse, menos ela fugiria.

– Muito bem – disse ele, desistindo –, vamos nos encontrar na sexta.

– Sim, mas não para dizer adeus. Para fazer planos. Pois eu irei a Paris, se você quiser que eu vá. Daqui a alguns meses, talvez, é só uma questão de tempo; as coisas não podem continuar assim.

Weisz assentiu. É claro. Não podem.

– Não gosto de dizer isto, mas se por algum motivo eu não estiver aqui na sexta, passe na recepção. Deixarei uma carta para você.

– Você acha que não estará aqui?

– É possível. Se algo importante acontecer, poderão enviar-me a qualquer lugar.

Não havia mais nada a dizer. Ela encostou-se nele, pegou sua mão, e a reteve.

Na manhã do dia 14, a temperatura caiu a 12 graus negativos e começou a nevar, uma forte neve de primavera, espessa e pesada. Talvez isso tenha feito a diferença, talvez tenha esfriado os ânimos, numa cidade sufocada e silenciosa. Os telefones soavam de vez em quando apenas – palpiteiros ligando para relatar o mesmo boato: os diplomatas desarmariam a crise – e o teletipo estava quieto. Telegramas do departamento londrino exigiam notícias, mas a única notícia estava em Londres, onde, no fim da manhã, Chamberlain emitiu uma declaração: quando a Grã-Bretanha e a França se comprometeram a proteger a Tchecoslováquia de agressões, referiam-se a agressões *militares*, e esta crise era diplomática. Weisz retornou ao hotel depois das sete, cansado e sozinho.

Às quatro e meia da manhã, o telefone tocou. Weisz rolou para fora da cama, cambaleou até a escrivaninha e pegou o fone.

– Sim?

A ligação estava terrível. Através de crepitante estática, a voz de Delahanty era praticamente inaudível.

– Alô, Carlo, sou eu. Como está aí?

– Está nevando. Muito.

– Comece a fazer as malas, rapaz. Soubemos que tropas alemãs estão deixando os quartéis em Sudetenland. O que significa que Hitler cansou de negociar com os tchecos, e isso coloca você no primeiro trem para Praga. Nosso homem do departamento de Praga está na Eslováquia, a Eslováquia independente esta manhã, onde eles fecharam a fronteira. Bem, estou olhando para um quadro de horários e há um trem às 5h25. Nós telegrafamos para o departamento de Praga, estão esperando por você, e há um quarto reservado para você no Zlata Husa. Precisa de algo mais?

– Não, estou a caminho.

– Telefone ou telegrafe quando chegar lá.

Weisz entrou no banheiro, abriu a torneira de água fria e lavou o rosto. Como Delahanty, em Paris, sabia dos movimentos de tropas alemãs? Bem, ele tinha suas fontes. Excelentes fontes. Obscuras fontes, talvez. Weisz fez as malas rapidamente, acendeu um cigarro e depois, do bolso do sobretudo, tirou a lista que recebera do amigo de Christa, pensou por um momento e buscou em sua pasta até encontrar um comunicado de imprensa de 12 páginas. "Produção de Aço no Vale do Rio Sarre, 1936-1939." Removeu o grampo cuidadosamente, inseriu a lista de nomes entre as páginas 10 e 11, recolocou o grampo, e por fim deslizou o documento refeito no meio de um maço de papéis semelhantes. Impossível ligar para um alfaiate clandestino às quatro da manhã, portanto isso era o melhor que podia fazer.

Em seguida, numa folha de papel do Adlon, escreveu: *Meu amor, enviaram-me a Praga e provavelmente retornarei a Paris quando terminar. Escrevo-lhe de lá, espero-lhe por lá. Amo você, Carlo.*

Pôs a carta num envelope, endereçou a *Frau Von S.*, fechou e deixou na recepção do hotel quando se foi.

No expresso das 5h25, Berlim/Dresden/Praga, Weisz se juntou a outros dois jornalistas num compartimento de primeira classe: Simard, um mexeriqueiro meticulosamente bem vestido da Havas, a agência de notícias francesa, e Ian Hamilton, usando um chapéu de pele com tapa-orelhas, do *Times* de Londres.

– Acho que vocês ouviram o que eu ouvi – disse Weisz, guardando sua valise acima do assento de camurça.

– Nenhuma sorte mesmo, os pobres coitados – disse Hamilton. – Agora Adolf vai acabar com eles.

Simard deu de ombros.

– Sim, pobres tchecos, mas eles podem agradecer a Paris e Londres por isso.

Instalaram-se para a viagem de quatro horas – no mínimo, talvez mais, com a neve. Simard dormiu, Hamilton lia o *Deutsche Allgemeine Zeitung*.

– Artigo sobre a Itália hoje – disse a Weisz. – Você viu?

– Não. Sobre o que é?

– A situação da política italiana, a luta contra as forças antifascistas. Que são completamente influenciadas pelos bolcheviques, querem fazer crer.

Weisz deu de ombros, nada de novo ali.

Hamilton examinou a página, depois leu:

– "... frustrados pelas forças patrióticas da OVRA..." Diga-me, Weisz, o que significa esta sigla? Vejo-a aqui e ali, mas em geral eles só usam as iniciais.

– Dizem que significa *Organizzazione di Vigilanza e Repressione dell'Antifascismo*, o que seria Organização de Vigilância e Repressão ao Antifascismo, mas há outra versão. Ouvi dizer que veio de um memorando que Mussolini escreveu, no qual dizia que queria uma organização policial nacional com tentáculos que penetrariam a vida italiana como uma *piovra*, que é um polvo gigante mítico. Mas a palavra foi mal datilografada como *ovra*, e Mussolini gostou do som, achou que era assustador, e assim OVRA se tornou o nome oficial.

– Mesmo? – disse Hamilton. – Vale a pena saber isso. – Pegou um bloco e uma caneta e escreveu a história. – Cuidado, é a *piovra*!

Weisz sorriu acidamente.

– Não é tão engraçado na vida real.

– Não, suponho que não. Ainda assim, é difícil levar o homem a sério.

– Sim, eu sei – disse Weisz.

Mussolini, o bufão cômico, uma visão amplamente difundida, mas o que ele fazia não tinha nada de cômico.

Hamilton desistiu do jornal alemão.

– Quer dar uma olhada?

– Não, obrigado.

Hamilton procurou em sua pasta e abriu *The Big Sleep* de Raymond Chandler numa página com a ponta dobrada.

– É o melhor para viagens de trem.

Weisz olhou pela janela, hipnotizado pela neve cadente, pensando principalmente em Christa, sobre a vinda dela a Paris. Depois ele sacou o romance de Malraux e começou a ler, mas, três ou quatro páginas depois, cochilou.

Foi a voz de Hamilton que o despertou.

– Ora, ora, veja quem está aqui.

Os trilhos da linha férrea, seguindo o rio Elbe, agora corriam ao lado de uma estrada onde uma coluna *Wehrmacht* dirigia-se para o sul, fracamente visível através do movimento da neve, em direção a Praga. Caminhões carregados de armamentos amontoados sob coberturas de lona, ágeis motocicletas, ambulâncias, carros oficiais aqui e ali. Os três jornalistas observaram em silêncio e retomaram a conversa após alguns minutos, mas a coluna não acabava e, uma hora depois, quando os trilhos cruzavam para o outro lado do rio, ela ainda se movia lentamente pela estrada coberta de neve. Na estação seguinte, o expresso desviou para um trilho lateral, abrindo passagem para um trem militar. Puxados por duas locomotivas, infindáveis vagões de carga passaram adiante, carregando peças de artilharia e tanques, seus longos canhões espiando fora sob coberturas impermeáveis atadas por cordas.

– Exatamente como *la dernière* – disse Simard, "a última", como os franceses chamavam.

– E a próxima – disse Hamilton. – E a seguinte.

E aquela na Espanha, pensou Weisz. E, novamente, ele escreveria a respeito. Observou o trem até que este acabou, com um carro-breque, que trazia um destacamento de metralhadores no topo; o limite protetor dos sacos de areia e os capacetes dos fuzileiros embranquecidos pela neve.

Na próxima parada programada, a cidade tcheca de Kralupy, o trem parou na estação por um longo tempo, sua locomotiva emitindo uma ocasional descarga de vapor. Por fim, quando Hamilton se levantou "para ver o que está acontecendo", o fiscal da primeira classe apareceu na porta do compartimento.

– Cavalheiros, perdoem-me, mas o trem não pode prosseguir.

– Por que não? – perguntou Weisz.

– Não fomos informados – disse o fiscal. – Lamentamos o inconveniente, cavalheiros, talvez possamos continuar mais tarde.

– É pela neve? – perguntou Hamilton.

– Por favor – disse o condutor. – Realmente lamentamos o inconveniente.

– Muito bem – disse Hamilton filosoficamente –, que vá tudo para o maldito inferno. – Levantou-se e puxou sua valise do bagageiro. – Para *onde* fica essa porcaria de Praga?

– A cerca de 30 quilômetros daqui – disse Weisz.

Saíram do trem e caminharam vagarosamente pela plataforma, em direção ao café da estação do outro lado da rua. Lá, o proprietário deu um telefonema que fez surgir, vinte minutos depois, um táxi de Kralupy e seu gigantesco e carrancudo motorista.

– Praga! – disse ele. – Praga? – Como ousavam tirá-lo do conforto e do aconchego do lar naquele tempo?

Weisz começou a separar *reichsmarks* do rolo em seu bolso.

– Uma parte é por minha conta – disse Hamilton em voz baixa, lendo os olhos do motorista.

– Só posso ajudar com um pouco – disse Simard. – Em Havas, eles...

Weisz e Hamilton o calaram com um gesto, não tinha importância, pertenciam a uma classe de viajantes cuja mitologia incluía deslocar-se em carros de bois ou elefantes ou liteiras puxadas por nativos, portanto o superfaturado táxi de Kralupy mal merecia comentário.

O táxi era um Tatra, com traseira longa e inclinada e corpo bulboso, mais um farol extra, como o olho de um ciclope, entre os dois de costume. Weisz e Simard se instalaram no espaçoso banco traseiro, enquanto Hamilton se sentava ao lado do motorista. Que resmungava continuamente enquanto apertava os olhos para ver através da neve e virava o volante agressivamente enquanto chacoalhavam pelos montões mais altos, a combustão interna sendo, para ele, apenas parte do processo de locomoção. Os alemães invasores fecharam a estrada para Praga, assim como a ferrovia, e, em certo ponto, o táxi foi parado pela bandeirada de uma unidade *Wehrmacht* de controle de tráfego – duas motocicletas com *sidecars* que bloqueavam o caminho. Contudo, uma determinada exibição de credenciais vermelhas de imprensa resolveu o problema, e tiveram permissão para passar, cumprimentados com uma casual saudação de braço erguido e um afável “*Heil* Hitler”.

– Muito bem, Praga, aqui estamos – disse o motorista, parando o táxi em uma rua sem nome na periferia da cidade.

Weisz começou a discutir em esloveno, distante do tcheco mas pertencente à mesma família geral.

– Mas eu não conheço este lugar – disse o motorista.

– Vá naquela direção! – disse Hamilton em alemão, apontando indefinidamente para o sul.

– Você é alemão? – perguntou o motorista.

– Não, inglês.

Pela expressão no rosto do motorista, aquilo era pior. Mas ele engatou o Tatra e seguiu em frente.

– Vamos para a Praça Wenceslas, na cidade velha – disse Weisz.

Hamilton também ficaria no Zlata Husa – o Ganso Dourado – e Simard ficaria no Ambassador. Mais uma vez, enquanto cruzavam a ponte sobre o rio Moldava, foram parados pela polícia rodoviária alemã e passaram usando suas credenciais de imprensa. Nos distritos centrais, ao sul do rio, raramente se avistava vivalma nas ruas – quando seu país está sendo invadido, melhor ficar dentro de casa. Quando o táxi entrou na cidade velha e começou a abrir seu caminho através das antiqüíssimas ruas retorcidas, Simard anunciou:

– Acabamos de passar por Bilkova, estamos quase lá.

Ele tinha um *Guide Bleu*, aberto num mapa, sobre os joelhos.

Quando o motorista voltou à primeira marcha, tentando virar uma esquina jamais destinada a automóveis, um rapaz correu na frente do táxi sacudindo os braços. A impressão de Weisz foi *estudante* – 18 anos talvez, com cabelos louros desgrenhados e um surrado casaco de lã. O motorista xingou, e o carro estacou quando ele pisou no freio. A porta traseira se escancarou em seguida, e outro rapaz, semelhante ao primeiro, mergulhou de cabeça no chão do carro aos pés de Weisz. Ele ofegava, e ria, e trazia amarrotada na mão uma bandeira da suástica.

O rapaz na frente do táxi deu a volta no carro e se juntou ao amigo no chão. Seu rosto estava vermelho vivo. "Vá em frente! Ande, agora. Depressa!", ele gritava. O motorista deu partida no táxi, resmungando e praguejando, mas, quando começaram a se mover, foram atingidos por trás. Quase atirado para fora do banco, Weisz se voltou e viu, através da janela traseira salpicada de neve, um Opel negro que fora incapaz de parar nos paralelepípedos escorregadios e os acertou, sua grade frontal cuspindo vapor.

O motorista pôs a mão na chave de ignição, mas Weisz gritou:

– Não pare.

Ele não parou. As rodas traseiras giraram obliquamente, e o carro ganhou tração e se afastou. Atrás deles, dois homens em sobretudos saíram do Opel e começaram a correr, gritando em alemão:

– Alto! Polícia!

– Que polícia? – perguntou Hamilton, observando do banco do carona. – Gestapo?

Subitamente, um homem num casaco de couro preto correu de um beco, uma pistola Luger na mão. Todos se abaixaram, um buraco apareceu no pára-brisas, e outro disparo atravessou o forro da porta traseira. O rapaz do casaco de lã gritou:

– Dê o fora daqui! – e o motorista pisou no acelerador. O homem armado tinha corrido para a frente do táxi, e nesse instante tentou saltar para fora do caminho, escorregou e caiu. Houve um solavanco sob as rodas, acompanhado de um berro alucinado, e então o táxi se arrastou contra um muro – metal rascando em pedra – e, com o motorista desvairadamente girando o volante, derrapou numa esquina, rodas patinhando, e serpenteou descontroladamente rua abaixo.

Pouco antes de virar a esquina, Weisz viu o homem com a pistola, obviamente com dor, tentando rastejar para longe.

– Acho que passamos por cima do pé dele – disse.

– Ele merece – disse Hamilton. Em seguida, dirigiu-se aos rapazes no chão, em alemão: – Quem são vocês?

Era uma pergunta de repórter, Weisz identificou em sua voz.

– Não importa – disse o rapaz do casaco de lã, agora encostado na porta. – Nós roubamos a merda da bandeira deles.

– São estudantes?

Eles se entreolharam. Finalmente o rapaz do casaco de lã disse:

– Sim, éramos.

– *Merde* – disse Simard, levemente irritado, como se tivesse perdido um botão. Cuidadosamente, ele levantou a barra da calça, revelando uma ferida vermelha que pulsava sangue, escorrendo pelo tornozelo para dentro da meia.

– Fui baleado – disse ele, mal podendo acreditar.

Tirou um lenço do bolso da lapela e o tocou repetidamente na ferida.

– Não faça isso – disse Hamilton. – Pressione.

– Não me diga o que fazer – disse Simard. – Já fui baleado antes.

– Eu também – disse Hamilton.

– Faça pressão – disse Weisz. – Para parar de sangrar.

Pegou seu próprio lenço, segurou pelas pontas e o torceu para fazer um torniquete.

– Eu faço isto – disse Simard, tomando o lenço.

Seu rosto estava muito pálido, Weisz achou que talvez estivesse em estado de choque.

No banco da frente, enquanto o táxi sacolejava por uma rua ampla e vazia, o motorista se virou para ver o que estava acontecendo na parte de trás. Tentou falar, mas não conseguiu, e pôs uma mão na testa. É claro que sua cabeça doía – seu pára-brisa tinha um buraco de bala, suas portas estavam arranhadas, amassadas como um tronco de árvore, e agora, sangue no estofamento. Atrás deles, à distância, as notas altas e baixas de uma sirene.

O estudante com a bandeira ficou de joelhos e espiou pela janela.

– É melhor você esconder seu táxi – disse ao motorista.

– *Esconder*? Embaixo da cama?

– Pavel, talvez – disse o outro estudante.

O amigo disse:

– Sim, claro. – Dirigiu-se ao motorista: – Um amigo nosso mora num lugar com um estábulo nos fundos, podemos escondê-lo ali. Você não pode dirigir desse jeito por aí.

O motorista bufou um longo suspiro.

– Um estábulo? Com cavalos?

– Passe duas ruas mais e depois diminua e vire à direita. É um beco estreito, mas um carro passa.

– O que está havendo? – perguntou Hamilton.

– Precisam esconder o carro – disse Weisz. – Simard, você quer ir para um hospital?

– *Nesta* manhã? Não, um médico particular, o hotel deve conhecer.

Weisz pegou o *Guide Bleu* e olhou para uma placa de rua.

– Consegue andar?

Simard fez uma careta e assentiu – se fosse preciso, sim.

– Na próxima esquina, podemos descer. É uma pequena caminhada até os hotéis.

•

Da janela de um salão barroco no Zlata Husa, Carlo Weisz observava o desfile *Wehrmacht* na ampla alameda em frente ao hotel, bandeiras da suástica vermelhas e negras num ríspido contraste com a queda da neve branca. Mais tarde naquele dia, os jornalistas se reuniram no bar e trocaram notícias. O presidente Emil Hacha, idoso e adoentado, fora convocado a Berlim, onde Hitler e Goering lhe gritaram durante horas, jurando que reduziriam Praga a cinzas, até que o velho desmaiou. Hitler temia que o tivessem matado, dizia a história, mas ele foi reanimado e forçado a assinar documentos que legitimavam tudo – *crise diplomática resolvida*! O exército permaneceu nos quartéis, pois as defesas tchecas, ao norte em Sudetenland, foram traídas em Munique. Enquanto isso, em jornais de todo o continente, a tempestade de neve foi batizada de "O Julgamento de Deus".

Em Berlim, durante a tarde, Christa von Schirren telefonou para o escritório da Reuters. Pelas notícias no rádio, previa que Weisz não estaria no Adlon naquele dia, mas ela queria ter certeza. A secretária não foi indelicada. Não, Herr Weisz não pode atender o telefone, ele deixou a cidade. Mesmo assim, tinha de haver uma carta, e Christa teimou nisso, por fim indo ao Adlon e perguntando se uma mensagem fora deixada para ela. Na recepção, o assistente de gerência parecia perturbado e não respondeu imediatamente; apesar das muitas formas de se dizer coisas sem de fato dizê-las, tão natural em sua ocupação, era como se hoje houvesse coisas que não poderiam ser ditas de maneira alguma.

– Perdão, madame, mas não há nenhuma mensagem.

Não, pensou ela, *ele não faria isso*. Era outra coisa.

Em Praga, Weisz escreveu seu telegrama em letras de forma. HOJE, A HISTÓRICA CIDADE DE PRAGA SUCUMBIU À OCUPAÇÃO ALEMÃ, E A RESISTÊNCIA COMEÇOU. NO DISTRITO DA CIDADE VELHA, DOIS ESTUDANTES...

E o telegrama de volta dizia: BOM TRABALHO MANDE MAIS DELAHANTY FIM.

18 de março, próximo à cidade de Tarbes, sudoeste da França.

Na alta manhã, S. Kolb olhava para o campo árido, pedras e mato, e limpava as gotas de suor do supercílio. O homem de quem fora dito que tinha "os colhões de um gorila" estava, naquele momento, teso como uma vara, rijo de medo. Sim, ele era capaz de viver uma vida subterrânea, perseguido pela polícia e por agentes secretos, e sim, ele podia sobreviver em meio aos pardieiros e becos escusos de cidades perigosas, mas agora estava engajado numa tarefa que oprimia seu coração de terror: estava dirigindo um carro.

Pior, um automóvel lindo, valioso, alugado numa garagem na fronteira de Tarbes.

– Tanto dinheiro – dissera o *garagiste* num tom melancólico, uma mão descansando no polido capô do carro. – Tenho que aceitar. Mas, monsieur, eu lhe imploro, tenha cuidado com ele. Por favor.

Kolb se esforçava. Sacolejando a 30 quilômetros por hora, as mãos embranquecidas pelo apertão no volante, um toque de seu pé cansado produzindo um rugido horrendo e uma explosão de velocidade de tirar o fôlego. Subitamente, por trás, o ronco estrondoso de uma buzina Klaxon. Kolb olhou pelo retrovisor, onde um carro monstruoso ocupava todo o quadro; perto, mais perto ainda, sua gigantesca grade de cromo assediando-o. Kolb virou o volante bruscamente e esmagou o freio com o pé, parando num ângulo peculiar à beira da estrada. Quando o torturador passou voando, emitiu um segundo rugido de sua buzina. *Aprenda a dirigir, lesma!*

Uma hora depois, Kolb encontrou um vilarejo ao sul de Toulouse. Daqui, ele precisava de instruções. Foi-lhe dito que o esquivo Coronel Ferrara escapara pela fronteira espanhola para a França, onde fora posto sob custódia como milhares de outros refugiados. Os franceses achavam a expressão *campo de concentração* de mau gosto, portanto, para eles, um cercamento guardado de arame farpado era um *centro de internação.* E foi como Kolb chamou, primeiramente na *boulangerie* do vilarejo. Não, nunca ouvimos falar deste lugar. Ah? Bem, de qualquer maneira ele levaria uma daquelas *baguettes* bem-feitas. Hum, melhor duas – não, três. Em seguida, parou na *crémerie.* Um pedaço daquele queijo firme, amarelo, *s'il vous plaît.* E aquele redondo, era de cabra? Não, ovelha. Queria aquele, também. Ah, e por acaso conhecem... Mas em resposta, somente um eloqüente dar de ombros, nada do tipo por ali. Na mercearia, depois da compra de duas garrafas de vinho tinto extraído da torneira de um barril de madeira, mesma história. Finalmente, na tabacaria, a mulher atrás do balcão desviou os olhos e balançou a cabeça, mas, quando Kolb saiu, uma jovem, provavelmente a filha, seguiu-o e deu-lhe um mapa num pedaço de papel. Quando Kolb caminhou de volta para o carro, ouviu de dentro da loja o começo de uma boa briga familiar.

A caminho novamente, Kolb tentou seguir o mapa. Mas estas não eram estradas, eram *trilhas*, terra marginada por mato. Esta era a pista esquerda? Não, acabava abruptamente, num muro de pedra. Sendo assim, marcha a ré, o carro ganindo infeliz, as pedras ferindo seus belos pneus. Com o tempo, após uma hora pavorosa, ele encontrou. Alto arame farpado, guardas senegaleses, dúzias de homens arrastando os pés lentamente em direção ao arame para ver quem poderia estar chegando no grande automóvel.

Kolb passou pelo portão após alguma conversa e encontrou uma sala com um comandante, um oficial colonial francês com um nariz roxo de embriaguez e olhos injetados, fitando-o suspeitoso do outro lado de uma mesa de tábuas. Consultou uma amarfanhada lista datilografada, e finalmente disse sim, temos este indivíduo aqui, o que quer com ele? *Mérito do SSI*, pensou Kolb. Alguém mergulhou fundo nas catacumbas da burocracia francesa e conseguiu, miraculosamente, encontrar o específico osso que ele buscava.

Uma tragédia na família, explicou Kolb. O irmão de sua mulher, aquele sonhador estúpido, foi embora para combater na Espanha e agora se encontrava sob custódia. O que poderia ser feito? Precisavam do pobre coitado na Itália, para cuidar dos negócios da família, prósperos negócios, uma corretora de vinhos em Nápoles. E, pior ainda, a mulher estava grávida, e adoentada. Como ela, como todos eles precisavam do homem! É claro que haveria despesas, isso estava bem entendido, era preciso pagar pelo alojamento, comida e cuidados tão generosamente fornecidos pela administração do campo, e eles providenciariam isso. Sacou um gordo envelope e depositou sobre a mesa. Os olhos injetados se arregalaram, o envelope foi aberto, revelando um espesso rolo de notas de 100 francos – um monte de dinheiro. Kolb, com a máxima humildade, disse que esperava que fosse o suficiente.

Enquanto o envelope desaparecia num bolso, o comandante disse:

– Devo trazê-lo até aqui?

Kolb disse que preferia ir até lá para vê-lo, e um sargento foi convocado. Levaram um longo tempo para encontrar Ferrara – o campo se estendia infinitamente, um plano descampado de areia e pedras, à mercê de um vento cortante. Não se viam mulheres, evidentemente eram mantidas em outro lugar. Havia internos de todas as idades, de faces encovadas – obviamente subalimentados, barbados, as roupas em farrapos. Alguns usavam cobertores para se proteger do frio, alguns ficavam em grupos, outros se sentavam no chão, jogando cartas, usando pedaços de jornal rasgado marcados a lápis. Atrás de um dos barracões, uma rede frouxa, amarrada a dois postes, metade caída no chão. Talvez jogassem vôlei, pensou Kolb, meses atrás, quando foram trazidos para cá.

Passando diante dos grupos de internos, Kolb ouvia principalmente espanhol, mas também alemão, servo-croata e húngaro. De vez em quando um homem pedia um cigarro, e Kolb dava os que tinha comprado na tabacaria, depois simplesmente mostrando as mãos vazias. *Perdão, não tem mais.* O sargento era persistente. "Viram o homem chamado Ferrara? Um italiano?" Foi finalmente encontrado, sentado com um amigo, recostado na parede de um dos barracões. Kolb agradeceu ao sargento, que bateu continência e logo se foi de volta ao escritório.

Ferrara estava vestido como civil – um paletó encardido e calças com bainhas esfarrapadas –, os cabelos e a barba desbastados, como se ele próprio tivesse feito o corte. Mas, mesmo assim, evidentemente era *alguém*, destacava-se da multidão – cicatriz arqueada, malares angulosos, olhos de falcão. A Kolb fora dito que esperasse vê-lo usando luvas negras, mas Ferrara tinha as mãos nuas, a esquerda desfigurada pela pele enrugada, rosada e brilhosa de uma queimadura mal curada.

– Coronel Ferrara – disse Kolb, e desejou bom-dia em francês.

Ambos os homens olharam para ele, e Ferrara disse:

– E você é?

Seu francês era bastante lento, porém correto.

– Eu me chamo Kolb.

Ferrara esperou por mais. *E então?*

– Será que podemos conversar por um instante? Só nós dois.

Ferrara disse algo ao amigo em rápido italiano e em seguida ficou de pé.

Caminharam juntos diante de grupos de homens, que olhavam para Kolb e depois desviavam os olhos. Quando estavam a sós, Ferrara se virou, encarou Kolb e disse:

– Primeiramente, Monsieur *Kolb*, o senhor poderia dizer quem o mandou aqui.

– Amigos seus, de Paris.

– Não tenho amigos em Paris.

– Carlo Weisz, o jornalista da Reuters, ele se considera seu amigo.

Ferrara pensou a respeito por um momento.

– Bem, talvez – disse.

– Providenciei sua soltura – disse Kolb. – Pode vir a Paris comigo, se quiser.

– Você trabalha para a Reuters?

– Às vezes. Meu trabalho é encontrar pessoas.

– Um agente secreto.

– Algo do tipo.

Após um momento, Ferrara disse:

– Paris... Talvez por intermédio da Itália.

Seu sorriso era gelado.

– Não, não é isso – disse Kolb. – Se fosse o caso, haveria três ou quatro de nós. Sou eu apenas. Iremos daqui para Tarbes, e depois a Paris de trem. Tenho um carro estacionado do outro lado do portão, pode dirigir se quiser.

– Você disse "providenciei", o que quis dizer?

– Dinheiro, coronel.

– A Reuters pagou por isso?

– Não, Weisz e seus amigos. Emigrados.

– Por que fariam isso?

– Por política. Querem que você conte sua história, querem que seja um herói contra os fascistas.

Ferrara não riu exatamente, mas parou de andar e fixou os olhos de Kolb.

– Está falando sério, não?

– Sim. E eles também. Arranjaram um local para você ficar em Paris. Que tipo de documentos tem?

– Um passaporte italiano – disse Ferrara, a ironia ainda em sua voz.

– Bom. Pois então, vamos embora, estas coisas funcionam melhor quando andamos rápido.

Ferrara balançou a cabeça. Era uma súbita virada do destino, de fato, mas de que tipo de destino? Ou seja, ficar? Ir? Por fim disse:

– Está bem, sim, por que não...

Enquanto caminhavam de volta para o barracão, Ferrara se voltou e gesticulou para o amigo, que os seguia, e os dois conversaram por um tempo, o amigo olhando para Kolb como se memorizasse. Ferrara, na torrente de italiano, mencionou o nome de Kolb, e o amigo repetiu. Em seguida, Ferrara entrou no barracão e emergiu com uma trouxa de roupas amarrada por um barbante.

– Há muito tempo que não dá para vesti-las, mas servem de travesseiro.

Quando chegaram ao carro, Kolb lhe ofereceu a comida que tinha comprado. Ferrara recolheu quase toda, exceto meio pão, disse:

– Volto num minuto – e atravessou o portão novamente.

Assim, Ferrara realmente dirigiu o automóvel, após ter tido um gostinho de Kolb ao volante, levando, portanto, apenas vinte minutos para chegar ao vilarejo, e depois, uma hora mais tarde, deixaram o carro na garagem e tomaram um táxi até Tarbes. Encontraram uma loja de roupas masculinas perto da estação, onde Ferrara escolheu um terno, camisa, roupas de baixo, tudo menos sapatos – suas botas do exército sobreviveram bem ao campo –, e Kolb pagou por tudo. Enquanto Ferrara se trocava nos fundos da loja, o proprietário disse:

– Ele estava no campo, imagino, eles vêm sempre aqui se têm a sorte de escapar. – Após um momento, disse: – Uma desgraça, para a França.

No fim da tarde, estavam no trem para Paris. Na última luz do dia, o árido sul lentamente abria caminho para retalhos de neve em campos arados, para a suave paisagem campestre das montanhas de Limousin – árvores podadas margeando pequenas estradas que serpentavam ao longe. *Seja amistoso*, pensou Kolb. Falaram, vez por outra, sobre as épocas que viveram. Ferrara explicou que aprendera francês no campo, para passar as horas ociosas, e para sua nova vida como emigrado – se o governo lhe permitisse ficar. Estivera em Paris uma vez, anos atrás, mas Kolb podia discernir em sua voz que ele recordava e que agora, para ele, Paris significava refúgio. Por vezes ainda suspeitava de Kolb, mas e daí, isso não era incomum. De certa forma, a atividade de Kolb pairava em sua presença, sombras visíveis de uma vida secreta, e podia ser pressentida, mesmo que fracamente.

– Você foi realmente enviado pelos, como dizer, os que chamamos de *fuorusciti*? – perguntou Ferrara.

O que significava (e ambos levaram alguns minutos para decifrar as palavras) "aqueles que fugiram", a autodescrição favorita dos italianos emigrados.

– Sim. Eles sabem tudo sobre você, claro.

Certamente sabiam, isso pelo menos era verdade, embora todo o resto que Kolb dissera fosse pura mentira.

– E isso é o que querem, a sua história.

Em todo caso, é o que nós queremos.

Mas não nos preocupemos com tais coisas, pensou Kolb, haveria tempo de sobra para a verdade, mais tarde, por hora era melhor apenas observar os vales do inverno em suas cores pálidas, enquanto avançavam ao ritmo das rodas sobre a pista.

Era alvorada quando chegaram a Paris, riscas vermelhas de luz no céu oeste, os varredores de rua, mulheres idosas em sua maioria, trabalhando com vassouras de palha e carrinhos com água. Na Gare de Lyon, Kolb chamou um táxi que os levou para o Sexto Arrondissement e ao Hotel Tournon, localizado na rua de mesmo nome.

O SSI provavelmente considerara por um longo tempo onde colocar Ferrara, Kolb imaginava. Em soberbas acomodações? Deslumbrar seu mais novo peão? Nocauteá-lo com o luxo? Com a guerra chegando, o tesouro talvez tivesse aberto a mão um pouco, mas o Serviço Secreto de Inteligência passara toda a década de 30 na miséria, e por isso pensavam duas vezes quando o assunto era dinheiro – somente Hitler podia de fato abrir o banco e, embora tivesse arrebatado a Tchecoslováquia, no momento isso não era assim *tão* importante. Portanto, Hotel Tournon – *dê-lhe um quarto decente, Harry, nada muito grandioso.* E esta vizinhança também era bastante conveniente para seus propósitos, porque o Peão Dois vivia ali, e poderia ir a pé para o trabalho. Facilite as coisas, faça ambos felizes, a vida andaria melhor daquela maneira.

Ainda assim, estando o SSI rico ou pobre, o fato é que a mão da funcionária da noite foi suficientemente molhada. Ela se levantou de seu sofá no saguão quando Kolb bateu na porta e apareceu, num pavoroso vestido caseiro, cabelos castanhos desgrenhados e hálito magnífico, para abrir para eles. "*Ah, mais oui! Le nouveau monsieur pour numéro huit!*"

Sim, aqui está o novo hóspede para o quarto oito; com amigos tão generosos, certamente ele também seria.

No alto de um lance de rangentes escadas de madeira, o quarto era espaçoso, com uma janela alta. Ferrara andou ao redor, sentou-se na cama, abriu as persianas para que pudesse ver o pátio adormecido. Nada mau, nada mau mesmo, com certeza não se tratava de um quarto minúsculo no apartamento de algum *fuorusciti*, e nem de um hotel de quinta categoria abarrotado de refugiados italianos.

– Emigrados? – disse Ferrara, nitidamente cético. – Eles pagaram por isso?

Kolb deu de ombros e abriu o mais angélico dos sorrisos. *Que todos os seus raptos sejam tão doces, meu cordeirinho.*

– Você gosta?

– É *claro* que gosto – Ferrara deixou o resto por dizer.

– Muito bem – replicou Kolb, também excelente em deixar coisas por dizer.

Ferrara pendurou seu paletó no cabideiro do armário e tirou do bolso o passaporte, alguns papéis e uma fotografia em sépia de sua mulher e dos três filhos numa moldura de papelão. Fora dobrada em algum momento e depois endireitada, por isso a fotografia estava rachada no canto superior.

– Sua família?

– Sim – disse Ferrara. – Mas as vidas deles seguem um caminho muito distante do meu; faz mais de dois anos que os vi pela última vez.

Pôs o passaporte na última gaveta do armário, fechou a porta e colocou a fotografia no parapeito da janela.

– E isso é tudo.

Kolb, que sabia exatamente o que ele queria dizer, assentiu em solidariedade.

– Deixei muitas coisas para trás, cruzando os Pirineus a pé, à noite, e as pessoas que me prenderam levaram quase todo o resto. – Deu de ombros e disse: – Portanto, tenho 47 anos, e é tudo que tenho.

– É a nossa época, coronel – disse Kolb. – Agora eu acho que deveríamos descer até a cafeteria, para tomar um café com leite quente e uma *tartine*.

O que significava um pão longo e delgado. Cortado ao meio. E generosamente amanteigado.

•

19 de março.

Os analistas do tempo previam a primavera mais chuvosa do século, e assim foi quando Carlo Weisz voltou a Paris. A água pingava da aba de seu chapéu, corria pelos bueiros e em nada melhorava seu estado de espírito. Do trem ao metrô, e depois ao Hotel Dauphine, ele pensou em uma dúzia de esquemas para trazer Christa von Schirren a Paris, nenhum deles valendo um centavo. Todavia, ele lhe escreveria pelo menos uma carta – uma carta disfarçada, como se viesse de uma tia, ou de um velho colega de escola talvez, viajando pela Europa, fazendo uma pausa em Paris e pegando correspondências no departamento da American Express.

Delahanty estava feliz em vê-lo naquela tarde, furaram a concorrência com a matéria da *resistência em Praga*, embora o *Times* de Londres tivesse publicado uma versão dela no dia seguinte. Delahanty enunciou um velho ditado: "Nada como ser baleado, se erram o tiro."

Salamone também ficou feliz em vê-lo, embora não por muito tempo, quando se encontraram no bar perto do escritório. Gotas de chuva escorriam lentamente pela janela, pintadas de vermelho pelo letreiro de néon, e a cadela do bar sacudiu de si um grande volume de água quando a deixaram entrar.

– Seja bem-vindo de volta – disse Salamone. – Imagino que esteja feliz de estar longe de lá.

– Um pesadelo – disse Weisz. – E nenhuma surpresa. No entanto, não importa o quanto você lê os jornais, você nunca fica sabendo dos detalhes, não a menos que vá até lá; o que as pessoas dizem quando não podem dizer o que querem, como olham para você, como desviam os olhos. E depois, após duas semanas disso, fui até Praga, onde estão sendo ocupados, e o povo sabe o que isso representará para si.

– Suicídios – disse Salamone. – É o que foi noticiado nos jornais daqui. Centenas deles, judeus, outros. Aqueles que não saíram a tempo.

– Foi terrível – disse Weisz.

– Bem, não está muito melhor em casa. Tenho que lhe contar que perdemos dois corredores.

Queria dizer *distribuidores* – motoristas de ônibus, garçons, lojistas, porteiros, qualquer um que tivesse contato com o público. Por isso se dizia que se você quisesse saber o que realmente estava acontecendo no mundo, era melhor visitar o banheiro do segundo andar da Galeria Nacional de Arte Antiga, no Palazzo Barberini, em Roma. Sempre havia algo ali para se ler.

Mas a distribuição era principalmente organizada por moças adolescentes das organizações de estudantes fascistas. Elas eram obrigadas a fazer parte, assim como seus pais entravam no *Partito Nazionale Fascista*, o PNF. *Per Necessità Familiare*, dizia a piada, por necessidade familiar. Mas muitas das moças odiavam o que tinham de fazer – marchar, cantar, arrecadar dinheiro – e se alistavam para distribuir jornais, passando incólumes porque as pessoas achavam que meninas jamais fariam tal coisa, jamais ousariam. Os *fascisti* se equivocavam um pouco neste ponto, mas ainda assim, vez por outra e mais freqüentemente por traição, a polícia as pegava.

– Duas delas – disse Weisz. – Presas?

– Sim, em Bolonha. Meninas de 15 anos, primas.

– Sabemos o que aconteceu?

– Não. Saíram com os jornais em suas mochilas para deixá-los na estação ferroviária, mas jamais voltaram. Depois, no dia seguinte, a polícia notificou os pais.

– E agora elas serão levadas aos Tribunais Especiais.

– Sim, como sempre. Vão pegar dois ou três anos.

Weisz se perguntou, por um momento, se tudo isso valia a pena; meninas na prisão enquanto os *giellisti* conspiravam em Paris. No entanto, sabia que era uma pergunta que não tinha resposta.

– Talvez elas possam sair sob fiança.

– Não neste caso – disse Salamone. – As famílias são pobres.

Ficaram em silêncio por um momento, o bar quieto, somente o som da chuva na rua. Weisz destravou os fechos de sua pasta e pôs a lista de agentes alemães sobre a mesa.

– Trouxe um presente para você. De Berlim.

Salamone examinou a lista; apoiado sobre os cotovelos, logo pressionou os dedos contra as têmporas e em seguida moveu a cabeça de um lado para o outro. Quando levantou os olhos, disse:

– O que há com você? Primeiro aquela merda de torpedo, agora isto. Você é algum tipo de... *ímã*?

– Parece que sim – respondeu Weisz.

– Como conseguiu isto?

– De um homem num parque. Vem do Ministério das Relações Exteriores.

– Um homem num parque.

– Não insista, Arturo.

– Muito bem. Mas pelo menos me diga o que significa.

Weisz explicou – penetração alemã em todo o sistema de segurança italiano.

– *Mannaggia* – disse Salamone em voz baixa, ainda lendo a lista. – Que presente, é uma sentença de morte. Da próxima vez poderia ser um ursinho de pelúcia, que tal?

– O que faremos?

Weisz observava Salamone enquanto ele tentava pensar. Sim, ele era um *giellisti*, mas e daí? O homem no outro lado da mesa era de avançada meia-idade, um ex-expedidor marítimo, sua carreira destruída pelo governo, e agora um contador. Nada na vida o preparara para conspirar, ele tinha de aprender diretamente com a prática.

– Não tenho certeza – disse Salamone. – Não podemos simplesmente publicá-la, disso estou certo, porque os traria direto para nós como, não sei, como fogo do inferno, ou imagine algo pior. E também teríamos os alemães, a Gestapo local, com seus parceiros de Berlim pondo o Ministério das Relações Exteriores abaixo até descobrir quem foi ao parque.

– Mas não podemos queimá-la, não desta vez.

– Não, Carlo, isso vai doer neles. Lembre-se da regra, tudo que separe a Itália e a Alemanha, nós queremos. E isto separa, isto vai levar alguns *fascisti* à loucura. Nosso povo já foi à loucura, o que para *eles* não significa porcaria nenhuma, mas se nós levarmos os temíveis "*eles*" à loucura, teremos feito algo que vale a pena.

– Depende de *como* faremos.

– Sim, acho que sim. Não podemos ser covardes e repassar isto para os comunistas, embora eu admita que isso me passou pela cabeça.

– Vem deles, suspeito. Não me disseram muito.

Salamone deu de ombros.

– Não me surpreende. Para fazer uma coisa assim, na Alemanha, sob o regime nazista, teria de ser alguém muito forte, muito comprometido, alguém com verdadeira *ideologia.*

– Talvez – disse Weisz –, talvez possamos simplesmente dizer que sabemos, que ouvimos dizer que isso está acontecendo. Os fascistas saberão como descobrir o resto, já que está no coração de sua máquina. Permitir que outro país prepare uma ocupação é deslealdade para com a Itália. Portanto, mesmo que não gostem de nós, quando publicamos esta informação, estamos sendo patriotas.

– Como você escreveria isso?

– Exatamente como disse. Um oficial preocupado num escritório italiano informou ao *Liberazione*... Ou uma carta anônima, na qual acreditamos.

– Nada mau – disse Salamone.

– Ainda assim, precisamos resolver o que fazer com a verdadeira lista.

– Dê a alguém que pode usá-la.

– Os franceses? Os ingleses? Ambos? Entregar a um diplomata?

– Não faça isso!

– Por que não?

– Porque voltarão dentro de uma semana, querendo mais. E não vão pedir por favor.

– Sendo assim, mandamos pelo correio. Enviaremos para o Ministério das Relações Exteriores e para a embaixada britânica. Eles que lidem com a OVRA.

– Eu resolvo isso – disse Salamone, puxando a lista para seu lado da mesa.

Weisz pegou de volta.

– Não, eu sou responsável por isso, eu farei. Será que eu deveria, talvez, datilografar novamente?

– Neste caso virá de sua máquina de escrever – disse Salamone. – Eles podem decifrar estas coisas. Nos romances policiais eles conseguem, e acho que é verdade.

– Mas está datilografada na máquina de escrever do homem do parque. E se alguém decifrar isto?

– Então arrume outra máquina de escrever.

Weisz sorriu.

– Acho que esse jogo se chama *batata quente*. Onde diabos vou achar outra máquina?

– Compre uma, meu caro. Em Clignancourt, no mercado das pulgas. E depois, livre-se dela. Empenhe, jogue fora, ou deixe numa rua qualquer. E isso antes que a carta seja enviada.

Weisz redobrou a lista e pôs de volta no envelope.

•

Às oito da noite, Weisz saiu em busca de um jantar. *Mère* isto? *Chez* aquilo? Lera o *Le Journal* daquele dia, e assim parou numa banca de jornais e comprou um *Petit Parisien* para acompanhá-lo no jantar. Era um jornaleco terrível, mas ele secretamente apreciava, toda aquela luxúria e cobiça em lugares esnobes caía bem com o jantar de certa forma, especialmente um jantar solitário.

Caminhando pela chuva, pegou uma rua transversal e chegou a um lugarzinho chamado Henri. A janela estava bastante embaçada, mas ele pôde ver um chão de ladrilhos preto-e-brancos, clientes na maioria das mesas, e um quadro-negro com o menu daquela noite. Quando entrou, o proprietário chegou para cumprimentá-lo, apropriadamente gordo e avermelhado, limpando as mãos no avental. *Couvert* para um, monsieur? Sim, por favor. Weisz pendurou a capa de chuva e o chapéu no cabideiro junto à porta. Em restaurantes muito cheios, com mau tempo, o serviço rapidamente ficava sobrecarregado e poderia depender de pelo menos uma gorjeta durante o jantar, o que sempre divertia Weisz.

O que Henri oferecia naquela noite era um grande prato de alho-poró no vapor, seguido de *rognons de veau* – escalopes de rim de vitela –, refogados com cogumelos ao molho madeira, e uma porção de crocantes *pommes frites.* Lendo o jornal, seguindo os prodigiosos casos de amor de um cantor de casa noturna, Weisz terminou a maior parte de sua jarra de vinho tinto, enxugando o molho da vitela com um pedaço de pão, e resolveu provar o queijo, um *vacherin.*

Weisz estava sentado numa mesa do canto e, quando a porta se abriu, olhou para o lado para ver quem poderia estar chegando para jantar. O homem que entrou tirou o chapéu e o casaco e encontrou um gancho desocupado no cabideiro. Era um tipo gorducho, benigno, um cachimbo preso entre os dentes, um suéter sob o paletó. O homem olhou em torno, procurando alguém e, quando Henri se aproximava, finalmente avistou Weisz.

– Ora, olá – disse. – Sr. Carlo Weisz, que sorte.

– Sr. Brown. Boa noite.

– Não quero atrapalhar. Está esperando alguém?

– Não, já estou acabando.

– Detesto comer sozinho.

Henri, limpando as mãos no avental, não estava exatamente prestando atenção na conversa, mas, quando o sr. Brown deu um passo em direção à mesa de Weisz, ele sorriu e puxou uma cadeira.

– Muito obrigado – disse Brown, instalando-se na mesa e pondo os óculos para ler o quadro-negro. – Como está a comida?

– Muito boa.

– Rins – disse ele. – Isto vai cair muito bem. – Fez o pedido, e depois disse: – Estava tentando entrar em contato com você, na verdade.

– Oh? E por quê?

– Um pequeno projeto, algo que talvez venha a lhe interessar.

– Mesmo? A Reuters praticamente me toma todo o tempo.

– Sim, imagino que toma. Ainda assim, este trabalho é bem fora do comum e é uma chance de, bem, fazer uma diferença.

– Uma diferença?

– Exato. Na Europa atualmente, pelo modo como as coisas estão indo, o que ocorre entre Hitler e Mussolini... Acho que você sabe o que quero dizer. Em todo caso, "a vida mundana é demais para mim, ganhando e gastando", como diria o poeta, mas sempre queremos fazer algo mais, e estou associado a alguns parceiros de mesma mentalidade, e, de vez em quando, tentamos fazer alguma coisinha que valha a pena. Um grupo muito informal, você entende, mas nós juntamos algumas libras e usamos nossos contatos comerciais e, nunca se sabe, como eu disse, poderia fazer uma diferença.

Um garçom trouxe uma jarra de vinho e uma cesta de pães. O sr. Brown disse "Hum" em agradecimento, serviu um copo de vinho para si, tomou um gole e disse:

– Bom. Muito bom, o que quer que seja. Eles nunca dizem, não é?

Tomou outro gole, cortou um pedaço de pão ao meio e comeu.

– Bem, onde estava? Ah sim, nosso pequeno projeto. Na verdade, começou na noite em que tomamos uns drinques no bar do Ritz, com Geoffrey Sparrow e sua namorada, lembra?

– Lembro, claro – respondeu Weisz cautelosamente, apreensivo quanto ao que poderia vir a seguir.

– Bem, você sabe, fiquei pensando. Ali estava uma oportunidade de fazer alguma coisa por esse mundo sofrido aí fora. Então pedi a um amigo que investigasse e, por sorte, encontramos este Coronel Ferrara sobre o qual você escreveu. Pobre infeliz, a unidade dele debandou para Barcelona, onde tiveram de se livrar dos uniformes e dar o fora, cruzando os Pirineus à noite, o que é terrivelmente perigoso, nem preciso lhe dizer. Uma vez na França, foi preso, naturalmente, e internado num daqueles pavorosos campos da Gasconha, onde de fato o encontramos, através de um amigo de um dos ministérios franceses.

Cada vez pior.

– Nada fácil de fazer, uma coisa assim.

– Não, nada fácil. Mas, que diabo, vale a pena, não acha? Quero dizer, foi *você* quem contou a história do coronel, então você sabe quem ele é, *o que* ele é, quero dizer. É um herói. Não se ouve muito esta palavra ultimamente, está fora de moda, mas é a verdade. No meio de toda esta lamúria e torcer de mãos, ali está um homem que luta pelo que acredita, e...

O garçom chegou com uma generosa tigela de *vacherin*, macio e cheiroso. Não que Weisz quisesse comer, não mais. Brown e seus parceiros de mesma mentalidade tinham, junto com o que mais estivessem pretendendo, levado embora seu apetite, e o substituíram por um nó gelado no estômago.

– Ah, o queijo. Perfeito, eu diria.

– Está – disse Weisz, testando-o levemente com o dedão. Cortou um pedaço, uma apropriada diagonal e não a ponta, e enfiou nele o garfo, mas não passou disso.

– O senhor estava dizendo...

– Ahn, ah sim, Coronel Ferrara. Um herói, sr. Weisz, sobre o qual o mundo precisa saber. Você certamente pensou assim, e, evidentemente, a Reuters. Sinceramente, é possível apontar outro? Montes de vítimas, aí fora, e montes de vilões asquerosos, mas onde estão os heróis, hoje?

A pergunta não requeria resposta, e Weisz não respondeu.

– E então?

– Então isto, sr. Weisz: nós achamos que o Coronel Ferrara deveria divulgar sua própria história. Em detalhes, em público.

– E como ele faria isso?

– Da forma usual. Sempre a melhor maneira, a usual, e nesse caso isto significa um livro. O livro dele. *Soldado da Liberdade*, algo assim. *Lutar pela liberdade*? Melhor assim?

Weisz não morderia a isca. Sua expressão dizia, *quem sabe?*

– Mas, qualquer que seja o título, é uma boa história. Começa no campo de internação; poderá ele sair um dia? Em seguida descobrimos como ele chegou lá. Cresce numa família pobre, alista-se no exército, torna-se um oficial, luta com uma força de elite no rio Piave durante a Grande Guerra, é mandado para a Etiópia, na cruzada de Mussolini pelo império, e logo recusa sua patente em protesto, depois que aviões italianos pulverizam as aldeias tribais com gás venenoso, vai até a Espanha e combate os fascistas, espanhóis *e* italianos. E agora, aqui está ele, no fim, preparado para combater o fascismo novamente. É um livro que eu leria, você não?

– Acho que sim.

– É claro que sim! – Brown imitou um colchete com o dedão e o indicador, e moveu-o ao longo do título enquanto dizia: – *Minha Luta pela Liberdade*, por "Coronel Ferrara". Entre aspas, claro, e nada de primeiro nome, pois é um *nom de guerre*, isso daria uma capa bem atraente, não acha? Você se vê comprando um livro de um sujeito que precisa manter sua verdadeira identidade em segredo, tem de usar um pseudônimo. Por quê? Porque amanhã, quando ele termine de escrever, voltará para a guerra, contra Mussolini, ou Hitler, na Romênia, ou Portugal, ou na pequena Estônia; quem sabe onde explodirá a seguir? Portanto, nós, meus amigos e eu, sentimos que esse é um livro que deveria ver a luz do dia. Que lhe parece? Pode ser feito?

– Acredito que sim – disse Weisz, na voz mais neutra que conseguiu emitir.

– Até onde podemos ver, só há um problema. Esse Coronel Ferrara, um talentoso oficial do exército, pode fazer muitas coisas, mas uma coisa que ele não pode fazer é escrever livros.

"*Les poireaux*", disse o garçom, deslizando um prato de alho-poró sobre a mesa. Quando o sr. Brown fitou o prato, algo que não passou de um lampejo momentâneo em seus olhos revelou a Weisz que o sr. Brown na verdade não gostava de alho-poró no vapor, provavelmente não gostava de rins de vitela, talvez não gostasse de comida francesa, ou dos franceses, ou da França.

– Assim – disse Brown –, pensamos que talvez o jornalista Carlo Weisz pudesse nos ajudar nessa área.

– Não creio que seja possível.

– Ah, é sim.

– Tenho muito trabalho, sr. Brown. Sinto muito realmente, mas não posso fazê-lo.

– Aposto que pode. Mil libras, eu aposto.

Era um monte de dinheiro, mas a que custo!

– Desculpe – disse Weisz.

– Tem certeza? Porque posso ver que você não pensou bem, não avaliou todas as possibilidades, todos os benefícios. Certamente seria uma chance de aumentar sua reputação. Seu nome não estará no livro, mas seu chefe no escritório, qual é mesmo o nome, Delahanty, ficaria sabendo. Provavelmente ele veria como patriotismo de sua parte, pôr mãos à obra na luta contra os inimigos da Grã-Bretanha. Não veria? Tenho certeza de que *Sir* Roderick veria.

Esta punhalada atingiu o alvo. *Contaremos a seu patrão, se não fizer o que queremos. Sir* Roderick Jones era o diretor-geral da sucursal da Reuters – um notório tirano, um sagrado terror. Usava gravatas de academias que nunca freqüentou, insinuava ter servido em regimentos para os quais era baixo demais para ser aceito. À noite, quando seu Rolls-Royce com chofer o levava do escritório para casa, um empregado era enviado para pular sobre um bloco de borracha na rua que, quando o carro se aproximava, trocava o sinal de trânsito para verde. E rezava a lenda que tinha repreendido um criado por não passar a ferro seus cadarços.

– Como sabe que ele veria? – perguntou Weisz.

– Ah, ele é amigo de um amigo – disse Brown. – Excêntrico às vezes, mas seu coração está no lugar certo. Especialmente quando é uma questão de patriotismo.

– Não sei – disse Weisz, procurando por alguma saída. – Se o Coronel Ferrara está tão distante, na Gasconha...

– Por Deus, não! Ele não está na Gasconha, está bem aqui, em Paris, na rue de Tournon. Pois bem, resolvido isso, você pelo menos pensará no assunto?

Weisz assentiu.

– Bom – disse Brown. – É melhor considerar esse tipo de coisa, tome seu tempo, veja como sopra o vento.

– Vou pensar no assunto – disse Weisz.

– Faça isso, sr. Weisz. Tome seu tempo. Telefono pela manhã.

Por volta das nove e meia da noite, Carlo Weisz não estava pronto para se atirar no Sena, mas pelo menos queria vê-lo. Brown fizera uma saída rápida do restaurante, jogando notas de francos sobre a mesa, mais que o suficiente para pagar pelos dois jantares, poupando-se do rim de vitela e deixando Henri a olhar nervosamente pela porta quando se afastou pela rua. Weisz não fez hora, pagou por seu próprio jantar e saiu poucos minutos depois. Portanto, para o garçom, uma gorjeta para ficar na memória.

Nada de voltar para o Dauphine, não imediatamente. Weisz caminhou e caminhou, chegando ao rio e entrando na Pont d'Arcole, a catedral de Notre Dame assomando atrás dele, uma vasta sombra na chuva. Por toda a vida ele admirou rios, do Tâmisa de Londres ao Danúbio de Budapeste, entre eles o Arno, o Tibre e o Grande Canal de Veneza, mas o Sena era o rei dos rios poéticos, para Weisz ele era. Agitado e melancólico ou suave e vagaroso, dependendo do humor do rio, ou do dele próprio. Naquela noite estava negro, salpicado pela chuva e alto em suas margens, logo abaixo da marginal inferior. *O que devo fazer?*, ele se perguntava, apoiando-se num parapeito feito para apoiar, fitando o rio como se ele fosse responder. *Por que não experimenta correr para o mar? Funciona para mim.*

Mas isso ele não poderia fazer. Não gostava de ser encurralado, mas estava. Encurralado em Paris, encurralado num bom emprego – todo mundo adoraria estar encurralado dessa maneira! Contudo, adicione a armadilha do sr. Brown e a equação mudava. O que faria se o chutassem da Reuters? Não encontraria outro Delahanty tão cedo, que gostava dele, que o protegia, que lhe entregou um trabalho perfeito para suas habilidades. Em sua mente, ele examinava a lista de empreguinhos que os *giellisti* conseguiram obter. Não era uma boa lista – um lugar para ir pela manhã, um dinheirinho, nada mais. E, temia, uma sentença de morte. Hitler não cairia tão cedo, a história estava carregada de ditaduras de quarenta anos, e isso eventualmente faria dele um homem livre aos 81 anos. Boa hora para começar do zero!

Talvez ele pudesse adiar o projeto, pensou, dizer *sim* querendo dizer *não*, e depois desvencilhando-se de alguma maneira inteligente. Mas se Brown tinha poder para provocar sua demissão, talvez também tivesse poder para provocar sua deportação. Weisz tinha de encarar essa possibilidade. *À luz da manhã, Zanzibar não era tão sombria quanto tinha imaginado.* Ou pior, a carta para Christa – uma mudança de planos, meu amor. Não, não, impossível, ele tinha de sobreviver, tinha de ficar onde estava. E afinal, apesar do toque frio e irônico na alma de Brown, tal projeto poderia ser bom de fato para o mundo sofrido aí fora, poderia inspirar outros Coronéis Ferraras a pegar em armas contra o demônio. Seria, de fato, tão diferente do trabalho que fazia com o *Liberazione*?

Foi o suficiente para pô-lo em marcha até o fim da ponte, passando pelo tradicional casal aos abraços, subindo à marginal superior do lado direito do rio e caminhando para o leste, na direção contrária à do hotel. Uma prostituta mandou-lhe um beijo, um mendigo ganhou 5 francos, uma mulher com um guarda-chuva elegante não exatamente lançou-lhe um olhar, e algumas almas solitárias, cabeças baixas sob a chuva, não estavam indo para casa, não ainda. Ele caminhou por um longo tempo, passando pelo Hotel de Ville, pelas floriculturas do outro lado da rua, e por fim se viu no Canal Saint-Martin, no encontro com a praça da Bastilha.

Alguns passos adiante numa rua estreita à direita da Bastilha havia um restaurante chamado La Brasserie Heininger. Na entrada, bancas de gelo moído exibiam lagostas e mariscos, enquanto um garçom vestido como um pescador bretão trabalhava abrindo ostras. Weisz escrevera certa vez sobre o Heininger, em junho de 1937. *As intrigas políticas de emigrados búlgaros em Paris sofreram uma violenta reviravolta ontem à noite na popular Brasserie Heininger, logo à direita da praça da Bastilha, próxima aos salões de dança e casas noturnas da famosa rue de Lappe. Pouco depois das 22h30, o popular garçom-chefe da brasserie, conhecido como Omaraeff, um refugiado da Bulgária, foi morto a tiros enquanto tentava esconder-se num reservado no banheiro das mulheres. Em seguida, para mostrar que o caso era sério, dois homens vestindo casacos longos e chapéus fedora – gângsteres de Clichy, segundo a polícia – varreram o elegante salão de refeições com tiros de submetralhadoras, poupando os clientes aterrorizados, mas destruindo todos os espelhos de moldura dourada, exceto um, uma única bala cravada no canto inferior. "Não vou trocá-lo", disse Maurice*

"Papa" Heininger, proprietário da brasserie. "Deixarei como está, em memória do pobre Omaraeff." A polícia está investigando.

Weisz percebeu que não prosseguiria para o leste, naquela direção havia ruas escuras e vazias, e as carpintarias do Faubourg Saint-Antoine. Ora, como evitar ir para casa? Talvez um drinque, pensou. Ou dois. Na Brasserie Heininger, um refúgio, luzes brilhantes e gente, por que não? Desceu a rua, entrou na *brasserie* e subiu as escadas de mármore branco até o salão de refeições.Que multidão! Rindo, flertando e bebendo, enquanto garçons com suíças passavam apressados, carregando bandejas de prata com ostras ou *choucroute garni*, o salão cheio de cadeiras estofadas de camurça vermelha, cupidos pintados e madeira envernizada. O maître manipulou a corda de veludo que barrava a entrada e olhou longamente para Weisz, não muito receptivo. Quem era esse lobo solitário, pingando de chuva, tentando chegar ao calor da fogueira?

– Temo que será uma espera um tanto longa, monsieur, estamos lotados hoje.

Weisz hesitou por um momento, com esperanças de ver alguém pedindo a conta, e depois se virou para ir embora.

– Weisz!

Ele procurou pela origem da voz.

– Carlo Weisz!

Abrindo caminho através do salão lotado, o Conde Janos Polanyi, o diplomata húngaro, alto, corpulento, cabelos brancos, e hoje não exatamente firme sobre seus pés. Trocou com Weisz um aperto de mãos, tomou-o pelo braço e conduziu-o em direção a uma mesa de canto. Apertado contra Polanyi na estreita passagem entre as costas das cadeiras, Weisz captou um forte cheiro de vinho, misturado aos aromas de colônia de mirto e bons charutos.

– Ele está conosco – Polanyi anunciou ao maître. – Na mesa 14. Então traga uma cadeira.

Na mesa 14, logo abaixo do espelho com o buraco de bala, um mar de rostos voltados para cima. Polanyi apresentou Weisz, acrescentando "um jornalista do departamento da Reuters", e seguiu-se um coro de saudações, todas em francês, aparentemente o idioma da noite.

– Pois bem – Polanyi disse a Weisz –, da esquerda para a direita, meu sobrinho, Nicholas Morath, o amigo dele, Cara Dionello. André Szara, o correspondente do *Pravda*.

Szara fez uma mesura de cabeça para Weisz, já se haviam encontrado algumas vezes, em coletivas de imprensa.

– E Mademoiselle Allard.

Ela estava encostada em Szara, na beirada da cadeira, não adormecida, mas apagando rapidamente.

– Aqui temos Louis Fischfang, o roteirista, e em seguida o famoso Voyschinkowsky, que você deve conhecer como "o Leão da Bolsa", e a seu lado Lady Angela Hope.

– Já nos conhecemos – disse Lady Angela, com um certo sorriso.

– Mesmo? Esplêndido.

O maître chegou com uma cadeira e todos se espremeram para abrir espaço.

– Estamos bebendo Echézeaux – Polanyi disse a Weisz.

Nitidamente estavam, Weisz contou cinco garrafas vazias sobre a mesa, e uma sexta pela metade. Ao maître, Polanyi disse:

– Vamos precisar de uma taça, e outro Echézeaux. Não, melhor trazer dois.

O maître sinalizou para um garçom e em seguida pegou o casaco e o chapéu de Weisz e se dirigiu à chapelaria. Momentos depois, um garçom chegou com uma taça e as novas garrafas. Enquanto ele se empenhava em abri-las, Polanyi disse a Weisz:

– O que o traz aqui neste tempo pérfido? Não está atrás de uma matéria, está?

– Não, não – disse Weisz. – Esta noite não. Só saí para dar uma volta na chuva.

– Voltando ao assunto... – disse Fischfang.

– Ah sim, estávamos no meio de uma história – disse Polanyi.

– Uma piada do papagaio de Hitler – disse Fischfang. – Piada número... qualquer que seja. Tem alguém contando?

Fischfang era um homenzinho tenso, com óculos de aros finos e tortos, o que o fazia parecer León Trotsky.

– Comece outra vez, Louis – disse Voyschinkowsky.

– Nessa piada, o papagaio de Hitler está dormindo no poleiro e Hitler trabalhando em sua mesa. De repente, o papagaio acorda e grita: "Aí vem Hermann Goering, líder da *Luftwaffe*." Hitler interrompe o trabalho. O que acontece? A porta se abre e é Goering. Hitler e Goering começam a conversar, mas o pássaro interrompe. "Aí vem Joseph Goebbels, ministro da Propaganda." E, veja só, um minuto depois, é verdade. Hitler diz o que está acontecendo, mas Goering e Goebbels pensam que é brincadeira. "Ah, vamos Adolf, isso é um truque, você está dando um sinal ao pássaro." "Não,não",diz Hitler. "Este papagaio sabe quem está chegando de alguma maneira, e vou provar para vocês. Vamos nos esconder no armário, onde o pássaro não pode me ver, e esperamos pelo próximo visitante." Então lá estão eles, dentro do armário, e o pássaro começa outra vez. Mas desta vez ele só treme, esconde a cabeça embaixo da asa e pia. – Fischfang se curvou, escondeu a cabeça embaixo do braço, e produziu uma série de pios assustados. Em mesas próximas, algumas cabeças se voltaram. – Depois de um minuto, a porta se abre, e é Heinrich Himmler, líder da Gestapo. Ele olha em volta, pensa que o gabinete está vazio e vai embora. "Tudo certo, rapazes", diz o papagaio, "podem sair agora. A Gestapo já foi."

Uns poucos sorrisos, uma tépida risada do educado Voyschinkowsky.

– Piadas da Gestapo – disse Szara.

– Não é tão engraçado, é? – disse Fischfang. – Um amigo meu ouviu essa em Berlim. Mas, em todo caso, eles ainda estão trabalhando nela.

– Por que não trabalham para matar aquele calhorda? – perguntou Cara.

– Vou beber a isto – disse Szara, seu francês temperado por um forte sotaque russo.

O Echézeaux era algo que Weisz nunca tinha experimentado – caro demais. O primeiro gole revelou o porquê.

– Paciência, crianças – disse Polanyi, recolocando a taça sobre a toalha de mesa. – Nós o pegaremos.

– À nossa, então – disse Lady Angela, erguendo sua taça.

Morath se divertia, e disse a Weisz:

– Você caiu no meio de, bem, não exatamente ladrões, mas, ahn, cidadãos da noite.

Szara riu, Polanyi sorriu.

– Ladrões não, Nicky? – disse Polanyi. – Certo, mas lembremos que Monsieur Weisz é jornalista.

Weisz não gostou de ser excluído.

– Não esta noite. Sou só mais um emigrado.

– De onde emigrou? – perguntou Voyschinkowsky.

– Ele é de *Trieste* – disse Lady Angela, galhofa e ironia em sua voz.

Agora todos estavam divertidos.

– Muito bem, então ele tem filiação honorária – disse Fischfang.

– Filiação como o quê? – perguntou Angela, toda inocência.

– Como, ahn, o que Nicky disse. "Cidadão da noite".

– A Trieste então – disse Szara, pronto para beber.

– A Trieste, e às outras – disse Polanyi. – Digamos, Genebra. E Lugano.

– Lugano certamente. A assim chamada Espiópolis – disse Morath.

– Ouviu falar disso? – perguntou Voyschinkowsky a Weisz.

Weisz sorriu.

– Sim, Espiópolis. Como qualquer cidade de fronteira.

– Ou como qualquer cidade – disse Polanyi – com emigrados russos.

– Ah, ótimo – replicou Lady Angela. – Agora podemos incluir Paris.

– E Xangai – acrescentou Fischfang. – E Harbin, especialmente Harbin, "onde as mulheres se vestem a crédito e se despem à vista".

– A elas – disse Cara. – Às russas brancas de Harbin.

Brindaram àquilo, e Polanyi tornou a encher as taças.

– Deveríamos, é claro, incluir os outros. Os recepcionistas de hotel, por exemplo.

Szara gostou da idéia.

– Sendo assim, telegrafistas de embaixadas. Dançarinas de boate.

– E profissionais de tênis – disse Cara. – Com modos perfeitos.

– Sim – disse Weisz. – E os jornalistas.

– Ouçam, ouçam – disse Lady Angela em inglês.

– Vida longa – disse Polanyi, erguendo a taça.

Agora todos riam, bebiam ao brinde, e bebiam de novo. Exceto Mlle. Allard, cuja cabeça jazia sobre o ombro de Szara, olhos fechados, boca levemente aberta. Weisz acendeu um cigarro e olhou ao redor na mesa. Seriam todos espiões? Polanyi era, e também Lady Angela Hope. Morath, sobrinho de Polanyi, provavelmente era, e Szara, um correspondente do *Pravda*, tinha de ser, dado o apetite voraz do NKVD[1]. E

1 *Narodnyi Komissariat Vnutrennikh Del* – Comissariado Popular para Assuntos Internos; departamento governamental soviético, responsável por atividades de inteligência e repressão. O *Pravda* era um dos jornais oficiais do partido comunista soviético. (N. da T.)

Fischfang também, pelo que dissera. Estariam todos do mesmo lado? Dois húngaros, uma inglesa, um russo. O que era Fischfang? Provavelmente um judeu polonês, residente na França. E Voyschinkowsky? Francês, talvez de ascendência ucraniana. Cara Dionello, que às vezes era mencionado em colunas de fofocas, era argentino e muito rico. Que grupo! Entretanto, ao que parecia, todos trabalhavam contra os nazistas, de uma maneira ou de outra. E não se esqueça, pensou, de um tal Carlo Weisz, italiano. Não, triestino.

Passava um pouco das duas da manhã quando o triestino desceu de um táxi na porta do Hotel Dauphine, enfiou a chave na fechadura na oitava tentativa, abriu a porta, seguiu seu caminho diante da recepção deserta e, por fim, após cambalear um degrau para trás ao menos três vezes, chegou em seu refúgio no alto das escadas. Lá ele arrancou as roupas, ficando de calções e camisa, vasculhou entre os bolsos do paletó até encontrar seus óculos e se sentou na Olivetti. A saraivada das primeiras teclas soava alto para Weisz, mas ele a ignorou – os outros inquilinos nunca pareceram se importar com o malhar de uma máquina de escrever na madrugada. Ou, caso se importassem, nunca disseram nada a respeito. Datilografar tarde da noite possuía um status quase sagrado na cidade de Paris – quem saberia quais fantásticos vôos de imaginação poderiam estar em desenvolvimento –, e as pessoas gostavam da idéia de que havia um espírito inspirado martelando na máquina após uma visita de meia-noite da musa.

Um jornalista clandestino inspirado, em todo caso, escrevendo um artigo curto e simples sobre agentes alemães no coração do sistema de segurança italiano. Resultou bastante semelhante ao que dissera a Salamone no bar, mais cedo naquele dia. Através de amigos na Itália, os editores do *Liberazione* ficaram sabendo destes alemães, alguns oficiais, outros não, trabalhando no interior de organizações de segurança e polícia. Vergonhoso de fato, se era verdade – e os editores acreditavam nisso – que a Itália, invadida com tanta freqüência, convidara agentes estrangeiros para entrar em suas muralhas defensivas, dentro de seu castelo. Um cavalo de Tróia? Preparação para outra invasão, uma invasão alemã? Uma invasão apoiada pelos próprios fascistas? O *Liberazione* esperava que não. Ainda assim, o que significava? Como terminaria? Seria uma conduta apropriada para aqueles que chamavam a si mesmos *patriotas*? *Nós, giellisti*, escreveu, *sempre compartilhamos uma paixão com nossos oponentes: o amor pelo país. Desse modo, pedimos aos nossos leitores nos serviços de segurança e polícia – sabemos que lêem nosso jornal, muito embora esteja proibido – que reservem algum tempo para pensar sobre esta informação, sobre o que significa para vocês, sobre o que significa para a Itália.*

No dia seguinte, um telefonema no escritório da Reuters. Neste ponto, se o sr. Brown mostrasse sua personalidade fria e severa e insistisse na vantagem que tinha, poderia acabar ouvindo um rápido *va f'an culo*, e sendo posto para correr. Mas era um sr. Brown brando e sensível do outro lado da linha, engajado em sua manhã vocacional. Esperava que Weisz tivesse considerado sua proposta, esperava que, com as políticas do momento, ele visse o sentido do *Soldado da Liberdade*. Seus interesses eram mútuos nesse caso. Um tempinho, um pouco de trabalho duro, um golpe contra o inimigo comum. E eles lhe pagariam apenas se ele desejasse ser pago.

– Você decide, sr. Weisz.

Encontraram-se naquele dia depois do trabalho, no café do subsolo do Hotel Tournon, três degraus para baixo, vindo da rua. Sr. Brown, Coronel Ferrara, e Weisz. Ferrara estava contente em vê-lo – Weisz ficou intrigado, pois ele atraíra tudo aquilo para Ferrara. Entretanto, Ferrara estivera recentemente trancafiado num campo, portanto Weisz era um salvador, e Ferrara o fez saber disso.

O sr. Brown falou inglês durante o encontro, enquanto Weisz traduzia para Ferrara.

– Naturalmente, você escreverá em italiano – disse Brown. – E temos alguém que fará a versão em inglês, quase diariamente. Pois a primeira edição será em Londres, o mais rápido possível, pela Staunton and Weeks. Cogitamos a Chapman & Hall, ou talvez a Victor Gollancz, porém gostamos da Staunton. Para a edição italiana, talvez uma pequena editora francesa, ou usaremos um dos periódicos emigrados – seu nome, pelo menos –, mas enviaremos cópias para a Itália, podem contar com isso. E é preciso que chegue aos Estados Unidos, poderia ter influência por lá, e nós queremos que os americanos pensem em entrar na guerra, mas a Staunton fará essa negociação. Tudo bem até aqui?

Após Weisz ter-lhe contado o que fora dito, o coronel assentiu. A realidade de ser um *autor* estava apenas começando a atingi-lo.

– Por favor – disse a Weisz –, pergunte o que acontece se o editor em Londres não gostar do livro.

– Oh, eles vão gostar o suficiente – disse Brown.

– Não se preocupe – Weisz disse a Ferrara. – Este é o melhor tipo de história, uma história que conta a si mesma.

Não exatamente. Weisz descobriu, ao longo do fim de março e dos primeiros dias de abril, que um considerável floreio era necessário, mas isso lhe saía mais facilmente do que suspeitara – conhecia a vida italiana, e conhecia a história. Ainda assim, ele se mantinha firme na narrativa, e Ferrara, quando preparado, tinha uma boa memória.

– Meu pai trabalhava para a companhia ferroviária, na cidade de Ferrara. Como guarda-freios nos pátios da ferrovia.

E seu pai – rígido e distante? Caloroso e amável? Temperamento difícil? Alto? Baixo? A casa, que aparência tinha? Família? Feriados? Uma cena de Natal? Isso poderia ser atraente, neve, velas nas janelas. Brincava de ser soldado?

– Se brincava, não lembro.

– Não? Com um cabo de vassoura, talvez, como rifle?

– O que me lembro é do futebol, cada minuto livre que tinha. Mas não jogávamos tanto assim, eu tinha tarefas a fazer depois da escola. Trazer água da bomba ou carvão para o pequeno forno que tínhamos. Dava muito trabalho, viver simplesmente dia a dia.

– Ou seja, nada militar?

– Não, nunca pensei sobre isto. Quando tinha 11 anos, levava a janta para o meu pai nos pátios e conhecia seus amigos. Estava subentendido que eu faria o mesmo trabalho que ele.

– Você gostava da idéia?

– Não cabia a mim gostar ou não. – Ele pensou por um momento. – Na verdade, agora que penso a respeito, o irmão de minha mãe era um soldado e me deixava usar uma espécie de cinto de lona que ele tinha, com um cantil. Eu gostava daquilo. Eu o usava, enchia o cantil e bebia a água. Que tinha um gosto diferente.

– Como o quê?

– Não sei. Água de um cantil tem um certo gosto. Rançosa, mas não ruim, água de cantil não é como qualquer água.

– Aaah.

Em 10 de abril, a nova edição do *Liberazione* estava, contra todos os prognósticos, pronta para publicação. As noites de Weisz estavam ocupadas com o livro, e seus dias pertenciam à Reuters, o que incumbia Salamone, e eventualmente Elena, de fazer a maior parte do trabalho editorial. Weisz teve de contar a Salamone o que estava fazendo, mas Elena sabia apenas que ele estava "envolvido em outro projeto". Ela aceitou, dizendo: "Não preciso saber dos detalhes."

Havia muito a ser escrito para o *Liberazione* de 10 de abril, e tanto o advogado romano quanto o historiador de arte de Siena entregaram artigos. Mussolini emitira um ultimato ao rei Zog da Albânia, exigindo essencialmente que ele entregasse seu país à Itália. A Grã-Bretanha foi convidada a interceder, mas declinou, e no dia 7 de abril a Marinha italiana bombardeou a costa da Albânia, e o Exército invadiu. Esta invasão violava o acordo anglo-italiano assinado um ano antes, porém o governo Chamberlain permaneceu em silêncio.

Mas o *Liberazione* não.

Uma Nova Aventura Imperial, dizia. Mais mortos e feridos, mais dinheiro, toda a competição frenética de Mussolini com Adolf Hitler, que tomou o porto de Klaipeda, em 22 de março, enviando uma carta registrada ao governo lituano e depois navegando porto adentro num navio de guerra alemão, diante de ativas câmeras de cinejornal e do espocar de flashes. *Bem atrevido*, como Hitler gostava de dizer, o tipo de bravata que era garantia de enfurecer Mussolini.

Entretanto, caso isso não o tivesse enfurecido, o *Liberazione* de abril certamente enfureceria – se os bobos da corte lhe permitissem vêlo. Pois não apenas havia o editorial sobre os agentes alemães, mas também uma charge. *Atrevimento* era isso. Cai a noite e aqui está Mussolini, como sempre, numa sacada. Esta sacada, contudo, pertence a um quarto de dormir, o contorno de uma cama quase invisível na escuridão. É o familiar *Duce*, grande mandíbula projetada, braços cruzados, mas ele está vestindo apenas a camisa de um pijama – com medalhas, claro –, revelando pernas cabeludas e protuberância caricata, enquanto um par de olhos femininos, espantadíssimos, observam da escuridão atrás da porta francesa, sugerindo que nem tudo tinha ido bem no quarto. Sugestão confirmada pelo velho provérbio siciliano usado na legenda: "*Potere è meglio che fottere.*" Uma boa rima, o tipo da coisa divertida de dizer e fácil de lembrar. "Poder é melhor do que foder."

Fazia três semanas desde que Weisz retornara de Berlim, e ele tinha de ligar para Véronique – por mais casual que tivesse sido o caso de amor, ele não poderia simplesmente desaparecer. Assim, numa tarde de quinta, ele telefonou e a convidou para um encontro depois do trabalho num café próximo à galeria. Ela sabia. De algum modo ela sabia. E, guerreira parisiense que era, jamais esteve tão adorável. Tão suave – os cabelos simples e suaves, olhos quase imperceptivelmente maquilados, blusa caindo suavemente sobre os seios, com um novo perfume, doce e não sofisticado, nuvens dele. Três semanas de ausência e um encontro num café tornavam as palavras praticamente inúteis, mas a decência exigia uma explicação.

– Encontrei alguém – disse ele. – Creio que é sério.

Não houve lágrimas, ela disse somente que sentiria saudades, e ele percebeu, exatamente naquele momento, o quanto gostara dela, quão bons momentos tiveram juntos, na cama e fora dela.

– Alguém que conheceu em Berlim, Carlo?

– Alguém que conheci há muito tempo.

– Uma segunda chance? – perguntou ela.

– Sim.

– Muito rara, a segunda chance.

Comigo você não terá uma.

– Sentirei saudades – disse ele.

– Gentileza sua dizer isso.

– É verdade, não estou dizendo por dizer.

Um sorriso melancólico, um erguer de sobrancelhas.

– Posso telefonar às vezes, para saber como você vai?

Ela pôs a mão, também suave, cálida, sobre a dele, como forma de mostrar o quão imbecil ele estava sendo, levantou-se em seguida e disse:

– Meu casaco?

Ele a ajudou a vestir o casaco, ela se virou, sacudiu os cabelos para que caíssem apropriadamente sobre a gola, ergueu-se nas pontas dos pés para lhe dar um beijo seco nos lábios e, mãos nos bolsos, saiu porta afora. Mais tarde, quando ele deixou o café, outro melancólico sorriso, outro erguer de sobrancelhas, da mulher atrás da caixa registradora.

No dia seguinte, forçou-se a lidar com a lista que trouxera de Berlim. Deixando o escritório na hora do almoço, fez uma interminável viagem de metrô até Porte de Clignancourt, vagueou pelo mercado das pulgas e comprou uma valise. Nascera barata – papelão coberto por tecido rugoso – e viveu uma longa e dura vida; uma etiqueta na alça era prova de uma passagem pelo depósito de bagagens da ferrovia de Odessa.

Feito isso, ele caminhou e caminhou, passando por vendas de prodigiosa mobília e estantes de roupas velhas, até que finalmente encontrou um velho cavalheiro com um cavanhaque e uma dúzia de máquinas de escrever. Testou todas, até mesmo a portátil Mignon, e finalmente escolheu uma Remington com um teclado francês AZERTY, regateou um pouco, colocou-a na valise, deixou-a no hotel e voltou ao escritório.

Longas horas, o negócio de espionagem. Depois de um anoitecer com Ferrara – o transporte das tropas para a Etiópia, as apreensões de um colega de batalhão –, Weisz caminhou de volta ao Dauphine, tirou a lista de seu esconderijo, sob a última gaveta do armário, e pôs-se a trabalhar. Era um castigo datilografá-la novamente, a velha fita mal tinha tinta, e ele teve de fazê-lo duas vezes. Finalmente, bateu dois envelopes a máquina, um para o Ministério das Relações Exteriores francês, o outro para a embaixada britânica, acrescentou selos e foi para a cama. Eles saberiam o que foi feito – teclado francês, acentos alemães escritos a mão, correio local –, mas, àquela altura, Weisz não se importava tanto com o que fariam com ela. O que lhe importava realmente era manter a palavra ao homem do parque, se ele ainda estivesse vivo, e principalmente se não estivesse.

Era muito tarde quando ele terminou, mas estava decidido a encerrar toda a tarefa; assim, queimou a lista, jogou as cinzas privada abaixo e saiu para se desfazer da máquina de escrever. Valise em punho, desceu as escadas e saiu à rua. Mais difícil do que imaginava, perder uma valise – gente por toda parte, e a última coisa que queria era algum francês correndo atrás dele, balançando os braços e gritando "*Monsieur!*" Finalmente encontrou um beco deserto, encostou a valise contra um muro, e caminhou para longe.

14 de abril, 3h30. Weisz postou-se na esquina onde a rue Dauphine encontrava a marginal do Sena, e esperou por Salamone. E esperou. *E essa agora?* Era culpa daquele maldito Renault, velho e melindroso. Por que ninguém de seu mundo jamais tinha qualquer coisa nova? Tudo em suas vidas era gasto, usado, não funcionava bem havia muito. *Que se dane*, pensou, *eu vou para a América.* Onde ele seria pobre novamente, no meio da riqueza. Era a velha história para os imigrantes italianos – o famoso cartão-postal de volta à Itália dizendo: "Não apenas as ruas não são pavimentadas com ouro, elas não são pavimentadas, e eles esperam que nós as pavimentemos."

A linha de pensamento foi interrompida pela tosse do motor do carro de Salamone, e a escuridão foi perfurada por um farol. Golpeando e abrindo a porta com o ombro, Salamone disse, como forma de cumprimentar:

– *Ché palle!* – Que colhões! Significando "*Que colhões tem a vida para fazer isto comigo!* Em seguida: – Você trouxe?

Sim, trouxera, o *Liberazione* do dia 10 de abril, um maço de papéis em sua pasta. Eles avançaram ao longo do Sena, viraram a esquina e tomaram a ponte para atravessar o rio, abrindo caminho por ruelas até chegar ao café 24 horas próximo à Gare de Lyon. O fiscal estava esperando por eles, bebendo um *apéritif* e lendo um jornal. Weisz o levou até o carro, onde o fiscal se sentou no banco traseiro e passou alguns minutos com eles.

– Agora este *cazzo* – este babaca – nos levou para a Albânia – disse ele, inserindo o *Liberazione* numa bolsa de couro típica dos ferroviários, que lhe pendia dos ombros. – E levou meu pobre sobrinho para lá, com o exército. Um menino, 17 anos, um menino muito bom, naturalmente doce, e eles certamente vão matá-lo, aqueles malditos ladrões de cabras. Está aqui? – Deu palmadinhas na bolsa de couro.

– Está tudo aí – disse Weisz.

– Lerei no caminho.

– Diga a Matteo que estamos pensando nele.

Salamone falava do operador de linotipo em Gênova.

– Pobre Matteo.

– O que houve de errado? – A voz de Salamone saiu ríspida.

– O ombro dele. Mal pode levantar um braço.

– Ele se feriu?

– Não, está ficando velho, e você sabe como é Gênova. Frio e úmido, e está difícil encontrar carvão estes dias, custa os olhos da cara.

14 de abril, 10h40. No trem das 7h15 para Gênova, o fiscal seguiu para o vagão-bagageiro e se sentou num baú. Vendo-se sozinho, sem paradas até Lyons, ele acendeu um panatela e instalou-se para ler o *Liberazione*. Já sabia de algumas notícias, e o editorial era enigmático. O que os alemães estavam fazendo? Trabalhando para a segurança? E daí? Não diferiam em nada dos italianos, e todos deveriam queimar no inferno. Entretanto, a charge provocou uma gargalhada, e ele gostou do artigo sobre a invasão da Albânia. *Sim*, ele pensou, *batam neles com força.*

15 de abril, 1h20. A gráfica do *Il Secolo*, o diário de Gênova, não era distante das gigantescas refinarias localizadas na estrada para o porto, e carros-tanque eram manobrados a noite inteira nos trilhos da ferrovia atrás do prédio. *Il Secolo*, em dias melhores, fora o mais antigo jornal democrático da Itália. Entretanto, em 1923, uma venda forçada o colocou sob administração fascista, e a política editorial mudara. Contudo, Matteo e muitas das pessoas com quem ele trabalhava não mudaram. Enquanto terminava uma tiragem de folhetos para a associação genovesa de farmacêuticos fascistas, o chefe de produção parou para dizer boa-noite.

– Está acabando?

– Quase.

– Bem, até amanhã.

– Boa noite.

Matteo esperou alguns minutos, e ligou as máquinas para uma tiragem do *Liberazione*. O que era desta vez? Albânia, sim, todos concordavam quanto àquilo. "Para quê? Para pegar quatro pedrinhas?" Era a última máxima na *piazza* – a praça pública –, ou seja, por todo lado. Ouvia-se no ônibus, ouvia-se nos cafés. Matteo tirou grande satisfação de sua impressão noturna, mesmo que perigosa, porque ele era um daqueles que realmente *não* gostavam de ser mandados, e esta era a especialidade fascista: obrigavam a fazer o que queriam e depois sorriam para você. *Bem*, pensou, ajustando os controles e puxando uma alavanca para imprimir uma amostra, *sentem nisto. E rodem.*

16 de abril, 14h15. Antonio, dirigindo seu caminhão de entrega de carvão de Gênova até Rapallo, não lia o *Liberazione*, porque não sabia ler. Bem, não exatamente, mas levava um grande tempo para decifrar qualquer coisa escrita, e havia um monte de palavras neste jornal que ele não conhecia. A entrega destes pacotes foi idéia de sua esposa – a irmã dela vivia em Rapallo e era casada com um judeu que fora proprietário de um cinema – e, sem dúvida, aumentou seu valor aos olhos dela. Talvez ela tenha tido algumas dúvidas quando encarou o fato, aos dois meses de gravidez, de que definitivamente era hora de se casar, mas não tanto hoje em dia. Nada foi dito na casa, mas ele sentia a mudança. As mulheres tinham formas de fazer saber algo sem dizê-lo realmente.

A rodovia para Rapallo era reta, passando pela cidade de Santa Margherita, mas Antonio diminuiu e girou o volante para virar numa estrada de terra que subia os morros, em direção ao vilarejo de Torriglia. Logo na entrada do vilarejo havia uma casa grande e sofisticada, casa de campo de um advogado genovês cuja filha, Gabriella, freqüentava a escola em Gênova. Um destes pacotes era dela, para distribuir. Estava na flor dos 16 anos e era algo para se olhar. Não que ele, um homem casado e mero proprietário de um caminhão de carvão, tivesse qualquer pretensão de tentar alguma coisa, mas gostava dela da mesma forma, e ela tinha um jeito muito atraente quando olhava para ele. *Você é um herói*, algo assim. Para um homem como Antonio, muito raro, muito agradável. Esperava que ela tomasse cuidado, metida por aí com esse negócio de contrabando, porque a polícia de Gênova estava cheia de uns sujeitos muito brutos. Bem, talvez não todos, mas muitos.

17 de abril, 15h30. Na Academia para Moças Sagrado Coração, no melhor bairro de Gênova, o hóquei sobre a grama era obrigatório. Assim, Gabriella passou o final da tarde correndo por todo lado em calções, golpeando a bola com um bastão e gritando instruções para suas companheiras de time, que raramente seguiam. Após vinte minutos, as meninas estavam suadas e vermelhas, e a Irmã Perpétua lhes disse para sentar e esfriar. Gabriella se sentou ao lado da amiga Lucia na grama e a informou que o novo *Liberazione* chegara, estava escondido em sua casa de campo, mas ela tinha dez cópias em seu armário escolar para Lucia e seu namorado secreto, um jovem policial.

– Vou pegá-los depois – disse Lucia.

– Distribua rápido – disse Gabriella.

Lucia podia ser preguiçosa e precisava de um empurrão ocasional.

– Sim, sim. Eu sei, vou distribuir

Não havia o que fazer com Gabriella, era uma força da natureza, melhor não resistir.

Gabriella era o anjo em ascensão da Academia Sagrado Coração. Ela sabia o que era certo, e, quando se sabia o que era certo, era preciso fazê-lo. Esta era a coisa mais importante na vida, e sempre seria. Na opinião dela, os fascistas eram homens brutais e perversos. E a perversidade sempre tinha de ser destruída, caso contrário as coisas lindas do mundo, a beleza, a verdade, o romance, seriam arruinadas, e ninguém iria querer viver nele. Depois da escola, ela dirigia sua bicicleta pelo longo caminho para casa, jornais dobrados entre os livros de escola numa cesta, parando numa *trattoria*, numa mercearia, e numa cabine telefônica no posto dos correios.

19 de abril, 7h10. O tenente DeFranco, um detetive do turbulento distrito da zona portuária de Gênova, visitava o banheiro do posto policial todas as manhãs a esta hora, o alto reservado de madeira sendo uma

ilha no burburinho generalizado que acompanhava a chegada do turno da manhã. A base fora reformada dois anos antes – o governo fascista cuidava do conforto de seus policiais – e novos assentos sanitários foram instalados, em substituição aos antigos mictórios de porcelana. O tenente DeFranco acendeu um cigarro e pôs a mão atrás da caixa d'água para ver se hoje havia alguma coisa lá para se ler, e, a sorte estava com ele, havia uma cópia do *Liberazione*.

Como sempre, em vão ele se perguntava quem o colocara ali, isso era difícil de desvendar. Alguns dos policiais eram comunistas, portanto poderia ser um deles, ou poderia ser qualquer um, contra o regime por qualquer razão, idealismo ou vingança, porque nestes dias as pessoas silenciavam sobre tais sentimentos. Na primeira página, Albânia, charge, editorial. Não estavam tão errados, pensou, não que se pudesse fazer muito a respeito. Com o tempo, Mussolini tropeçaria, e os outros lobos cairiam sobre ele. Esse era, sempre foi, o modo como funcionava esta parte do mundo. Era preciso apenas esperar, mas, enquanto esperava, havia algo para ler com seu ritual matinal.

Às dez e meia daquela manhã, ele visitou um bar das docas que servia aos estivadores do porto para conversar com um ladrãozinho ordinário, que de vez em quando passava alguns bocados de fofoca local. Não mais um jovem, o ladrão acreditava que quando por fim fosse pego, escalando uma janela em algum lugar, a lei poderia cair um pouco mais levemente sobre ele, talvez um ano em vez de dois, e por isso valia muito a pena o papo ocasional com o policial da vizinhança.

– Eu estava na verduraria ontem – disse ele, inclinando-se sobre a mesa –, o estabelecimento dos irmãos Cuozzo, sabe?

– Sim – disse DeFranco. – Conheço.

– Percebi que eles ainda estão por aí.

– Acredito que estão.

– Porque, bem, você se lembra do que eu lhe disse, certo?

– Que lhes vendeu um rifle, uma carabina, que você roubou.

– Vendi, mesmo. Eu não estava mentindo.

– E daí?

– Bem, eles ainda estão lá. Vendendo verduras.

– Estamos investigando. Você não pretende me dizer como fazer meu trabalho, pretende?

– Tenente! Nunca! Eu só, você sabe, estava pensando.

– Não pense, meu amigo, não faz bem a você.

O próprio DeFranco não tinha muita certeza do porquê pôr a informação de lado. Ele provavelmente poderia, caso se aplicasse, encontrar o rifle e prender os irmãos Cuozzo – homenzinhos carrancudos, belicosos, que trabalhavam do amanhecer até o pôr do sol. Mas ele não fez isso. Por que não? Porque não estava seguro sobre o que eles tinham em mente. Duvidava que pretendessem usar o rifle para resolver alguma rixa pendente, duvidava que tinham intenção de vendê-lo. Algo mais. Ouvira dizer que estavam sempre reclamando do governo. Poderiam ser tão tolos a ponto de imaginar um levante armado? Poderia tal coisa acontecer de fato?

Talvez. Havia certamente uma oposição feroz. Eram só palavras por enquanto, mas isso poderia mudar. Veja este bando do *Liberazione*, o que estavam dizendo? *Resista. Não desista.* E não eram pequenos verdureiros raivosos, foram importantes, pessoas respeitáveis, antes de Mussolini. Advogados, professores, jornalistas – ninguém ascendia a essas profissões fazendo pedidos às estrelas. Com o tempo, eles poderiam até vencer – certamente pensavam que venceriam. Armados? Talvez, dependendo de como andasse o mundo. Se Mussolini mudasse de lado e os alemães viessem até aqui, a melhor coisa a se ter seria um rifle. Ou seja, deixe que os irmãos Cuozzo fiquem com ele por enquanto. Espere e veja, pensou ele. Espere e veja.

O
PACTO
DE AÇO

20 DE ABRIL, 1939.

Il faut en finir.

– Isto precisa ter um fim – disse um cliente na cadeira ao lado de Weisz, na barbearia Perini na rue Mabillon. Não falava do clima, mas de política: um sentimento popular naquela primavera. Weisz ouvira o mesmo no *Mère* isto ou no *Chez* aquilo, de Mme. Rigaud, proprietária do Hotel Dauphine, de uma mulher exaltada para seu acompanhante, em seu café habitual. Os parisienses estavam num estado de espírito amargo: as notícias nunca eram boas, Hitler não iria parar. *Il faut en finir*, verdade, embora a natureza do fim fosse, de uma forma particularmente gaulesa, obscura – *alguém* precisava fazer *algo*, e estavam fartos de esperar por isso.

– Não pode continuar – dizia o homem na cadeira ao lado.

Perini ergueu um espelho para que o homem pudesse ver a parte de trás da cabeça virando o rosto para a esquerda e a direita.

– Sim – disse ele –, para mim está bom.

Perini sinalizou com a cabeça ao rapaz que engraxava os sapatos, que trouxe a bengala ao homem e o ajudou a se levantar da cadeira.

– Eles me acertaram na última vez – disse aos homens na barbearia –, e vamos ter de passar por tudo novamente.

Com um murmúrio solidário, Perini desatou a cobertura protetora do pescoço do cliente, enrolou-a, entregou ao menino engraxate, pegou uma escovinha e deu uma boa varrida no terno do homem.

Weisz era o próximo. Perini inclinou a cadeira para trás, puxou rapidamente uma toalha quente do aquecedor de metal e a envolveu no rosto de Weisz.

– O de sempre, Signor Weisz?

– Só uma aparada, por favor, não muito – disse Weisz, sua voz abafada pela toalha.

– E uma boa barbeada, que tal?

– Sim, por favor.

Weisz desejava que o homem da bengala estivesse errado, mas temia que não. A última guerra tinha sido puro inferno para os franceses, massacre após massacre, até que as tropas não puderam suportar mais – ocorreram 68 motins nas 112 divisões francesas. Ele tentou relaxar, o calor úmido penetrando em sua pele. Em algum lugar atrás dele, Perini murmurava uma ópera, satisfeito com o mundo de sua loja, acreditando que nada poderia mudar aquilo.

No dia 21, um telefonema na Reuters.

– Carlo, sou eu, Véronique.

– Conheço sua voz, querida – disse Weisz, delicadamente.

Estava espantado com o telefonema. Fazia aproximadamente dez dias que tinham terminado, e ele imaginava que nunca mais falaria com ela novamente.

– Preciso vê-lo – disse ela. – Imediatamente.

O que era isso? Ela o amava? Não podia suportar que ele a abandonasse? *Véronique?* Não, esta não era a voz do amor perdido, algo a amedrontara.

– O que houve? – perguntou ele cautelosamente.

– Não por telefone. Por favor. Não me faça contar.

– Você está na galeria?

– Sim. Perdoe-me por...

– Está tudo bem, não precisa pedir desculpas, estarei aí em alguns minutos.

Quando passou pela sala de Delahanty, o chefe do escritório levantou os olhos do texto, mas nada disse.

Assim que Weisz abriu a porta da galeria, ouviu saltos soando no chão encerado.

– Carlo – ela disse. Hesitou –, um abraço? Não, um beijo rápido em cada bochecha, e depois um passo para trás. Esta era uma Véronique que ele nunca tinha visto; tensa, agitada, vagamente hesitante – não exatamente certa de que estava feliz por vê-lo.

De pé ao lado, um espectro da velha e extinta Montmartre, com barba grisalha e terno e gravata dos anos 20.

– Este é Valkenda – disse ela, sua voz insinuando grande fama e status.

Nas paredes, retratos turbulentos de uma rameira dissoluta, quase nua, coberta aqui e ali por um xale.

– É claro – disse Weisz. – Prazer em conhecê-lo.

Valkenda se curvou, os olhos fechados.

– Vamos para o escritório – disse Véronique.

Sentaram-se num par de delgadas cadeiras douradas.

– Valkenda? – perguntou Weisz, com um meio sorriso.

Véronique deu de ombros.

– Os quadros saltam das paredes – disse ela. – Eles pagam o aluguel.

– Véronique, o que aconteceu?

– Ahf, estou feliz que está aqui – essas palavras foram seguidas por um tremor simulado. – Esta manhã, recebi a *Sûreté* – ela enfatizou a palavra, *logo isso.* – Um homenzinho pavoroso, que apareceu e, e... me *interrogou.*

– Sobre o quê?

– Sobre você.

– O que ele perguntou?

– Onde você morava, quem conhecia. Os detalhes da sua vida.

– Por quê?

– Não faço idéia, diga-me você.

– Quero dizer, ele disse o porquê?

– Não. Somente disse que você era um "objeto de interesse" numa investigação.

Pompon, pensou Weisz. Mas por que agora?

– Um homem jovem? Muito arrumado e correto? Chamado Inspetor Pompon?

– Oh não, de jeito algum. Ele não era jovem, e tudo menos arrumado; tinha cabelos ensebados e sujeira embaixo das unhas. E o nome era outro.

– Posso ver o cartão dele?

– Ele não deixou cartão. Eles fazem isso?

– Em geral, sim. E quanto ao outro?

– Que outro?

– Ele estava sozinho? Geralmente trabalham em dupla.

– Não, não desta vez. Só o Inspetor... alguma coisa. Começava com *D*, acho. Ou *B*.

Weisz pensou a respeito.

– Tem certeza de que ele era da *Sûreté*?

– Ele disse que era. Eu acreditei. – Após um momento, ela disse: – Mais ou menos.

– Por que diz isso?

– Ah, é só, *snobisme*, você sabe como é. Eu me perguntei, é esse o tipo de homem que eles empregam? Esse... não sei, algo grosseiro, no modo como ele olhava para mim.

– Grosseiro?

– O modo como ele falava. Ele não era... muito instruído. E não era um parisiense; nós podemos distinguir.

– Era francês?

– Ah, sim, com certeza era. De algum lugar do sul. – Fez uma pausa, seu rosto mudou, e ela disse: – Acha que é uma fraude? E agora? Você deve dinheiro a alguém? E não estou falando de um banco.

– Um gângster.

– Não do tipo dos filmes, mas seus olhos nunca paravam. Subiam e desciam, sabe? Talvez ele pensasse que aquilo era sedutor, ou charmoso.

Pela expressão dela, o homem não chegou nem perto de ser" charmoso".

– Quem era ele, Carlo?

– Não sei.

– Por favor, não somos estranhos, você e eu. Você acha que sabe quem ele era.

O que lhe dizer? O quanto?

– Pode ter alguma coisa a ver com política italiana, emigrados políticos. Há pessoas que não gostam de nós.

Ela arregalou os olhos.

– Mas ele não teria medo que você descobrisse tudo? Que ele disse ser da *Sûreté* quando na verdade era um impostor?

– Bem – disse Weisz –, para essa gente, isso não tem importância. Poderia ser até melhor. Ele disse que você tinha de manter segredo?

– Sim.

– Mas você não manteve.

– Claro que não, eu tinha que lhe contar.

– Nem todo mundo contaria, sabe – disse Weisz.

Ele ficou em silêncio por um momento. Ela tinha sido corajosa, por ele, e o modo como fitou seus olhos fez com que ela percebesse que ele estava agradecido.

– Veja bem, das duas, uma: ou eu sou suspeito de algum crime, e seus sentimentos por mim mudam, ou você me conta, e eu tenho de me preocupar com o fato de que estou sendo investigado.

Ela pensou no que ele disse, intrigada por um momento, e logo compreendeu.

– Carlo, isso é uma coisa muito feia de se fazer.

Weisz abriu um sorriso malicioso.

– Sim, não é mesmo?

Voltando para o escritório, Weisz, de pé, oscilava num vagão lotado do metrô, os rostos ao redor pálidos, vazios, e fechados. Havia um poema sobre isso, de um autor americano que adorava Mussolini. Como era? Rostos como “pétalas num ramo negro, orvalhado”. Tentou lembrar o resto, mas o homem que interrogara Véronique não lhe saía da cabeça. Talvez ele fosse exatamente quem dizia ser. A experiência de Weisz com a *Sûreté* não passava dos dois inspetores que o haviam interrogado, mas havia outros, provavelmente de todos os tipos. Ainda assim, o homem viera sozinho e não deixou nenhum cartão, nenhum número de telefone. Esqueça a *Sûreté*, nenhuma polícia trabalhava daquela maneira. As pessoas costumavam recordar informações quando sozinhas, mais tarde, e os *flics*[2] de todas as partes do mundo sabiam disso.

Ele não queria encarar a conclusão seguinte. Que era a OVRA, operando a partir de uma base clandestina em Paris, usando agentes franceses, e lançando um novo ataque contra os *giellisti*. Livrar-se de Bottini não funcionara, por isso tinham de tentar outra coisa. O momento correspondia, eles tinham visto o novo *Liberazione* uma semana antes, e aqui estava sua reação. Funcionou. Desde o momento em que deixara a galeria, ele estava apreensivo, olhando por cima dos ombros tanto figurada quanto literalmente. *Ou seja*, disse a si mesmo, *eles encontraram o que vieram buscar*. E ele sabia que não parariam por aí.

Saiu do trabalho às seis, encontrou Salamone no bar e contou o que acontecera, e chegou no Tournon, com Ferrara, por volta das 19h45. Só precisava desistir do jantar, mas, pelo modo como se sentia ao cair da noite, não tinha tanta fome assim.

A companhia de Ferrara fê-lo sentir-se melhor. Weisz começava a compreender o argumento do sr. Brown quanto ao coronel – as forças antifascistas não eram compostas apenas de intelectuais com óculos e um monte de livros, elas tinham guerreiros, guerreiros reais, a seu lado. E o *Soldado da Liberdade* avançava rapidamente, chegando agora à fuga de Ferrara para Marselha.

Weisz estava sentado numa cadeira, com a nova Remington que lhe haviam comprado sobre outra cadeira, entre seus joelhos, enquanto Ferrara perambulava pelo quarto, sentando-se às vezes na beirada da cama e depois perambulando novamente.

– Era estranho estar só – disse ele. – A vida militar nos mantém ocupados, diz o que fazer a seguir. Todos reclamam dela, fazem piadas, mas ela tem seus confortos. Quando deixei a Etiópia... Já falamos sobre o navio, o navio-tanque grego, certo?

– Sim. O grande e gordo Capitão Karazenis, o grande contrabandista.

Ferrara sorriu ante a memória.

2 Guarda parisiense, tira. (N. da T.)

– Não o faça parecer tão salafrário. Quero dizer, ele era, mas era um prazer estar na companhia dele. Sua resposta ao mundo cruel era bater sua carteira.

– É como ele será, no livro. Chamado apenas "o capitão grego". Ferrara assentiu.

– De qualquer maneira, tivemos problemas no motor perto da costa da Ligúria. Em algum lugar próximo a Livorno. Foi um mau dia: e se tivéssemos de ancorar num porto italiano? Alguém da tripulação me entregaria? Karazenis gostava de me pregar peças, disse que tinha uma namorada em Livorno. Mas no fim chegamos, simplesmente chegamos em Marselha, e eu fui para um hotel no porto.

– Qual era o hotel?

– Não tenho certeza se tinha um nome, a placa dizia "Hotel".

– Deixo de fora.

– Nunca pensei que fosse possível ficar num lugar por tão pouco dinheiro. Percevejos, sim, e piolhos. Mas você conhece o velho ditado: "A sujeira, assim como a fome, só importa por oito dias." E eu fiquei ali por meses, e então...

– Espere, espere, não tão rápido.

Trabalharam incessantemente, Weisz martelando nas teclas, revolvendo páginas. Às onze e meia, decidiram parar. O ar no quarto estava enfumaçado e imóvel. Ferrara abriu as persianas e depois a janela, fazendo entrar um sopro do frio ar noturno. Inclinou-se para fora, olhando a rua de um extremo ao outro.

– O que há de tão interessante? – perguntou Weisz, vestindo o paletó.

– Ah, tinha um sujeito espreitando nas portas, nas últimas noites.

– Mesmo?

– Estamos sendo observados, acho. Ou talvez a palavra seja *guardados.*

– Você mencionou isso?

– Não. Não sei se isso tem algo a ver comigo.

– Você deveria contar-lhes.

– Hum. Talvez eu conte. Você não acha que é algum tipo de... problema, acha?

– Não faço idéia.

– Bem, talvez eu pergunte a respeito.

Ele voltou à janela e olhou a rua de um extremo ao outro.

– Ninguém lá agora – disse. – Não onde eu possa vê-lo.

As ruas estavam desertas quando Weisz caminhou de volta ao Dauphine, mas ele imaginou ter Christa como companhia. Contou-lhe sobre seu dia, uma versão mais interessante para diverti-la.Logo, de volta a seu quarto, caiu no sono e a encontrou em seus sonhos – a primeira vez que fizeram amor, num iate no porto de Trieste. Ela usava, naquele fim de tarde, pijamas cor de ostra, diáfanos e frescos para uma semana de verão no mar. Ele pressentiu que ela tinha alguma predileção sensual pelos pijamas, por isso não os tirou na primeira vez.Desabotoou o topo, baixou a parte de baixo pelas coxas dela. Isto inspirou a ambos e, quando o sonho o acordou, ele se achava novamente inspirado, e reviveu aqueles momentos mais uma vez, na escuridão.

A reunião editorial para o novo *Liberazione* era ao meio-dia de 29 de abril. Weisz correu para chegar ao Europa, mas foi o último a chegar. Salamone esperou por ele, e começou a reunião enquanto ele se sentava.

– Antes de discutirmos a próxima edição – disse Salamone – temos de conversar um pouco sobre nossa situação.

– Nossa situação? – disse o advogado, atento a certa nota na voz de Salamone.

– Estão acontecendo certas coisas que precisam ser discutidas. – Fez uma pausa, e disse em seguida: – Primeiro, uma amiga de Carlo foi interrogada por um homem que se apresentou como inspetor da *Sûreté*. Há razões para acreditarmos que ele não era quem dizia ser. E que veio da oposição.

Um longo silêncio. O farmacêutico então disse:

– Você quer dizer a OVRA?

– É uma possibilidade que temos de encarar. Por isso, tomem um minuto, e analisem como vão as coisas em suas próprias vidas. Suas vidas diárias, qualquer coisa fora do normal.

Do advogado, uma risada forçada.

– Normal? Minha vida na escola de línguas?

Ninguém mais achou graça.

O historiador de arte de Siena disse:

– Tudo está indo como sempre, comigo.

Salamone, um suspiro na voz, disse:

– Bem, o que aconteceu comigo é que perdi o emprego. Fui demitido.

Por um momento, silêncio sepulcral, rompido apenas pelos sons abafados da vida do café do outro lado da porta. Por fim, Elena disse:

– Eles disseram por quê?

– Meu supervisor não quis dizer exatamente. Disse algo sobre trabalho insuficiente, mas era mentira. Ele tinha alguma outra razão.

– Você acha que ele também recebeu uma visita da *Sûreté* – disse o advogado. – E não da verdadeira.

De Salamone, mãos abertas e sobrancelhas erguidas. *O que mais posso pensar?*

Isto era diretamente pessoal. Cada um deles trabalhava em qualquer coisa que conseguiram encontrar – o advogado trabalhava no Berlitz, o professor sienense era medidor para a companhia de gás, Elena vendia lingerie na Galeries Lafayette –, mas esta era a Paris emigrada de costume, onde oficiais da cavalaria russa dirigiam táxis. Ao redor da mesa, a mesma reação: pelo menos *tinham* empregos, mas e se os perdessem? E enquanto Weisz, talvez o mais privilegiado de todos, pensava em Delahanty, o resto pensava em seus respectivos empregadores.

– Nós sobrevivemos ao assassinato de Bottini – disse Elena. – Mas isso...

Ela não pôde dizer que isso era pior, não em voz alta, mas, à sua maneira, era.

Sergio, o empresário de Milão que foi a Paris após a aprovação das leis anti-semitas, disse:

– Por enquanto, Arturo, você não precisa se preocupar com dinheiro.

Salamone assentiu.

– Agradeço muito – ele disse.

Parou por ali, mas o que estava subentendido era que seu benfeitor não poderia sustentar a todos.

– Esse deve ser o momento – prosseguiu – para todos considerarmos o que queremos fazer agora. Alguns de nós talvez não queiram seguir com esse trabalho. Pensem a respeito, cuidadosamente. Sair por alguns meses não significa que não poderão voltar e sair por alguns meses talvez seja o que deveriam fazer. Não digam nada aqui, liguem para minha casa, ou passem por lá. Pode ser para o bem. De vocês, das pessoas que dependem de vocês. Isso não é uma questão de honra, é uma questão prática.

– O *Liberazione* acabou? – perguntou Elena.

– Não ainda – respondeu Salamone.

– Podemos ser substituídos – disse o farmacêutico, mais para si mesmo do que para qualquer outro.

– Podemos – disse Salamone. – E isto vale para mim também. A *Giustizia e Libertà* de Turim foi destruída em 1937, todos presos. E ainda assim, aqui estamos hoje.

– Arturo – disse o professor de Siena –, eu trabalho com um romeno, antigamente ele era professor de balé em Bucareste. Acho que ele está indo embora, dentro de poucas semanas, para a América. De qualquer modo, é uma possibilidade, a companhia de gás. Você tem que descer em porões, às vezes vê um rato, mas não é tão mau.

– América – disse o advogado. – Homem de sorte.

– Não podemos ir todos para a América – disse o professor de Veneza.

Por que não? Mas ninguém perguntou.

Relatório do Agente 207, entregue em mãos em 30 de abril, a uma base clandestina OVRA no Décimo Arrondissement:

> O grupo *Liberazione* se reuniu ao meio-dia de 29 de abril no Café Europa, os mesmo elementos que constam em relatórios anteriores. O elemento SALAMONE relatou sua demissão da companhia Assurance du Nord e discutiu a possibilidade de que um agente clandestino o tenha difamado para seu empregador. SALAMONE sugeriu que uma amiga do elemento WEISZ foi igualmente abordada e advertiu o grupo de que talvez tenham de reavaliar sua participação na publicação *Liberazione*. Seguiu-se uma reunião editorial, com debate sobre a ocupação da Albânia e o estado das relações ítalo-germânicas como possíveis temas para a próxima edição.

•

Na manhã seguinte, um hesitante dia de primavera, a verdadeira *Sûreté* estava de volta à vida de Weisz. A mensagem desta vez chegou, graças aos céus, no Dauphine, e não na Reuters. Dizia apenas "Por favor, entre em contato imediatamente", trazia um número de telefone e era assinada por "Monsieur", e não "Inspetor", Pompon. Levantando os olhos da tira de papel, ele disse a Madame Rigaud, do outro lado do balcão de recepção: "Um amigo", como se ele precisasse explicar a mensagem. Ela deu de ombros. As pessoas têm amigos, eles telefonam. Pelo preço do seu quarto, contanto que você pague, nós anotamos seus recados.

Andava apreensivo com ela, ultimamente. Não que ela tivesse deixado de ser gentil com ele, mas apenas, ultimamente, não era mais tão calorosa. Seria simplesmente outra oscilação gaulesa de humor, tão comum nesta cidade temperamental, ou algo mais? Sempre havia uma visita noturna no horizonte, no comportamento dela. Ela era brincalhona, mas o fazia saber que seu vestido preto poderia ser retirado em algum momento e que embaixo dele havia um adorável presentinho para um bom rapaz como ele. Isso incomodara Weisz, em suas primeiras semanas de inquilino – e se algo desse errado? Fazer sexo era uma condição implícita do aluguel do quarto?

Mas não era verdade, ela simplesmente gostava de flertar com ele, de provocá-lo com a fantasia da senhoria devassa, e, com o tempo, ele começou a relaxar e se divertir. Ela tinha uma cara estreita, uma mente estreita, e cabelo tingido com hena, mas o acidental esbarrão ou esfregão – "*Oh, pardon, Monsieur Weisz!*" – revelavam a verdadeira Madame Rigaud, curvilínea e firme, e toda para ele. Eventualmente.

Aproximadamente na última semana, isso tinha desaparecido. Para onde teria ido?

No caminho para o metrô, ele parou num posto dos correios e telefonou para Pompon, que sugeriu um encontro às nove da manhã seguinte, num café em frente à Opéra – no térreo do Grand Hotel – e convenientemente próximo ao escritório da Reuters. Esses arranjos eram, *opa*, atenciosos e, *oh não*, solícitos, e acarretariam mais um dia tentando trabalhar e ao mesmo tempo lutando contra o impulso de especular. *Grã-Bretanha e França Oferecem Garantias à Grécia*: telefonemas para Devoisin no Quai d'Orsay e depois para outras fontes, nadando mais profundamente nas tormentosas ondas da diplomacia francesa, assim como contatando a embaixada grega e o editor de um jornal de gregos emigrados – o lado parisiense das notícias.

Weisz trabalhou duro. Trabalhou por Delahanty, para mostrar o quão crucial ele era para os interesses da Reuters, trabalhou por Christa, para que ele não estivesse dirigindo uma caminhonete de entregas quando ela chegasse a Paris, trabalhou pelos *giellisti* – o jornal estava à beira da morte, e perder o emprego poderia muito bem ser a última gota. E por seu próprio orgulho – não por dinheiro, por orgulho.

Uma longa noite. E depois, o encontro no café, e um tópico que, percebeu, ele deveria ter previsto.

– Chegou às nossas mãos um documento – disse Pompon – originalmente enviado para o Ministério das Relações Exteriores. Um documento que talvez deva ser tornado público. Não diretamente, mas de uma maneira subliminar, talvez num jornal clandestino.

Oh?

– Contém informações que o jornal *Liberazione* mencionou como rumores, em sua última edição, mas eram rumores, e o que temos em mãos agora é específico. Muito específico. Evidentemente, sabemos que o senhor tem contato com esses emigrados, e alguém como o senhor, na sua posição, seria uma fonte crível para tal informação.

Talvez.

– O documento revela uma penetração alemã no sistema de segurança italiano, uma penetração em massa, às centenas, e revelá-lo poderia criar antagonismo em relação à Alemanha, em relação a este tipo de tática, que é perigosa para qualquer estado. O rumor, como publicado no *Liberazione*, era provocativo, mas a *verdadeira* lista, isto poderia realmente causar problemas. – Weisz podia ver aonde ele queria chegar?

Bem – o que os franceses chamam *un petit oui*, um pequeno *sim* –, sim.

– Tenho uma cópia do documento comigo, Monsieur Weisz, o senhor tem interesse em vê-la?

Ah, naturalmente.

Pompon abriu os fechos de sua pasta e sacou as páginas, dobradas para que coubessem num envelope, e entregou a Weisz. Não era a lista que ele tinha datilografado,mas uma cópia exata. Ele desdobrou as páginas e fingiu estudá-las; primeiramente intrigado, depois interessado, finalmente fascinado.

Pompon sorriu – a pantomima evidentemente funcionara.

– Um golpe e tanto nas mãos do *Liberazione*, não? Publicar a prova real?

Ele certamente achava que sim. Mas...

Mas?

A situação atual daquele jornal era incerta. Alguns membros do conselho editorial estavam sendo pressionados – ouviu dizer que o jornal talvez não sobrevivesse.

Pressão?

Demissões, assédio de agentes fascistas.

Um silencioso Pompon o fitava, em meio a mesas de parisienses tagarelas que fizeram compras na Galeries Lafayette próxima, hóspedes de hotéis com guias de viagem, um par de recém-casados das províncias discutindo sobre dinheiro.Tudo entre nuvens de fumaça e perfume. Garçons passavam voando – quem na terra estaria pedindo bombas de chocolate a esta hora da manhã?

Weisz esperou, mas o inspetor não mordeu a isca. Ou talvez tenha mordido de uma maneira que Weisz não pôde perceber. "Agentes fascistas" atormentando emigrados não era o tópico de hoje, o tópico de hoje era induzir uma organização de resistência a fazer um servicinho para ele. Ou para o Ministério das Relações Exteriores, ou sabe Deus quem. Quanto àquela outra história, um departamento diferente lidava com aquilo, no fim do corredor, subindo um lance de escadas, e quem queria aqueles focinhos inquisitivos se metendo em seu jardim emigrado tão cuidadosamente zelado? Não Pompon.

Finalmente, Weisz disse:

– Vou falar com eles, do *Liberazione.*

– Quer ficar com esta cópia? Temos outras, mas você precisa ter muito cuidado com ela.

Não, ele sabia o que era, preferia deixar o documento com Pompon. Como dissera mais cedo a Salamone: *batata quente.*

O táxi corria pela noite de Paris. Um suave anoitecer de maio, o ar cálido e sedutor, meia cidade passeando nas alamedas. Weisz estava bastante satisfeito em seu quarto, mas o gerente da noite da Reuters o enviou, bloco e lápis em punho, para o Hotel Crillon.

– É o rei Zog – disse no telefonema para o Dauphine. – Os albaneses locais o descobriram e estão se reunindo na place Concorde. Vá até lá e dê uma olhada, por favor?

O taxista de Weisz pegou a Pont Royal, virou na Saint Honoré, dirigiu 3 metros pela rue Royale e parou atrás de uma fila de carros que submergia numa multidão. Ali empacaram e agora tocavam suas buzinas, certificando-se de que ninguém sairia do caminho. O motorista engatou a ré, gesticulando para que o carro atrás recuasse.

– Não comigo – disse a Weisz – não esta noite. – Weisz pagou, anotou o valor e saiu.

O que Zog, Ahmed Zogu, ex-rei da Albânia, estava fazendo ali? Deposto por Mussolini, vagara por várias capitais com a imprensa em seu encalço e aparentemente aterrissara no Crillon. Porém, albaneses locais? A Albânia era o reino perdido das montanhas dos Bálcãs – e isso significava ser bastante perdido –, proclamou a independência em 1920, foi arrebatada, norte e sul, por Itália e Iugoslávia, até que Mussolini tomou posse de tudo, havia um mês. Mas, até onde Weisz sabia, não existia algo como uma comunidade política emigrada em Paris.

Havia uma verdadeira multidão na rue Royale, passantes curiosos na maioria, e na place Concorde, onde Weisz finalmente abriu caminho e percebeu que, independentemente de quantos albaneses conseguiram chegar a Paris, eles se mostraram naquela noite. Seiscentos ou setecentos, pensou, com algumas centenas de franceses solidários. Os comunistas não – nenhuma bandeira vermelha –, porque o que houve na Albânia foi um pequeno ditador engolido por um grande ditador, mas sim aqueles que pensavam que nunca era uma boa idéia que uma nação ocupasse outra, e, numa adorável noite de maio, por que não dar um passeio até o Crillon?

Weisz forçou passagem em direção à porta do hotel, onde um lençol pregado a um par de estacas, ondulando com o movimento da multidão, dizia algo em albanês. Aqui eles também cantavam – Weisz identificou as palavras *Zog* e *Mussolini*, mas isso foi tudo. Na entrada do Crillon, uma equipe de carregadores e recepcionistas estava defensivamente enfileirada na porta da frente e, enquanto Weisz observava, os *flics* começaram a aparecer, batendo os cassetetes nas pernas, prontos para a ação. Hóspedes olhavam para fora por toda a fachada do hotel, apontando aqui e ali, aproveitando o espetáculo. Uma janela do último andar se abriu em seguida, uma luz jorrou do quarto, e um ídolo das massas, com um vistoso bigode, inclinou-se para fora e fez a saudação zogista: mão rija, palma para a frente, sobre o coração. O rei Zog! Alguém esticou um braço de trás da cortina, e agora o rei usava um chapéu de general, carregado de adornos dourados, sobre seu roupão Sulka. A multidão aclamava, a rainha Geraldine apareceu ao lado do rei, e ambos acenaram.

Neste momento, algum idiota – *elementos anti-zogistas na multidão*, escreveu Weisz – atirou uma garrafa, espatifada na frente de um recepcionista que perdeu seu pequeno quepe quando saltou para longe. O rei e a rainha se afastaram da janela em seguida, e a luz se apagou. Ao lado de Weisz, um gigante barbado pôs as mãos ao redor da boca e gritou, em francês:

– Isso mesmo, saia correndo, seu maricão.

Isso arrancou uma risadinha de sua minúscula namorada, e um albanês irado gritou de algum lugar na multidão. No último andar, outra janela se abriu, e um oficial do exército uniformizado olhou para fora.

A polícia começou a avançar, pondo seus cassetetes à frente e forçando a multidão a recuar da frente do hotel. A briga começou quase imediatamente – aglomerações ondulantes de pessoas na multidão, outros empurrando e acotovelando, tentando sair do caminho.

– Ah – disse o gigante com certa satisfação –, *les chevaux*. – Os cavalos. A cavalaria chegou, policiais montados com longos cassetetes, avançando pela avenue Gabriel.

– Você não gosta do rei? – Weisz perguntou ao gigante. Ele tinha que conseguir algum tipo de frase de alguém, anotar algumas linhas, encontrar o telefone, enviar a história e sair para jantar.

– Ele não gosta de ninguém – disse a namorada do gigante.

O que era ele, Weisz se perguntava. Um comunista? Fascista? Anarquista?

Mas isso ele não descobriria.

Pois a próxima coisa que percebeu era que estava no chão. Alguém atrás dele o acertara no lado da cabeça com algo, ele não fazia idéia do quê, acertou-o com força suficiente para nocauteá-lo. Este não era um bom lugar para se estar. Sua visão se turvou, uma floresta de sapatos se afastou, e alguns xingamentos indignados seguiram alguém, aquele que o tinha acertado, enquanto o homem rasgava seu caminho através da multidão.

– Você está sangrando – disse o gigante.

Weisz tocou o rosto, e sua mão voltou vermelha – talvez tivesse se cortado na ponta aguda de um paralelepípedo. Em seguida, começou a tatear em busca de seus óculos.

– Aqui estão. – Uma mão oferecia os óculos, uma das lentes rachada, uma das hastes desaparecida.

Alguém pôs as mãos sob as axilas de Weisz e o pôs de pé. Era o gigante, que disse:

– É melhor darmos o fora daqui.

Weisz ouviu os cavalos avançando em sua direção num tropel rápido. Pegou um lenço do bolso de trás da calça e o pressionou contra o lado da cabeça, deu um passo, quase tombou para a frente. Percebeu que apenas um olho enxergava adequadamente, o outro estava completamente fora de foco. Caiu sobre um joelho. *Talvez*, pensou, *eu esteja ferido.*

A multidão se abriu ao seu redor enquanto fugia, perseguida pela polícia montada que agitava seus cassetetes. Então um velho e robusto *flic* parisiense apareceu a seu lado – ele estava sozinho agora, numa vasta extensão da place Concorde.

– Pode ficar de pé?

– Acho que sim.

– Porque se não puder, tenho que colocá-lo numa ambulância.

– Não, tudo bem. Sou jornalista.

– Faça um esforço e fique de pé.

Weisz estava muito tonto, mas conseguiu.

– Talvez um táxi – disse.

– Eles não ficam por perto quando essas coisas acontecem. Que tal ir até um café?

– Sim, é uma boa idéia.

– Viu quem o acertou?

– Não.

– Faz idéia do porquê?

– Nenhuma idéia.

O *flic* sacudiu a cabeça; vira muito da natureza humana e não gostava dela.

– Talvez só por diversão. De qualquer modo, vamos tentar o café.

Segurou Weisz por um lado e o conduziu lentamente até a rue de Rivoli, onde um café turístico se esvaziara assim que a briga começou. Weisz se sentou pesadamente, um garçom lhe trouxe um copo d'água e um pano do bar.

– Você não pode voltar para casa dessa maneira – disse ele.

Weisz convidou Salamone para jantar na noite seguinte – para encorajar o amigo em dificuldades. Encontraram-se num pequeno estabelecimento italiano no 13°, o segundo melhor restaurante italiano em Paris – o melhor era de propriedade de um conhecido partidário de Mussolini, portanto lá eles não poderiam ir.

– O que houve com você? – perguntou Salamone quando Weisz chegou.

Weisz fora ao médico naquela manhã e agora tinha um curativo de gaze branca no lado esquerdo do rosto, muito arranhado pela superfície áspera de um paralelepípedo, e um inchaço vermelho sob a têmpora no outro lado. Seus novos óculos ficariam prontos dentro de um ou dois dias.

– Uma manifestação de rua ontem à noite – disse a Salamone. – Alguém me acertou.

– Estou notando. Quem fez isto?

– Não faço idéia.

– Não houve confronto?

– Ele estava atrás de mim, fugiu, e não o vi.

– Como assim, alguém seguiu você? Alguém que, ahn, nós conhecemos?

– Pensei nisso a noite inteira. Com um lenço amarrado na cabeça.

– E?

– Nada além disso tem sentido. As pessoas não fazem isso à toa.

O palavrão de Salamone foi mais por tristeza que por raiva. Ele serviu vinho tinto de uma grande garrafa em dois copos de lados retos, e depois entregou um pão fino a Weisz.

– Não pode continuar assim – disse ele, um eco italiano de *il faut en finir*. – E poderia ter sido pior.

– Sim – disse Weisz. – Pensei nisso, também.

– O que faremos, Carlo?

– Não sei.

Entregou um cardápio a Salamone e abriu o seu próprio. Presunto defumado, cordeiro com brotos de alcachofras e batatas, verduras temporãs – do sul da França, supunha – e figos em calda.

– Um banquete – disse Salamone.

– É o que eu pretendia – disse Weisz. – Para levantar o moral.

Ele ergueu seu copo:

– *Salute.*

Salamone deu um segundo gole.

– Isto não é um Chianti – disse. – Talvez um Barolo.

– Algum muito bom – disse Weisz.

Olharam para o proprietário, junto à caixa registradora, cujo cumprimento de cabeça e sorriso admitiam o que tinha feito: *Aproveitem rapazes, eu sei quem vocês são.* Dizendo *obrigado*, Weisz e Salamone ergueram seus copos a ele.

Weisz fez sinal ao garçom e pediu o grandioso jantar.

– Está segurando as pontas? – perguntou a Salamone.

– Mais ou menos. Minha mulher está chateada comigo; essa política, basta é basta. E ela detesta a idéia de recorrer à caridade.

– E as meninas?

– Elas não falam muita coisa. Estão crescidas e têm suas próprias vidas. Tinham seus 20 anos quando chegamos aqui no 32º Arrondissement, e estão se tornando mais francesas que italianas. – Salamone fez um pausa, e disse em seguida: – Nosso farmacêutico se foi, aliás. Vai tirar alguns meses de folga, como disse, até que as coisas esfriem. E também o engenheiro, deixou um bilhete. Ele lamenta, mas adeus.

– Alguém mais?

– Não ainda, mas perderemos alguns outros antes que isso termine. Com o tempo, talvez sobre apenas Elena, que é uma guerreira, nosso benfeitor, você e eu, talvez o advogado, ele está pensando no assunto, e nosso amigo de Siena.

– Sempre sorridente.

– Sim, pouca coisa o abala. Ele leva tudo muito bem, o Signor Zerba.

– Algo sobre o emprego, na companhia de gás?

– Não, mas posso conseguir outra coisa, de outro amigo, num armazém em Levallois.

– Levallois! Bastante longe… o metrô chega até lá?

– Chega perto. É preciso pegar um ônibus ou caminhar depois da última estação.

– Você pode ir de carro?

– Pobre coitado, não, acho que não. A gasolina é cara, e os pneus, bem, sabe como é.

– Arturo, você não pode trabalhar num armazém, você tem cinqüenta... e o quê? E três?

– Seis. Mas é só um emprego de fiscal, checando engradados que entram e saem. Um amigo nosso praticamente dirige o sindicato, então é uma verdadeira oferta.

O garçom se aproximou com bandejas portando fatias de presunto cor de telha.

– Basta – disse Salamone. – Aqui está o nosso jantar, falemos de vida e amor. *Salute*, Carlo.

Afastaram o assunto durante o jantar, que estava excelente, um pernil de cordeiro assado com alho, as verduras frescas e cuidadosamente selecionadas. Quando terminaram os figos em calda e acenderam os cigarros para acompanhar o café expresso, Salamone disse:

– Acho que a verdadeira questão é, se não podemos proteger-nos, quem poderá? A polícia, o pessoal da *Préfecture*?

– Provavelmente não – disse Weisz. – Oh, senhor policial, estamos envolvidos em operações ilegais contra um país vizinho e, como nos estão atacando, gostaríamos de receber sua ajuda.

– Acho que tem razão. É tecnicamente ilegal.

– Tecnicamente nada, é ilegal, ponto. Os franceses têm leis contra tudo, portanto eles pegam e escolhem. Por enquanto somos tolerados, por conveniência política, mas não acho que tenhamos direito a proteção. Meu inspetor na *Sûreté* sequer admite que eu seja editor do *Liberazione*, embora ele certamente saiba que sou. Sou amigo do editor, é como ele coloca. Uma abordagem muito francesa.

– Ou seja, estamos sozinhos.

– Estamos.

– Então como revidamos? O que usaremos como armas?

– Você não está falando de revólveres, está?

Salamone deu de ombros, e seu "Não" foi hesitante.

– Talvez influência, favores. Isso também é muito francês.

– E o que faremos por eles em troca? Eles não fazem favores por aqui.

– Eles não fazem favores em lugar nenhum.

– O inspetor na *Sûreté*, como eu lhe disse, pediu que publicássemos a verdadeira lista, de Berlim. Deveríamos publicar?

– *Mannaggia*, não!

– Pois então – disse Weisz –, o quê?

– Como anda sua relação com o inglês ultimamente?

– Jesus, prefiro publicar a lista.

– Pode ser que estejamos fodidos, Carlo.

– Pode ser. E quanto à próxima edição? Adeus?

– Isso me parte o coração. Mas precisamos pensar no assunto.

– Certo – disse Weisz. – Vamos pensar.

Depois do jantar, caminhando do metrô Luxembourg até o Hotel Tournon para sua sessão noturna com Ferrara, Weisz passou por um carro estacionado de frente para ele na rue de Médicis. Era um carro incomum para aquele quarteirão – não seria digno de nota no Oitavo, nos grandes *boulevards*, ou no esnobe Passy, mas talvez Weisz o notasse de qualquer modo. Pois era um carro italiano, um Lancia sedan de cor champanhe, o aristocrata da linha, com um chofer apropriadamente vestindo uniforme e quepe, sentado rígida e corretamente ao volante.

No banco traseiro, um homem com cabelos cor de prata cuidadosamente penteados, reluzindo com brilhantina, e um fino bigode prata. Nas lapelas de seu terno de seda cinza, uma Ordem da Coroa da Itália e um broche de prata do partido fascista. Era um tipo de homem que Weisz reconhecia facilmente: boas maneiras, talco perfumado, um certo desdém arrogante por qualquer um abaixo dele na ordem social – a maior parte do mundo. Weisz diminuiu o passo por um momento, não parou exatamente e logo continuou. Essa hesitação momentânea pareceu interessar ao homem prateado, cujos olhos reconheceram sua presença e se desviaram deliberadamente em seguida, como se a existência de Weisz fosse de pouca importância.

•

Eram quase nove quando Weisz chegou ao quarto de Ferrara. Eles ainda estavam trabalhando na época do coronel em Marselha, onde ele encontrou um emprego numa banca do mercado de peixes, onde foi descoberto por um jornalista francês, difamado em seguida pela imprensa fascista italiana, e onde, com o tempo, fez contato com um homem que recrutava para as Brigadas Internacionais, aproximadamente um mês depois da insurreição militar de Franco contra o governo eleito.

Neste ponto, começando a se preocupar com a quantidade de páginas, Weisz conduziu Ferrara de volta a seu serviço militar de 1917 com os *arditi*, a elite dos invasores de trincheiras, e à fatídica derrota italiana em Caporetto, onde o exército se desmantelou e fugiu. Uma humilhação nacional que, cinco anos depois, foi mais do que um pouco responsável pelo nascimento do fascismo. Diante dos ataques dos regimentos alemães e austro-húngaros com gás venenoso, muitos soldados italianos abandonaram seus fuzis e rumaram para o sul, gritando *"Andiamo a casa!"*, estamos indo para casa.

– Mas nós não – disse Ferrara, sua expressão severa. – Tivemos baixas e recuamos porque tínhamos de fazê-lo, mas nunca cessamos de matá-los.

Enquanto Weisz datilografava, uma tímida batida na porta.

– Sim? – disse Ferrara.

A porta se abriu, recebendo um homenzinho desmazelado, que disse em francês:

– Pois bem, como vai o livro hoje?

Ferrara o apresentou como Monsieur Kolb, um de seus vigias, e o agente que o retirou do campo de internação. Kolb disse que era um prazer conhecer Weisz e em seguida olhou para o relógio.

– São onze e meia – disse ele –, hora de bons autores estarem na cama, ou por aí armando um inferninho. É este último que temos em mente para você, se quiser.

– Armando o quê? – perguntou Ferrara.

– Uma expressão inglesa. Significa divertir-se. Pensamos que talvez você quisesse ir até Pigalle, a algum lugar de má reputação. Beber, dançar, sabe-se lá o quê. Você merece, disse o sr. Brown, e não pode simplesmente ficar sentado neste hotel.

– Eu irei se você for – Ferrara disse a Weisz.

Weisz estava exausto. Trabalhava em três empregos, e a labuta constante estava começando a se fazer sentir. Pior, o expresso que be-

bera mais cedo naquela noite não tivera absolutamente nenhum efeito sobre o Barolo que compartilhou com Salamone. Contudo, a conversa que tiveram ainda estava em sua cabeça, e um papo informal com um dos capangas do sr. Brown talvez não fosse má idéia, era melhor do que encontrar o sr. Brown em pessoa.

– Vamos – disse Weisz. – Ele tem razão, você não pode simplesmente ficar sentado aqui.

Kolb evidentemente pressentiu que eles concordariam e deixou um táxi aguardando na frente do hotel.

A place Pigalle era o âmago de tudo, mas a fileira de casas noturnas, à luz do néon, estendia-se de um extremo ao outro do boulevard Clichy, sugerindo pecado em profusão para todos os gostos. Havia abundância do verdadeiro pecado em Paris, em bordéis bem conhecidos por toda a cidade, quartos de açoitamento, haréns com garotas em véus e calças bufantes, erotismo de alto nível – instrutivas gravuras japonesas nas paredes –, ou baixo e bestial, mas aqui na place o que havia era mais a promessa do pecado, oferecido a multidões ambulantes de turistas entremeadas por marinheiros, malandros e cafetões. A feérica Paris. O famoso Moulin Rouge e as saias rodadas de suas dançarinas de cancã, La Bohème no Impasse Blanche, Eros, Enfants de la Chance, El Monico, o Romance Bar e o Chez les Nudistes – a escolha de Kolb, e provavelmente do sr. Brown, para a noite.

A colônia nudista. Nome que se referia às mulheres, vestidas apenas com saltos altos e luz azul turva, mas não aos homens que dançavam com elas, ao som dos lentos acordes de Momo Tsipler e seu Wienerwald Companions – segundo uma placa no canto de um palco alto. Cinco deles, incluindo o mais velho violoncelista mantido em cativeiro, um minúsculo violinista, cigarro preso no canto da boca, asas de cabelos brancos em chumaços sobre as orelhas, Rex o baterista, Hoffy na clarineta, e o próprio Momo, num smoking verde-metálico, escarranchado no banquinho do piano. Uma desgastada orquestra, longe de sua Viena natal, à deriva no mar de casas noturnas tocando uma versão melosa de *Let's Fall In Love* enquanto os casais arrastavam os pés em círculos, executando quaisquer passos de dança que os fregueses masculinos pudessem administrar.

Weisz se sentia um idiota, Ferrara lhe fez um sinal e olhou para o céu, *o que fizemos*? Foram conduzidos a uma mesa, e Kolb pediu champanhe, a única bebida disponível, servido por uma garçonete vestindo uma bolsinha de dinheiro presa por uma faixa vermelha.

– O senhor não quer troco, quer? – perguntou ela.

– Não – disse Kolb, aceitando o inevitável. – Acho que não.

– Muito bem – ela respondeu, seu traseiro azulado tremelicando enquanto ela se arrastava para longe.

– O que ela é, grega, você acha? – disse Kolb.

– Algum lugar por lá – disse Weisz. – Talvez turca.

– Querem tentar outro lugar?

– Você quer? – Weisz perguntou a Ferrara.

– Ah, vamos tomar esta garrafa, depois vamos gostar mais daqui.

Tiveram de se esforçar, o champanhe era pavoroso e praticamente morno, mas com o tempo realmente animou os espíritos e impediu que Weisz caísse desmaiado de sono com a cabeça na mesa. Momo Tsipler cantou uma canção de amor vienense, o que levou Kolb a falar de Viena nos velhos tempos, antes do *Anschluss*, da anexação à Alemanha – o pequeno Dollfuss, nem um metro e meio, chanceler da Áustria até que os nazistas o mataram em 1934 – e a personalidade infinitamente bizarra – alta cultura, baixa vida amorosa – daquela cidade.

– Todas aquelas *fraus* peitudas nas confeitarias, narizes no ar, tão certinhas quanto o dia é longo, bem, eu conhecia um camarada chamado Wolfi, um vendedor de roupas íntimas para damas, e ele me contou certa vez...

Ferrara pediu licença e desapareceu na multidão. Kolb seguiu com sua história durante algum tempo, logo recaindo no silêncio quando o coronel emergiu com uma parceira de dança. Kolb os observou por um momento e por fim disse:

– Isso se pode dizer por ele, com certeza escolheu a melhor.

Ela era. Cabelos louro-acobreados presos num coque francês, um rosto sério acentuado por um pesado lábio inferior, e um corpo a um só tempo flexível e abundante, que ela claramente gostava de exibir, agitado e vivaz enquanto ela dançava. Os dois formavam, na verdade, um casal atraente. Momo Tsipler, seus dedos passeando de um extremo ao outro do teclado, girou no banquinho do piano para ter uma visão melhor e então lançou-lhes uma suprema piscadela vienense, para lá de indecente.

– Quero perguntar-lhe uma coisa – disse Weisz.

Kolb não estava inteiramente certo de que queria ser interrogado – identificou perfeitamente uma certa nota na voz de Weisz, ouvira a mesma nota antes, e ela sempre precedia perguntas que se referiam a sua vocação.

– Oh? E o que seria?

Weisz expôs uma versão condensada do ataque da OVRA contra o comitê do *Liberazione*. O assassinato de Bottini, o interrogatório de Véronique, o emprego perdido de Salamone, sua própria experiência na place Concorde.

Kolb entendia exatamente o que ele estava falando.

– O que quer? – perguntou.

– Você pode nos ajudar?

– Eu não – disse Kolb. – Não tomo decisões assim, você teria de perguntar ao sr. Brown, e ele teria de perguntar a alguém mais, e a resposta final seria, acredito, não.

– Tem certeza disso?

– Tenho, bastante. Nosso negócio é sempre silencioso, fazer o que tem de ser feito e depois desaparecer na noite. Não estamos em Paris para comprar briga com outro serviço. Isto é falta de modos, Weisz, não é a maneira como esse trabalho é feito.

– Mas vocês se opõem a Mussolini. O governo britânico certamente se opõe.

– De onde tirou essa idéia?

– Estão mandando escrever um livro antifascista, criando um herói de oposição, e isto não é desaparecer na noite.

Kolb estava divertido.

– Escrito, sim. Publicado, veremos. Não tenho nenhuma informação especial, mas aposto 10 francos com você que os diplomatas estão trabalhando duro para trazer Mussolini para o nosso lado, exatamente como na última vez, exatamente como em 1915. Talvez nós o ataquemos se isso não funcionar, e será a hora do livro aparecer.

– Ainda assim, não importa o que aconteça politicamente, vocês desejarão ter o apoio dos emigrados.

– É sempre bom ter amigos, mas eles não são o elemento crucial, nem de longe. Somos um serviço tradicional e operamos sobre premissas clássicas. O que significa que nos concentramos nos três Cs: Coroa, Capital e Clero. É aí que está a influência, é assim que um estado muda de lado. Quando o líder, o rei, o primeiro-ministro, como quer que se chame, e o grande capital, os capitães da indústria, e mais os líderes religiosos, qualquer que seja o Deus para o qual rezam, quando essas pessoas querem uma nova política, aí as coisas mudam. Portanto, os emigrados podem ajudar, mas eles são um notório pé no saco, todo dia um novo problema. Perdoe-me, Weisz, por ser franco com você, mas é o mesmo com os jornalistas; jornalistas trabalham para outras pessoas, para o Capital, e são estes que lhes dizem o que escrever. As nações são dirigidas por oligarquias, por quem quer que seja poderoso, e é aí que qualquer serviço investirá seus recursos, e é isso que estamos fazendo na Itália.

Weisz não era tão bom assim em esconder suas reações, Kolb podia ver o que ele sentia.

– Estou dizendo algo que já não sabe?

– Não, não está, tudo faz sentido. Mas não sabemos a quem recorrer e vamos perder o jornal.

A música parou e era hora dos Wienerwald Companions fazerem uma pausa – o baterista limpou o rosto com um lenço, o violinista acendeu um novo cigarro. Ferrara e sua parceira caminharam até o bar e esperaram por seus pedidos.

– Olhe – disse Kolb. – Você está trabalhando duro para nós, sequer fala de dinheiro, e Brown aprecia o que está fazendo, e é por isso que você está ganhando uma noitada. É claro, isso não significa que ele nos jogará numa guerra com os italianos, mas talvez, se você nos der algo em troca, poderíamos falar com alguém nos serviços franceses, embora isso nunca tenha sido conversado.

Ferrara e sua nova amiga se aproximaram da mesa, coquetéis de champanhe nas mãos. Weisz se pôs de pé e ofereceu a ela sua cadeira, mas ela recusou com um gesto e se instalou no colo de Ferrara.

– Olá, pessoal – disse ela. – Sou Irina. – Tinha um pesado sotaque russo.

Depois disso ela os ignorou, movendo-se no colo de Ferrara, brincando com seu cabelo, rindo e provocando, sussurrando respostas ao que quer que ele estivesse dizendo em seu ouvido. Finalmente, Ferrara disse a Kolb:

– Não se dê ao trabalho de procurar por mim quando voltar para o hotel. – Em seguida, disse a Weisz: – E vejo você amanhã à noite.

– Podemos levá-los para onde quer que estejam indo, no táxi – disse Kolb.

Ferrara sorriu.

– Não se preocupe. Eu acho o caminho de casa.

Eles saíram alguns minutos depois, Irina agarrada a seu braço. Kolb disse boa-noite, deu-lhes alguns minutos, o suficiente para que ela se vestisse. Olhou no relógio enquanto se levantava para ir embora.

– Algumas noites... – disse com um suspiro, e se calou.

Weisz pôde ver que ele não estava satisfeito: agora teria de passar horas, provavelmente até o amanhecer, sentado no banco de trás de um táxi, vigiando alguma portaria, só Deus sabia onde.

11 de maio. Salamone convocou uma reunião do comitê editorial para o meio-dia. Quando Weisz chegou, correndo ao longo da rua, viu Salamone e alguns outros *giellisti* postados em silêncio em frente ao Café Europa. Por quê? Estaria trancado? Quando Weisz se juntou a eles, viu o porquê. A entrada do café estava bloqueada por alguns pedaços de tábuas pregados transversalmente sobre a porta. No interior, prateleiras de garrafas quebradas acumulavam-se no bar, em frente a uma parede carbonizada. O teto estava preto, assim como as mesas e cadeiras, tombadas de todas as maneiras no chão de ladrilhos, em meio a poças de água negra. O amargo cheiro de fogo apagado, de gesso e tinta queimados, pairava no ar da rua.

Salamone não comentou, seu rosto dizia tudo. Dos outros, mãos nos bolsos, uma saudação abatida. Por fim, Salamone disse:

– Acho que teremos de nos reunir em outro lugar – mas sua voz era baixa e derrotada.

– Talvez no restaurante da estação, na Gare du Nord – disse o benfeitor.

– Boa idéia – disse Weisz. – É só uma caminhada de poucos minutos.

Rumaram para a estação ferroviária e entraram no restaurante lotado. O garçom foi prestativo, arranjou uma mesa para cinco, mas havia pessoas por todos os lados, que olharam quando o pequeno e aflito grupo se instalou e pediu cafés.

– Não é um lugar fácil para se conversar – disse Salamone. – Mesmo assim, acho que não temos muito a dizer.

– Tem certeza, Arturo? – disse o professor de Siena. – Quero dizer, é um choque, ver algo assim. Não foi um acidente, eu acho.

– Não, nada de acidente – disse Elena.

– Talvez não seja o momento para tomar decisões – disse o benfeitor. – Por que não esperar por um ou dois dias e depois avaliamos como nos sentimos?

– Eu gostaria de concordar – disse Salamone. – Mas isso foi longe demais.

– Onde estão todos? – perguntou Elena.

– O problema é este, Elena – disse Salamone. – Falei com o advogado ontem. Ele não renunciou oficialmente, mas, quando telefonei, ele me disse que seu apartamento foi roubado. Uma bagunça terrível, ele falou. Passaram a noite toda tentando arrumá-lo, tudo jogado no chão, copos e pratos quebrados.

– Ele chamou a polícia? – perguntou o professor sienense.

– Sim, chamou. Eles disseram que tais coisas acontecem o tempo todo. Pediram uma lista de itens perdidos.

– E nosso amigo de Veneza?

– Não sei – disse Salamone. – Ele disse que estaria aqui, mas não apareceu, portanto agora somos só nós cinco.

– É o bastante – disse Elena.

– Acho que teremos de adiar a próxima edição – disse Weisz, para poupar Salamone de dizê-lo.

– E dar o que eles querem – disse Elena.

– Bem – disse Salamone –, não podemos continuar até que encontremos uma forma de revidar, e ninguém apareceu com um meio de fazer isto. Suponham que algum detetive da *Préfecture* concordasse em pegar o caso, e então? Destacaria vinte homens para cuidar de todos nós? Dia e noite? Até que peguem alguém? Isso nunca vai acontecer, e a OVRA sabe perfeitamente que não.

– Ou seja – disse o professor sienense –, está acabado?

– Adiado – disse Salamone. – O que talvez seja uma palavra suave para acabado. Sugiro que pulemos um mês, esperemos até junho, e então nos encontraremos mais uma vez. Elena, você concorda?

Ela deu de ombros, relutando em dizer a palavra.
– Sergio?
– Concordo – disse o benfeitor.
– Zerba?
– Sigo a decisão do comitê – disse o professor de Siena.
– E Carlo.
– Esperar até junho – disse Weisz.
– Muito bem. É unânime.

O Agente 207 foi preciso, num relatório à OVRA entregue em Paris no dia seguinte, sobre a decisão e o voto do comitê. Que significavam, uma vez que o relatório chegou ao comitê da *Pubblica Sicurezza* em Roma, que sua operação ainda não estava completa. O objetivo era acabar com o *Liberazione* – não adiar a publicação – e gerar um exemplo, para demonstrar aos outros, comunistas, socialistas, católicos, o que acontecia àqueles que ousavam se opor ao fascismo. Além disso, acreditavam piamente no ditado inglês do século XVII, cunhado na guerra civil, que dizia: "Aquele que puxa sua espada contra seu príncipe deve atirar fora a bainha." Assim inspirados, determinaram que a operação de Paris continuaria como planejado, com datas e alvos e várias ações.

O fiscal do expresso Paris/Gênova das 7h15 foi abordado no dia 14 de maio. Depois que o trem deixou a estação de Lyons, os passageiros dormiam, ou liam, ou admiravam os campos da primavera passando pelas janelas, e o fiscal se dirigiu para o vagão-bagageiro. Lá encontrou dois amigos; um garçom do vagão-restaurante e um carregador do vagão-leito, jogando escopa de duas mãos, usando um baú antigo virado de lado como mesa de cartas.

– Quer se juntar a nós? – perguntou o garçom. O fiscal concordou, e recebeu sua mão.

Jogaram por algum tempo, fofocando e brincando, e em seguida o som do trem, o ritmo dos motores e das rodas nos trilhos, aumentou agudamente quando a porta no fim do vagão se abriu. Olharam para cima, para ver um inspetor uniformizado da *Milizia Ferroviaria*, a polícia ferroviária, chamado Gennaro, que conheciam havia anos.

Apolíciaferroviária era o meio através do qual Mussolini reforçava sua mais notável realização, fazer os trens andarem na hora. Esse era o resultado de um determinado esforço do início dos anos 20, depois que um trem que se dirigia a Turim chegou quatro horas depois do horário, atrasado demais. Mas isto fora no passado, quando a Itália parecia estar seguindo a Rússia em direção ao bolchevismo, e os trens freqüentemente paravam, por longos períodos, para que os trabalhadores ferroviários participassem das reuniões políticas. Aqueles dias estavam acabados, mas a *Milizia Ferroviaria* ainda andava pelos trens, agora investigando crimes contra o regime.

– Gennaro, venha jogar escopa – disse o garçom, e o inspetor empurrou uma mala para junto do baú.

Novas cartas foram dadas e eles começaram um novo jogo.

– Diga-me – disse Gennaro ao fiscal –, você já viu alguém neste trem com um daqueles jornais secretos?

– Jornais secretos?

– Ora vamos, você sabe do que estou falando.

– Neste trem? Quer dizer, um passageiro? Lendo?

– Não. Alguém levando os jornais até Gênova. Empacotados, talvez.

– Eu não. Você já viu isso? – perguntou ao garçom.

– Não. Nunca vi.

– E quanto a você? – perguntou ao carregador.

– Não, eu também não. Claro, nunca se sabe de nada quando são os comunistas, eles fariam isto de algum modo secreto.

– É verdade – disse o fiscal. – Talvez você deva procurar pelos comunistas.

– Estão neste trem?

– Neste trem? Oh não, não aceitaríamos isto. Quer dizer, não dá para conversar com esses sujeitos.

– Então, você acha que são os comunistas – disse Gennaro.

O garçom deitou um três de copas do baralho italiano de quarenta cartas, o fiscal respondeu com um seis de ouros, e o carregador disse "Há!".

Gennaro examinou suas cartas por um momento e depois disse:

– Mas não se trata de um jornal comunista. Foi o que me disseram.

– Quem então?

– Os GL, dizem, é o jornal deles.

Cautelosamente, ele deitou um seis de copas.

– Tem certeza de que quer fazer isso?

Gennaro assentiu. O garçom respondeu com um dez de espadas.

– Quem sabe – disse o fiscal –, para mim eles são todos a mesma coisa, esses tipos políticos. Tudo que fazem é discutir, não gostam disso, não gostam daquilo. *Va Napoli*, é o que digo a eles.

Vá para Nápoles, o que significava *vá se foder*.

O garçom deu as cartas para a próxima rodada.

– Talvez esteja aqui no bagageiro – disse. – Poderíamos estar jogando sobre um deles, agora mesmo.

Gennaro olhou ao redor, para baús e malas empilhadas por todo lado.

– Eles inspecionam na fronteira – disse.

– É verdade – disse o fiscal. – Esse não é o seu trabalho. Não podem querer que você faça tudo.

– Pacote de jornais – disse o carregador. – Amarrado com um barbante, você quer dizer. Lembraríamos se víssemos algo assim.

– E você nunca viu, não é mesmo, tem certeza?

– Vi muitas coisas neste trem, mas isso nunca.

– E quanto a você? – Gennaro perguntou ao fiscal.

– Não me lembro de ter visto. Vi um porco num engradado, uma vez. Lembra?

O garçom riu, apertou o nariz com o dedão e o indicador e disse:

– Uff.

– E às vezes temos um cadáver, num caixão – disse o fiscal. – Talvez você deva olhar nesses.

– Quem sabe ele não estaria lendo o jornal, Gennaro – disse o garçom. – Aí você ganharia uma medalha.

Todos riram, e voltaram ao jogo de cartas.

No dia 19 de maio, um informante de Berlim, telefonista do Hotel Kaiserhof, disse a Eric Wolf no escritório da Reuters que arranjos estavam em andamento para a visita do Conde Ciano, o ministro das Relações Exteriores italiano, a Berlim. Quartos foram reservados para oficiais visitantes e para cronistas da Stefani, a agência de notícias italiana. Um agente de viagens em Roma, esperando para conversar com um funcionário de reservas, dissera ao telefonista o que estava acontecendo.

Às onze da manhã, Delahanty chamou Weisz em sua sala.

– Em que está trabalhando? – perguntou.

– Bobo, o cão falante de Saint Denis. Acabei de chegar de lá.

– Ele fala?

– Ele diz – Weisz baixou a voz a um rosnado grave e latiu – "*bonjour*" e "*ça va*".

– Mesmo?

– Algo assim, se você se esforça para ouvir. O dono trabalhava no circo. É um lindo cãozinho, um vira-latinha descabelado, vai dar uma boa foto.

Delahanty balançou a cabeça em falso desespero.

– Provavelmente há notícias mais importantes. Eric Wolf telegrafou para Londres, e eles telefonaram para nós: Ciano está indo para Berlim, com um grande séqüito, e a agência Stefani estará lá em peso. Uma visita oficial, não apenas encontros, e, segundo o que ouvimos, um grande acontecimento, um tratado, chamado "o Pacto de Aço".

Após um momento, Weisz disse:

– Então isso é o fim.

– Sim, as negociações estão concluídas, ao que parece. Mussolini se alinhará com Hitler.

A guerra no horizonte dava um passo à frente, enquanto Weisz continuava sentado no melancólico escritório.

– Você tem de ir para casa e fazer as malas, depois vá até o Le Bourget, vamos mandá-lo de avião. A passagem está a caminho do seu hotel, por mensageiro. Vôo de uma e meia.

– Esqueço Bobo?

Delahanty pareceu irritado.

– Não, deixe a droga do cachorro para o Woodley, ele pode usar suas anotações. O que Londres quer de você é o ponto de vista italiano, o ponto de vista da oposição. Em outras palavras, pode fuzilar, se isto é o que achamos que é, com dois canos e tudo que tem direito. Essas são *péssimas* notícias, para todos os nossos assinantes, e é essa a maneira como você deve escrever.

Em seu caminho para o metrô, Weisz parou no departamento da American Express e telegrafou uma mensagem para o escritório de Christa em Berlim. *Preciso deixar Paris hoje repasse carta tia Magda espero ver hoje noite Hans.* Magda era um dos galgos, Christa entenderia o que ele queria dizer.

Weisz chegou ao Dauphine vinte minutos depois e verificou na recepção, mas sua passagem ainda não havia chegado. Estava muito excitado quando correu escada acima, e sua mente, mergulhada em conflitos, disparava de uma coisa para outra. Percebeu que Kolb cometera, na casa noturna, o pecado do otimismo – os diplomatas falharam e perderam Mussolini como aliado. Isso era puro desgosto para Weisz, seu país estava em verdadeiros apuros agora, e sofreria, seria levado a entrar em guerra se os acontecimentos se desenrolassem como ele acreditava, uma guerra que terminaria mal. Ainda assim, estranho como a vida trabalhava, a iminente explosão política significava que o *Liberazione*, a *sua* guerra, possivelmente poderia ser salvo. Uma única visita a Pompon e a máquina da *Sûreté* seria posta em marcha, pois uma operação italiana, em breve uma operação *inimiga*, seria vista sob uma luz muito diferente, e o que aconteceria a seguir estaria muito além da alçada de um detetive sonolento da *Préfecture*.

Contudo, também significava muito mais que isso para Weisz. Enquanto subia, as questões de Estado dispersaram-se como fumaça, substituídas por visões do que aconteceria quando Christa viesse a seu quarto. Sua imaginação pegava fogo, primeiro isso, depois aquilo. Não, da outra maneira. Era cruel estar feliz esta manhã, mas ele não tinha escolha. Pois se o mundo insistia em ir para o inferno, não importando o que ele ou qualquer um tentasse fazer, ele e Christa roubariam algumas horas de vida num mundo particular, à luz do anoitecer. A última chance, talvez, pois aquele outro mundo certamente iria buscá-los muito em breve, e Weisz sabia disso.

Sem fôlego depois dos quatro lances, Weisz fez uma pausa na porta quando ouviu passos subindo a escada. Seria o portador do hotel, com sua passagem aérea? Não, o passo era forte e decidido. Weisz esperou e viu que estava certo, não era o portador, era o novo inquilino, hospedado no quarto em frente, no outro extremo do corredor.

Weisz o vira antes, dois dias atrás, e, por acaso, não se interessara muito por ele, não sabia dizer exatamente a razão. Era um homem grande, alto e maciço, que vestia uma capa de chuva de borracha e um chapéu de feltro negro. Seu rosto moreno, pesado, fechado, fazia Weisz recordar a Itália do sul, era o tipo de rosto que se via por lá. Seria de fato italiano? Weisz não sabia. Cumprimentara o homem na primeira vez que se encontraram no corredor, mas recebeu apenas um curto aceno de cabeça em resposta – o homem não falou. E agora, curiosamente, a mesma coisa acontecia.

Ora bolas, certas pessoas. No quarto, Weisz tirou sua valise do armário e, com a habilidade do viajante experiente, dobrou roupas e guardou na mala. Roupas de baixo e meias, uma camisa extra – viagem de *dois* dias? Talvez três camisas, pensou. Suéter? Não. Calças de flanela cinza, que transformavam o paletó do terno num casaco esporte – ele gostava de pensar que sim, em todo caso. Num estojo de couro, escova e pasta de dentes – é o bastante? Sim. Navalha reta à moda antiga, a assim chamada corta-garganta, outrora pertencente a seu pai, mantida por todos esses anos. Sabão de barbear. A colônia chamada Chypre, que Christa disse que gostava. Usar um pouco na viagem? Não, ela não estará no aeroporto, e por que se perfumar para o *Kontrolle* de fronteira?

Ah, a passagem. Foi atender à batida na porta, mas não era o portador. Era o novo inquilino, ainda usando seu chapéu, uma das mãos no bolso de sua capa de chuva, que fitou Weisz e depois olhou por cima de seu ombro para dentro do quarto. O coração de Weisz falhou uma batida. Deu meio passo para trás e tentou falar. Em seguida, na escada, um passo lento acompanhado de um resfolegar.

– Com licença – disse Weisz. Ele deslizou ao lado do homem e caminhou até a beira da escada, chamando: – Bertrand?

– Estou chegando, monsieur – respondeu o portador. – O mais rápido que posso.

Weisz esperou enquanto um ofegante Bertrand – esses recados ainda iriam matá-lo – lutava para subir os últimos degraus, um envelope branco em sua mão trêmula. No fim do corredor, uma porta se bateu com estrondo, Weisz se virou e viu que o novo inquilino desaparecera. Que vá para o inferno, sujeito sem educação. Ou pior. Weisz disse a si mesmo para ficar calmo, mas algo nos olhos do homem o assustou, fez com que se lembrasse do que acontecera com Bottini.

– Isto acabou de chegar – disse Bertrand, entregando a Weisz o envelope.

Weisz procurou por uma moeda de um franco em seu bolso, mas seu dinheiro estava sobre a escrivaninha, com seus óculos e a carteira.

– Entre por um momento – disse.

Bertrand entrou no quarto e sentou-se pesadamente na cadeira, abanando o rosto com a mão. Weisz agradeceu e lhe deu a gorjeta.

– Quem é o novo inquilino? – perguntou.

– Não saberia dizer, Monsieur Weisz. Acredito que ele é da Itália, um senhor de negócios, talvez.

Weisz deu uma última olhada em torno, fechou sua valise, travou os fechos da pasta e pôs o chapéu. Olhando para o relógio, disse:

– Preciso ir para o Le Bourget.

A moeda de um franco no bolso de Bertrand evidentemente acelerara sua recuperação. Ele se ergueu agilmente e, enquanto os dois papeavam sobre o tempo, acompanhou Weisz escada abaixo.

No crepúsculo de primavera, quando o avião Dewoitine começava sua descida em Berlim, a mudança de nota nos motores acordou Carlo Weisz, que olhou pela janela e observou a nuvem passante no momento em que era rompida pela asa. Em seu colo, um exemplar aberto de *La Madone des Sleepings – a Madona dos Vagões-Leito* – de Dekobra, um suspense de espionagem francês dos anos 20, imensamente popular em sua época, que Weisz trouxera consigo para a viagem. As misteriosas aventuras de Lady Diana Wynham, sereia do Expresso do Oriente, pulando de cama em cama de Viena a Budapeste, com paradas em "cada balneário europeu".

Weisz dobrou a ponta da página e guardou o livro em sua pasta. O avião atravessou as nuvens ao perder altitude, revelando as ruas, os parques e os campanários das igrejas de vilarejos, a trama de retalhos quadrados das plantações ainda verdes, pálidos no crepúsculo iminente. Uma visão muito tranqüila e, pensou Weisz, muito vulnerável, pois essa era a visão de um piloto de bombardeiro, pouco antes de pôr fogo em tudo. Weisz estivera nos vilarejos espanhóis depois que os bombardeiros alemães os arrasaram, mas quem ali embaixo não tinha visto aquilo, em conjunto com música heróica, no cinejornal do Reich? Será que as pessoas ceando abaixo dele percebiam que poderia acontecer com elas?

No aeroporto Tempelhof, o *Kontrolle* de passaportes era só sorrisos e cortesia – os dignitários e correspondentes estrangeiros, em afluxo para a visita de Ciano, tinham de ver a face amistosa da Alemanha. Weisz pegou um táxi em direção ao centro e perguntou por mensagens na recepção do Adlon, mas nada havia para ele. Por volta das nove e meia, ele já tinha jantado e, em seu quarto, passou alguns minutos de pé junto ao telefone. Mas era tarde, Christa estava em casa. Talvez ela viesse amanhã.

Às nove da manhã seguinte ele estava no escritório da Reuters, recebido calorosamente por Gerda e pelas outras secretárias. Eric Wolf espiou fora de sua sala e gesticulou para que Weisz entrasse. Algo nele – perpétua gravata-borboleta, expressão intrigada, olhos míopes atrás de óculos de armação redonda – fazia com que parecesse uma amigável coruja. Wolf disse olá e, com modos conspiratórios, fechou a porta de sua sala. Ansioso para contar uma história, ele se inclinou para a frente, sua voz baixa e confidencial.

– Recebi uma mensagem para você, Weisz.

Weisz tentou parecer despreocupado.

– Mesmo?

– Não sei o que significa, e você não tem de me dizer, claro. E talvez eu não queira saber.

Weisz estava desconcertado.

– Na noite passada, saí do escritório às sete e meia, como sempre, e estava caminhando de volta para o meu apartamento quando uma dama muito elegante, toda de preto, surge ao meu lado e diz: "Herr Wolf, se Carlo Weisz vier a Berlim, o senhor poderia dar-lhe uma mensagem minha? Uma mensagem pessoal, de Christa." Fiquei um pouco espantado, mas respondi que sim, claro, e ela disse: "Por favor, diga-lhe que Alma Bruck é minha amiga de confiança."

Weisz não respondeu imediatamente e em seguida balançou a cabeça e sorriu: *não se preocupe, não é o que você está pensando.*

– Sei do que se trata, Eric. Ela é assim, às vezes.

– Oh, bem, é claro que fiquei me perguntando. Foi, sabe como é, um tanto sinistro. E espero ter ouvido o nome direito, pois eu quis repetir, mas chegamos à esquina e ela virou de repente na outra rua e desapareceu. A coisa toda levou apenas alguns segundos. Era, como dizer, perfeita técnica de espionagem.

– A dama é uma amiga minha, Eric. Uma grande amiga. Mas uma amiga casada.

– Ahh – Wolf estava aliviado. – Eu diria que você é um sujeito de sorte, ela é *estonteante.*

– Vou contar a ela que você disse isso.

– Você pode entender como me senti. Quero dizer, pensei, talvez seja uma matéria na qual ele está trabalhando, e é preciso ter cuidado nesta cidade. Ainda assim, poderia ser outra coisa. Dama de preto, Mata Hari, esse tipo de coisa.

– Não – Weisz sorriu diante das suspeitas de Wolf. –Não comigo, é só um caso de amor, nada mais. E agradeço por sua ajuda. E sua discrição.

– Às ordens! – Wolf relaxou. – Não é sempre que se pode bancar o Cupido.

Com um sorriso de coruja, ele esticou o fio de um arco de faz-de-conta e depois abriu os dedos para soltar a flecha no ar.

O convite chegou enquanto Weisz e Wolf estavam fora, na coletiva de imprensa da manhã no Ministério da Propaganda. Dentro do envelope de uma agência postal havia um outro envelope com seu nome escrito à mão, e um bilhete dobrado. “Queridíssimo Carlo, estarei oferecendo um coquetel no meu apartamento, às seis da tarde, seria um prazer recebê-lo.” Assinado “Alma”, com um endereço na Charlottenstrasse, não longe do Adlon. Curioso, Weisz procurou no arquivo de imagens e, eficiência alemã em ação, lá estava ela. Pequena, esguia e morena, num casaco de peles, sorrindo para o fotógrafo num evento beneficente para viúvas de guerra em 16 de março, Day alemão, o dia de homenagem aos mortos no conflito.

Na Charlottenstrasse, um quarteirão de elaborados prédios de apartamentos de fachada de calcário, as coberturas com sacadas em miniatura. O tempo e a fuligem enegreceram as versões parisienses, mas os prussianos de Berlim mantinham brancos os seus. A própria rua era imaculada, com paralelepípedos bem varridos e margeados por tílias plantadas atrás de cercas de ferro ornamentais. Os prédios, na geometria intuitiva de Weisz, eram muito maiores por dentro do que pareciam ser do exterior. Ao fim de um pátio de tijolos brancos, e subindo dois andares num elevador-gaiola decorado com arabescos, o apartamento de Alma Bruck.

Wolf dissera às seis? Weisz podia jurar que sim, mas, ouvindo da porta, não escutou nenhum indício de um coquetel. Experimentou bater. A porta destrancada se abriu uma polegada. Weisz empurrou suavemente, ela se abriu mais, revelando um vestíbulo escuro.

– Olá? – disse ele.

Nenhuma resposta.

Weisz deu um cauteloso passo para dentro e fechou a porta, mas não inteiramente. O que estava acontecendo? Um apartamento escuro e vazio. Uma armadilha. Em seguida, de algum lugar no fim do longo corredor, ele ouviu música, uma banda de swing, do que poderia ser um gramofone ou um rádio sintonizado numa estação de fora de Berlim, onde tal música era *verboten*, proibida. Mais uma vez, ele disse "Olá?" Nenhuma resposta, somente a música. *Christa, você está aqui?* Seria teatro romântico, de brincadeira? Ou algo muito diferente? Por um momento ele congelou, as duas possibilidades guerreando dentro dele.

Por fim, respirou fundo. Ela estava aqui em algum lugar, e, se não estava, bem, uma pena. Atravessou o corredor lentamente, o velho assoalho de tacos estrepitando a cada passo. Diante de uma porta aberta, uma sala de estar, as pesadas cortinas fechadas, parou e disse:

– Christa? – Nenhuma resposta. A música vinha do quarto no fim do corredor, a porta completamente aberta.

Parou no limiar. Dentro de um quarto escuro, uma forma branca estendida ao comprido na cama.

– Christa?

– Oh, meu Deus! – disse ela, sentando-se bruscamente. – Caí no sono.

Lentamente, ela se deitou de volta.

– Eu queria atender a porta... Assim.

– Eu teria gostado disso – disse ele. Aproximou-se e sentou-se a seu lado, inclinou-se e beijou-a brevemente, ficando de pé em seguida, começando a se despir. – Da próxima vez, meu amor, deixe um bilhete na porta, ou uma cinta-liga, ou qualquer coisa.

Ela riu.

– Perdão.

Apoiou a cabeça na mão e assistiu enquanto ele tirava as roupas. Ela esticou a mão em seguida, ele a pegou entre as suas, e ela disse:

– Estou tão feliz por você estar aqui, Carlo.

Ele beijou-lhe a mão e depois continuou a desabotoar a camisa.

– Fiquei intrigado – disse ele. – Pensei que estava indo a uma festa.

– Mas meu querido, você está numa festa.

Terminando de se despir, ele se deitou na cama e afagou-lhe as costas.

– Pensei que talvez você fosse ligar, ontem à noite.

– É melhor para mim agora não ir a um hotel – disse ela. – É a razão de tudo isso, seu amigo Wolf, e a querida Alma. Mas, não tem importância.

Passou os braços em torno dos ombros dele e o abraçou, os seios contra seu peito.

– Tenho o que quero – disse ela, sua voz suavizada.

– A porta da frente está entreaberta – disse ele.

– Não se preocupe, você pode fechá-la depois. Ninguém vem aqui, é um prédio de fantasmas.

A pele de suas pernas era fresca e macia ao toque. A mão dele se movia vagarosamente, para cima e para baixo, sem pressa alguma, sentia tanto prazer na expectativa que aquilo que vinha a seguir parecia pertencer a um futuro distante.

Por fim, ela disse:

– Talvez seja melhor você fechar a porta, afinal.

– Tudo bem.

Relutante, ele se levantou e se dirigiu até a porta.

– Os fantasmas podem ouvir coisas – disse ela enquanto ele deixava o quarto. – Nós não queremos isso.

Ele voltou num instante.

– Pobre Carlo – disse ela. – Agora vamos ter que começar tudo outra vez.

– Acho que eu deveria – disse ele, sua voz extasiada.

Após um instante, ela separou as pernas e guiou-lhe a mão.

– Deus – disse ela –, como adoro isso.

Ele podia perceber que sim.

Deslizando pela cama abaixo, de modo que sua cabeça nivelasse com a cintura dele, ela disse:

– Apenas fique onde está, há muito tempo que quero fazer uma coisa.

– Posso pegar um desses? – ela perguntou.

Ele tirou um cigarro de seu maço de Gitanes, entregou-lhe, e o acendeu com seu isqueiro de aço.

– Não sabia que você fumava.

– Recomecei. Eu fumava, por volta dos meus 20 anos, depois parei.

Pegou um cinzeiro no criado-mudo e colocou entre ela e Weisz, na cama.

– Agora todo mundo fuma, em Berlim. Isso ajuda.

– Christa?

– Sim?

– Por que você não pode ir ao Adlon?

– Muito exposto. Alguém contaria à polícia.

– Eles estão atrás de você?

– Estão interessados em mim. Suspeitam que eu talvez seja uma menina má, tenho alguns amigos errados. Por isso, pedi um favor a Alma. Ela ficou muito entusiasmada. – Após um momento, ela disse: – Eu queria que fosse excitante. Atender à porta, toda perfumada e de bunda de fora.

– Pode fazer assim amanhã. Podemos vir aqui amanhã?

– Oh sim, deveríamos. Quanto tempo poderá ficar?

– Dois dias mais, encontrarei uma desculpa.

– Sim, ache um canalha nazista e faça uma entrevista.

– É o que eu faço

– Eu sei, você é forte.

– Nunca pensei nisso desta maneira.Ela aspirou seu cigarro, deixando a fumaça sair com suas palavras.

– Mas é. Um dos motivos pelos quais gosto de você.

Ele apagou seu cigarro e disse:

– Há outros?

– Adoro trepar com você, esse é outro.

Em sua voz rascante, aristocrática, a vulgaridade não era mais que casual.

Ele se inclinou para a frente e pôs os lábios em seu seio. Surpresa, ela respirou fundo. Enterrou o cigarro no cinzeiro, baixou o braço e o segurou em sua mão. Levemente fria a princípio, mas, não muito depois, aquecida.

– Tenho uma coisa boa para lhe contar – disse ela.

– O que é? – A voz dele tremia.

– Podemos passar a noite aqui. A versão oficial é "estou na Alma". Para ir a um café da manhã beneficente, antes do trabalho.

– Hum – respondeu ele. – Provavelmente vou acordar você, em algum momento.

– Acho bom – disse ela.

Faltava pouco para o amanhecer quando isso aconteceu. Ele quase esqueceu o quanto gostava de dormir junto dela, encaixados, as pernas dela recolhidas. Depois que fizeram amor, ouviram garrafas tilintando no corredor. O leiteiro.

– Aparentemente, os fantasmas bebem leite – disse Weisz. – Por que você os chama de fantasmas?

– Gente rica costumava morar aqui. Segundo Alma, alguns deles eram judeus, e alguns outros acham oportuno, ultimamente, estar na Suíça.

– Onde está Alma?

– Ela mora num casarão em Charlottenburg. Vivia aqui, e agora este é seu pouso na cidade.

– O que fazemos com os lençóis?

– A criada dela vai fazer a cama.

– Ela é confiável, a criada?

– Sabe Deus – disse Christa. – Não se pode pensar em tudo, às vezes é preciso confiar no destino.

•

22 de maio. A assinatura do Pacto de Aço ocorreu às onze horas da manhã, no suntuoso Salão dos Embaixadores da chancelaria do Reich. Na galeria de imprensa, Weisz sentou-se ao lado de Eric Wolf. A seu outro lado, Mary McGrath do *Chicago Tribune*, a quem vira pela última vez na Espanha. Enquanto aguardavam o início da cerimônia, Weisz tomava notas. A cena tinha de ser descrita, porque aqui estava o poder do Estado, sua riqueza e força, expresso em todo o seu esplendor: imensos candelabros de cristal cintilante, paredes de mármore, vastas cortinas vermelhas, quilômetros de pesado carpete marrom e rosa. Postados junto às portas, preparados para recepcionar a nata da Europa fascista, lacaios vestidos de preto com adornos dourados, meias brancas e sapatilhas negras. Num lado do salão, câmeras de cinejornal e uma multidão de fotógrafos.

Aos jornalistas foram dados folhetos informativos, com destaques do tratado.

– Veja o último parágrafo – disse McGrath. – "Finalmente, em caso de guerra envolvendo um parceiro, independentemente de como teve início, haverá completo apoio mútuo com todas as forças militares, por terra, mar e ar."

– Esta é a frase fatal – disse Wolf –, "independentemente de como teve início". Significa que, se Hitler ataca, a Itália tem de seguir. Cinco palavrinhas, mas suficientes.

Os lacaios abriram as portas, e o desfile começou. Nos mais esplêndidos uniformes, ornamentados com fileiras de medalhas, um fluxo constante de generais e ministros das Relações Exteriores adentrou o salão, caminhando lentamente, imponentes e graves. Apenas um se destacava, na simplicidade de seu uniforme marrom, Adolf Hitler. Seguiu-se uma interminável procissão de discursos e, finalmente, a assinatura em si. Dois grupos, cada um com quatro oficiais do departamento das Relações Exteriores, conduziram grandes livros encadernados em couro vermelho até a mesa, onde o Conde Ciano e Von Ribbentrop os aguardavam. Os oficiais depositaram e abriram os livros com grande cerimônia, revelando os tratados, entregando a cada homem uma caneta de ouro em seguida. Quando os tratados foram assinados, pegaram os livros e os depuseram novamente para a troca de rubricas. Dois Estados poderosos estavam agora unidos, e um Hitler extasiado, com um imenso sorriso, prendeu a mão de Ciano entre as suas e sacudiu tão violentamente que quase o levantou do chão. Em seguida, Hitler presenteou Ciano com a Grande Cruz da Águia Alemã, a mais alta honraria do Reich. No folheto, a imprensa era informada que, mais tarde naquele dia, Ciano outorgaria a Von Ribbentrop o Collare dell'Annunziata, a suprema condecoração da Itália.

Em meio aos aplausos, Mary McGrath disse:

– Acabou?

– Acho que isso é tudo – disse Weisz. – Os banquetes serão hoje à noite.

– Acho que vou dispensá-los – disse McGrath. – Vamos dar o fora daqui.

Eles deram, mas não foi tão fácil. Fora do salão, milhares de membros da Juventude Hitlerista lotavam as ruas, agitando bandeiras e cantando. À medida que os três jornalistas abriram caminho através da alameda, Weisz pôde sentir a apavorante energia da multidão, os olhos intensos, os rostos extáticos. *Agora*, pensou, *certamente haverá guerra*. As pessoas nas ruas exigiriam guerra, matariam incansavelmente e, com o tempo, teriam de ser mortas. Essas crianças não se renderiam.

Christa manteve a palavra. Quando Weisz chegou ao apartamento naquela noite, ela o fez esperar – ele teve de bater uma segunda vez – e então atendeu a porta vestindo apenas um sorriso recatadamente depravado e nuvens de perfume Balenciaga. Os olhos dele varreram seu corpo, e ele correu as mãos de cima a baixo antes de puxá-la para si, pois a atitude teve o efeito que ela queria, embora não fosse surpresa alguma. Enquanto liderava o caminho do corredor ao quarto, ela balançava os quadris para ele – sua dedicada e exclusiva putinha. E assim ela foi. Criativa, faminta, afogueada pela excitação, recomeçando incessantemente.

Finalmente adormeceram. Quando Weisz acordou, por um momento não teve idéia de onde estava. Numa mesa junto à porta do quarto, o rádio sintonizava uma transmissão ao vivo de música de um salão de dança londrino, a orquestra fraca e distante em meio à crepitante estática. Christa dormia de bruços, a boca aberta, a mão sobre o braço dele. Ele se moveu ligeiramente, mas ela não acordou, e ele então a tocou.

– Sim? – Seus olhos ainda estavam fechados.

– Devo ver as horas?
– Ah, pensei que queria alguma coisa.
– Talvez eu queira.
Ela emitiu uma espécie de suspiro.
– Bem que poderia.
– Podemos ficar aqui hoje à noite?
Ela moveu a cabeça o suficiente para fazê-lo entender que não.
– Já é tarde?
Ele esticou o braço por cima dela até o criado-mudo, pegou seu relógio e, à luz da pequena luminária no canto, mantida acesa para que pudessem ver, disse-lhe que eram 8h20.
– Há tempo – disse ela. Após um instante: – E, ao que parece, interesse.
– É você – disse ele.
– Bem, se eu pudesse me mexer.
– Você está muito cansada, não?
– O tempo todo, sim, mas não durmo.
– O que vai acontecer, Christa?
– Também me pergunto. E nunca encontro uma resposta.
Ele também não tinha uma. Preguiçosamente, desceu um dedo da nuca dela até onde suas pernas se separavam, e ela as separou um pouco mais.

Às dez, eles recolheram suas roupas, de uma cadeira, do chão, e começaram a se vestir.
– Vou levá-la para casa num táxi – disse ele.
– Seria ótimo. Deixe-me um quarteirão antes.
– Eu queria lhe perguntar...
– Sim?
– O que foi feito do seu amigo? O homem que encontramos no parque de diversões?
– Você estava esperando para me perguntar isso, não é?
– Sim, esperei o máximo que pude.
O sorriso dela foi agridoce.
– É muita consideração. Como se diz em francês? *C'est gentil de votre part*? Eles dizem tão bem, gentileza sua. E também, acho, e não

tão gentil, você pressentiu o que eu teria a dizer e deixou de lado, para perguntar em nossa última noite.

Ele deixara de fato, e demonstrou.

– Ele se foi. Saiu para o trabalho numa manhã, há um mês, e nunca mais foi visto. Muito embora alguns de nós, os que podiam, tenham dado telefonemas, falado com pessoas, com antigos amigos que poderiam ter como descobrir, em nome de uma velha amizade, mesmo eles não tiveram sucesso. Está muito enterrado, mesmo para eles, na *Nacht und Nebel*, noite e névoa, invenção pessoal de Hitler: pessoas simplesmente desaparecem da face da terra, uma prática cara a ele por seu efeito sobre amigos e família.

– Quando você vai sair, Christa? Qual data, qual dia?

– E pior, muito pior, de certo modo, foi que, quando ele desapareceu, nada aconteceu ao resto de nós. Você espera por uma batida na porta, durante semanas, mas ela não vem. E aí você sabe que, o que quer que lhe tenha acontecido, ele não lhes contou nada.

O táxi parou a um quarteirão da casa dela, num bairro nos limites da cidade, uma rua curva de grandes casas com gramados e jardins.

– Venha comigo um pouco – disse ela. Dirigiu-se ao motorista: – O senhor espere, por favor.

Weisz saiu do táxi e seguiu-a até um muro de tijolos coberto de hera. Na casa, uma cadela sabia que estavam ali e começou a latir.

– Há uma última coisa que preciso dizer a você – ela falou.

– Sim?

– Eu não queria dizer no apartamento.

Ele esperou.

– Há duas semanas, fomos a um jantar na casa do tio de Von Schirren. Ele é general do exército, um velho prussiano carrancudo, mas uma boa alma, no fundo. Lembro que tive de telefonar para casa em dado momento da noite, para lembrar à criada que Magda, uma das minhas cadelas, precisava tomar o remédio para o coração. Por isso fui até o escritório do general para usar o telefone, e sobre a mesa, não pude evitar vê-lo, havia um livro aberto, com uma folha de papel que ele usou para fazer anotações. O livro se chamava *Sprachführer Polnisch für Geschäfts-*

reisende, um guia de polonês para o viajante a negócios. E ele copiou frases para memorizar: "Qual é a distância até", acrescentou o nome, "Onde fica a estação de trem?" Você sabe o que quero dizer, perguntas à população local.

Weisz olhou para trás em direção ao táxi parado, e o motorista, que os observava, virou o rosto.

– Parece que ele está indo para a Polônia – disse Weisz. – E daí?

– Ou seja, a *Wehrmacht* está indo com ele.

– Talvez, é possível – disse Weisz. – Ou talvez não, ele poderia estar indo como adido militar, ou para algum tipo de negociação. Quem sabe?

– Não ele. Não faz o gênero adido. Um general de infantaria, puro e simples.

Weisz pensou a respeito.

– Então a guerra será antes do inverno, no início do verão, depois do plantio de primavera, pois metade do exército trabalha em fazendas.

– É o que eu acho.

– Você sabe o que isso significa, Christa, para você. Em dois meses, no máximo. E, uma vez que comece, vai se espalhar e vai durar um longo tempo: os poloneses têm um grande exército, e lutarão.

– Sairei antes que isso aconteça, antes que fechem as fronteiras.

– Por que não amanhã? No avião? Você não conhece o futuro; hoje à noite você ainda pode ir, mas, depois de amanhã...

– Não, ainda não, não posso. Há mais uma coisa que precisamos fazer aqui, está em andamento, por favor, não me peça para contar mais que isso.

– Vão prender você, Christa. Você já fez o bastante.

– Beije-me e diga adeus. Por favor. O motorista está olhando.

Ele a abraçou e eles se beijaram. Weisz então a observou enquanto ela se afastava, até que, na esquina, ela acenou e desapareceu.

Para sempre.

No vôo das 12h30 a Paris, enquanto o avião manobrava na pista de pouso, Weisz olhava pela janela para os campos que margeavam o asfalto. Seu espírito estava muito abatido. Ele chegou à conclusão de que a apaixonada maneira como Christa fizera amor fora seu modo de dizer adeus.

Lembre-se de mim como estou hoje à noite. Ela certamente era capaz disso. Assim como era capaz de seguir qualquer que fosse a atividade clandestina que a dirigia, até que a operação desmoronasse e ela desaparecesse dentro da *Nacht und Nebel*, como seu amigo no parque de diversões. Ele nunca saberia o que aconteceu. Poderia ter dito algo que a persuadiria a sair? Não, ele sabia muito bem, não havia palavra alguma no mundo que a faria mudar de idéia. A vida era dela, para viver, para perder, ela ficaria em Berlim, lutaria contra seus inimigos e não fugiria. Quanto mais Weisz pensava, pior se sentia.

Afinal, o que ajudou foi que Alfred Millman, um correspondente do *New York Times*, estava sentado a seu lado. Ele e Weisz já haviam se encontrado anteriormente e trocaram acenos de cabeça e cumprimentos murmurados quando tomaram seus assentos. Alto e corpulento, com cabelos grisalhos escasseando, Millman tinha a postura de um homem que nadava sempre contra a corrente, que, aceitando-a como seu habitat natural, cedo na vida se tornou um forte nadador. Não era uma estrela em seu jornal, ele era, como Weisz, um trabalhador incansável, designado para esta ou aquela crise, enviando suas histórias, seguindo para a próxima guerra ou governo deposto, onde quer que o fogo irrompesse. Agora, terminada a leitura de seu *Deutsche Allgemeine Zeitung*, ele o fechou e disse a Weisz:

– Muito bem, é bastante esterco por hoje. Quer dar uma olhada?

– Não, obrigado.

– Eu o vi na cerimônia de assinatura. Deve ter sido duro para você, como italiano, ver aquilo.

– Sim, foi. Eles pensam que vão governar o mundo.

Millman balançou a cabeça.

– Estão vivendo num sonho. Pacto de Aço uma ova, eles não *têm* nenhum aço: precisam importar. E não têm tanto carvão, nem uma gota de petróleo, e seu chefe da procuradoria militar tem 87 anos de idade. Como diabos eles pretendem fazer uma guerra?

– Extrairão o que precisam da Alemanha, é o que sempre fizeram. Agora vão trocar vidas de soldados por carvão.

– Sim, com certeza, até que Hitler fique de saco cheio deles. E ele sempre fica, você sabe, mais cedo ou mais tarde.

– Não vão vencer – disse Weisz – porque o povo não quer lutar. A guerra arruinará o país, mas o governo acredita em vitória, e por isso assinaram.

– Sim, vi acontecer, ontem. Pompa e circunstância.

O súbito sorriso de Millman foi irônico.

– Conhece a máxima do velho Karl Kraus? "De que modo este mundo é governado, e como começam as guerras? Os diplomatas contam mentiras aos jornalistas e depois acreditam no que lêem."

– Conheço a frase – disse Weisz. – Na verdade, Kraus era amigo de meu pai.

– Não me diga.

– Foram colegas por um tempo, na universidade de Viena.

– Ele é tido como o sujeito mais inteligente do mundo, você o encontrou alguma vez?

– Quando eu era jovem, algumas vezes. Meu pai me levou até Viena, e fomos à cafeteria preferida de Kraus.

– Ah sim, as cafeterias de Viena, folhetins e rixas de morte. Kraus certamente teve seu quinhão. Foi o único homem que já levou uma surra de Felix Salten, embora eu não lembre o porquê. Não é muito bom para a imagem pública de alguém, ser nocauteado pelo autor de *Bambi.*

Ambos riram. Salten tornara-se rico e famoso com seu cervo, e Kraus notoriamente o odiava.

– Ainda assim – disse Millman –, é problemático, esse Pacto de Aço. Somando Alemanha e Itália, há uma população de 150 milhões, o que gera, na ordem dos 10%, uma força de combate de 15 milhões. Alguém vai ter de lidar com isso, porque Hitler está procurando briga.

– Ele vai ter sua briga com a Rússia – disse Weisz. – Uma vez que acabar com os poloneses. Inglaterra e França estão contando com isso.

– Espero que tenham razão – disse Millman. – "Vamos brigar, você e ele", como se diz por aí, mas tenho minhas dúvidas. Hitler é o maior calhorda do mundo, mas uma coisa ele não é: idiota. E também não é louco, independentemente de toda aquela gritaria. O que ele é, se você observar atentamente, é um homem muito astuto.

– Assim como Mussolini. Ex-jornalista, ex-romancista. *A Amante do Cardeal*, já leu?

– Não, não tive o prazer. Eu diria que na verdade é um título bastante bom, faz você querer descobrir o que acontece. – Pensou por um momento e disse em seguida: – É uma grande pena, realmente, esse negócio todo. Eu gostava da Itália. Eu e minha mulher estivemos lá, há alguns anos. Minha cunhada alugou uma casa de campo para o verão na Toscana. Era velha, caindo aos pedaços, nada funcionava, mas tinha um pátio com uma fonte, e eu me sentava do lado de fora à tarde, as cigarras cantando a todo vapor, e lia. Então bebíamos algo, e ficava fresco quando a noite chegava, sempre havia uma leve brisa, por volta das sete da noite. Sempre.

As asas do Dewoitine angularam quando o avião virou em direção ao Le Bourget, e Paris apareceu subitamente abaixo deles, uma cidade cinzenta em seu céu crepuscular, estranhamente isolada, uma ilha em meio aos campos de trigo da Île-de-France. Alfred Millman inclinou-se para ver a paisagem.

– Feliz de estar em casa? – perguntou.

Weisz assentiu. Era sua casa agora, mas não tão receptiva. À medida que se aproximavam de Paris, ele começou a se perguntar se talvez não devesse procurar algum outro hotel – por aquela noite, em todo caso. Pois seus pensamentos estavam tomados pelo novo inquilino, com seu chapéu e capa de chuva, no quarto andar. Que, talvez, estaria esperando por ele. Seria simplesmente tolice da ansiedade? Ele tentou dizer a si mesmo que era, mas sua intuição não seria silenciada.

Quando o avião parou – "Vamos tomar um drinque, na próxima vez que eu estiver na cidade", disse Millman enquanto andavam pelo corredor –, Weisz ainda não tinha tomado uma decisão. Isso ficou para o momento em que ele estava sentado no banco traseiro de um táxi e o motorista se virou, uma sobrancelha erguida.

– Monsieur? – *Você tem de ir a algum lugar.*

Por fim, Weisz disse:

– Hotel Dauphine, por favor. É na rue Dauphine, no Sexto.

O motorista engatou a primeira marcha e acelerou para longe do aeroporto, dirigindo nobremente, fazendo curvas orgulhosas, na expectativa de uma suculenta gorjeta de um cliente tão importante a ponto de ter descido dos céus. E, na ocasião, ele não estava errado.

Madame Rigaud estava atrás da recepção do hotel, escrevendo minúsculos números num bloco enquanto examinava o livro de reservas. Contando seu dinheiro? Ela olhou para cima quando Weisz atravessou a porta. Nenhum sorriso secreto para ele agora, apenas resquício de curiosidade: o que há com você, meu amigo? Weisz replicou com um cumprimento extremamente educado. Essa tática nunca falhava, arrancava a preocupada alma francesa de seu devaneio e forçava a uma cortesia igual, se não maior.

– Eu estava pensando – disse Weisz – sobre o novo inquilino, lá no meu andar. Ele ainda está aqui?

Tais perguntas não eram educadas, e a cara de Madame o fez saber disso, mas ela estava de bom humor naquele momento, talvez inspirada pelos números em seu bloco.

– Foi embora. – *Se você precisa tanto saber.* – E o amigo dele também – disse ela, esperando por uma explicação.

Dois deles.

– Eu estava curioso sobre ele, Madame Rigaud, só isso. Ele bateu na minha porta, e nunca descobri o motivo, porque Bertrand chegou com minha passagem.

Ela deu de ombros. Hóspedes de hotéis, quem poderia dizer o que faziam, ou por quê, vinte anos disso.

Weisz agradeceu educadamente e subiu as escadas, a valise quicando contra sua perna, o coração inundado de alívio.

30 de maio. Foi Elena que telefonou e disse a Weisz que Salamone estava no hospital.

– Levaram-no para o Broussais – disse ela –, o hospital de caridade do 14º. É o coração, talvez não um ataque cardíaco, tecnicamente, mas ele sentiu falta de ar no armazém, por isso enviaram-no para casa, e sua esposa o levou para o hospital.

Weisz saiu cedo do trabalho, para a visita das cinco horas, parando no caminho para comprar uma caixa de bombons. Será que Salamone poderia comer bombons? Não tinha certeza. Flores? Não, não parecia adequado, portanto, bombons. No Broussais, ele se uniu à aglomeração de visitantes conduzidos à Ala Masculina G por uma freira que trabalhava como enfermeira, um longo salão branco com fileiras de camas de ferro, separadas por centímetros, e forte cheiro de desinfetante. A meio caminho na fileira, ele encontrou G58, uma placa de metal pendurada na grade do pé da cama, a maior parte da tinta descascada. Salamone cochilava, um dedo marcando o lugar num livro.

– Arturo?

Salamone abriu os olhos e lutou para se sentar direito.

– Ah, Carlo, você veio me ver – disse ele. – Que merda de pesadelo, não?

– Pensei que era melhor vir antes que lhe chutassem para fora.

Weisz entregou os bombons.

– *Grazie.* Darei isto a Irmã Angelique. Ou talvez você queira algum.

Weisz balançou a cabeça.

– Arturo, o que houve com você?

– Nada de mais. Estava no trabalho, e de repente senti falta de ar. Um aviso, diz o médico. Estou bem, devo sair dentro de alguns dias. Ainda assim, como diria minha mãe: "Nunca fique doente."

– Minha mãe dizia o mesmo – disse Weisz.

Fez uma pausa por um momento, em meio à incessante tosse e ao baixo murmúrio da hora de visitas.

– Elena me disse que você estava fora, para uma pauta.

– Estava. Em Berlim.

– Para o pacto?

– Sim, as formalidades. No grande salão da chancelaria do Reich. Generais emproados, camisas engomadas, e o pequeno Hitler, sorrindo como um lobo. Todo o negócio asqueroso.

Salamone fechou o rosto.

– Teríamos uma ou duas coisas a dizer sobre isso. No jornal.

Weisz abriu as mãos; algumas coisas se perdiam, vida que segue.

– Por pior que seja esse pacto, é difícil levá-los a sério quando você vê quem são. Você fica esperando que o Groucho apareça.

– Você acha que os franceses os enfrentarão, agora que é oficial?

– Talvez enfrentem. Mas, pelo modo como ando me sentindo ultimamente, podem ir todos para o inferno. O que temos de fazer agora é cuidar de nós mesmos, você e eu, Arturo. O que significa que precisamos encontrar outro emprego para você. Numa mesa, desta vez.

– Encontrarei algo. Terei de encontrar, eles me disseram que não posso voltar para o que estava fazendo.

– Fazendo marcas num talão de registro?

– Bem, talvez eu tenha precisado empurrar algumas caixas por lá.

– Só algumas – disse Weisz. – De vez em quando.

– Mas sabe, Carlo, não tenho tanta certeza de que foi isso. Acho que foi todo o resto; o que aconteceu comigo na seguradora, o que aconteceu ao café, o que aconteceu com todos nós.

E continua. Contudo, Weisz não contaria a história do novo inquilino a um amigo numa cama de hospital. Em vez disso, conduziu o assunto para conversa de emigrados – política, fofocas, como a vida iria melhorar. Logo uma freira apareceu e lhes disse que Madame Salamone estava na sala de espera, já que o paciente só poderia receber um visitante por vez. Quando Weisz se virou para ir, disse:

– Esqueça toda aquela história, Arturo, só pense em se recuperar. Fizemos um bom trabalho com o *Liberazione*, mas agora é passado. E aquela gente sabe disso. Portanto, eles conseguiram o que queriam, e agora o caso está encerrado, fim.

31 de maio. Na Galeries Lafayette, uma grande liquidação de primavera. Que turba! Caíam na loja de departamentos vindos de cada Arrondissement de Partis – *infinitas pechinchas, compre hoje, todos os preços reduzidos.* No escritório nos fundos do andar térreo, uma assistente de gerência, "o Dragão", apelidada por seu temperamento cospe-fogo, tentava enfrentar o massacre. Pobre Mimi, da seção de chapelaria, desmaiou. Agora ela estava sentada na área de recepção, branca como papel, enquanto um chefe de departamento a abanava com uma revista. Perto dali, duas crianças, ambas às lágrimas, tinham perdido suas mães. A privada do banheiro das senhoras no segundo andar transbordara, o encanador foi chamado, onde estava ele? Lilliane, dos cosméticos, ligou dizendo que estava doente, e uma mulher idosa tentou sair da loja usando três vestidos. Em seu escritório, o Dragão fechou a porta, o tumulto na área de recepção era mais do que ela podia suportar. Ela tomaria um minuto, sentada calmamente ao lado do telefone que não pararia de tocar, e recobraria sua compostura. Todas as liquidações acabavam, eventualmente. E tudo que poderia dar errado, já dera.

Mas não exatamente. Que espírito insensato estaria batendo em sua porta? O Dragão se levantou de sua mesa e escancarou a porta. Revelando uma aterrorizada secretária, a velha Madame Gros, sobrancelhas úmidas de transpiração.

– Sim? – disse o Dragão. – O que é agora?

– *Pardon*, madame, mas a polícia está aqui. Um homem da *Sûreté Nationale*.

– *Aqui*?

– Sim, madame. Na *réception*.

– Por quê?

– É sobre Elena, da seção de lingerie.

O Dragão fechou os olhos, respirou fundo mais uma vez.

– Muito bem, é preciso respeitar a *Sûreté Nationale*. Vá até a seção de lingerie e traga Elena aqui.

– Mas madame...

– *Agora*.

– Sim, madame.

Ela desapareceu. O Dragão olhou para a área de recepção, uma visão do inferno. Muito bem, quem seria ele – aquele ali? O homem usando o chapéu com uma peninha verde na faixa? Bigode ensebado, olhos agitados, mãos nos bolsos? Bem, quem poderia saber que aparência tinham, ela certamente não sabia. Caminhou até ele e disse:

– *Monsieur l'inspecteur*?

– Sim. A senhora é a gerente, madame?

– Assistente de gerência. A gerente está no último andar.

– Oh, entendo, então...

– O senhor está aqui para ver Elena Casale?

– Não, não quero vê-la. Mas quero falar com a senhora sobre ela, ela é objeto de uma investigação.

–Isso vai tomar muito tempo? Não quero ser grosseira, monsieur, mas o senhor pode ver o que está acontecendo aqui hoje. E agora eu já mandei chamar Elena, ela está a caminho do escritório. Devo mandá-la de volta?

Estas notícias não agradaram ao inspetor.

– Talvez eu deva retornar, digamos, amanhã?

– Seria muito melhor, amanhã, para nossa conversa.

O inspetor tocou a aba do chapéu, disse até logo e se apressou para sair. *Tipo estranho*, pensou o Dragão. E, mais estranho ainda, Elena objeto de uma investigação. Havia algo de aristocrático nesta italiana, com seu rosto anguloso, longo, cabelos grisalhos penteados para trás e presos por um grampo, sorriso irônico; não fazia o gênero criminosa, não mesmo. O que ela poderia ter feito? Entretanto, ninguém tinha tempo de pensar nessas coisas, pois aqui, finalmente, estava o encanador.

Elena e Madame Gros abriram caminho pelo corredor central.

– Ele disse o que queria? – perguntou Elena.

– Só disse que queria falar com a gerente. Sobre você.

– E ele disse que era da *Sûreté Nationale*?

– Sim, foi o que disse.

Elena ficava mais furiosa a cada minuto. Lembrou-se da história de Weisz sobre o interrogatório de sua namorada, proprietária de uma galeria de arte, lembrou-se de como Salamone fora caluniado e demitido do emprego. Seria a vez dela agora? Ah, isso era revoltante. Não foi fácil, como mulher na Itália, formar-se em química; não foi nem um pouco fácil encontrar emprego, mesmo na industrializada Milão, ainda mais difícil foi ter de abrir mão de sua posição e emigrar, e trabalhar como vendedora numa loja de departamentos, o mais duro de tudo. Mas ela era firme, fazia o que precisava ser feito, e agora esses canalhas fascistas tentavam arrancar dela até mesmo aquela magra recompensa. O que faria para ganhar dinheiro? Como poderia viver?

– Lá está ele – disse Madame Gros. – Veja, acho que você está com sorte, ele parece estar indo embora.

– É aquele? De chapéu com pena verde?

Elas olhavam aos pulinhos, enquanto ele tentava abrir caminho através da massa de obstinados compradores.

– Sim, bem ao lado da seção de cosméticos.

A mente de Elena trabalhou rápido.

– Madame Gros, você poderia fazer o favor de dizer a Yvette, da seção de lingerie, que tenho que sair por uma hora? Você faria isso por mim?

Madame Gros concordou. Afinal, esta era Elena, que sempre trabalhava aos sábados, Elena, que nunca deixava de vir em seu dia de folga quando alguém ficava em casa com gripe. Como poderia, na primeira vez que ela pedia um favor, dizer não?

•

Mantendo o passo atrás dele, Elena seguiu o homem enquanto ele saía da loja. Ela vestia um avental cinza, como todas as funcionárias da Galeries. Sua bolsa e casaco estavam trancados num armário, mas ela aprendeu, muito cedo, a ficar com sua carteira, com identidade e dinheiro, no bolso do avental. O homem do chapéu de pena verde passeava, não exatamente apressado. Um inspetor? Poderia ser, mas Weisz e Salamone pensavam diferente. Portanto, ela veria por si mesma. Será que ele sabia qual era a aparência dela? Seria capaz de identificá-la, enquanto ela o seguia? Certamente era uma possibilidade, mas, se ele fosse um inspetor de verdade, ela já estava encrencada, e andar pela mesma rua – ora, até isto era crime?

O homem serpenteou através da aglomeração diante das vitrines da loja, em seguida entrou na estação de Chaussée-d'Antin e pôs um *jeton* na catraca. Há, ele pagou! Um verdadeiro inspetor simplesmente mostraria seu distintivo na bilheteria, não? Não era assim que ela via nos filmes? Achava que sim. Mãos nos bolsos, ele se postou indolentemente na plataforma, esperando pelo trem da Linha Sete, *Direction La Courneuve.* Ela sabia que aquele trem o levaria do Nono ao Décimo Arrondissement. Onde era o departamento da *Sûreté*? No Ministério do Interior, na rue des Saussaies – não se chegava lá por esta linha. Ainda assim, ele poderia estar indo investigar uma outra pobre criatura. Elena esperou pelo trem escondida atrás de uma pilastra, volta e meia dando um passinho à frente para ficar de olho na pena verde. Quem era ele? Um agente secreto? Um espião da OVRA? Será que ele gostava de passar seus dias fazendo um trabalho tão desgraçado? Ou era simplesmente para garantir seu sustento?

O trem chegou, Elena se posicionou no outro extremo do vagão, enquanto o homem tomava um assento, cruzava as pernas e entrelaçava as mãos no colo. As estações se seguiam: Le Peletier, Cadet, Poissonière, adentrando mais e mais o Décimo Arrondissement. Em seguida, na estação da Gare de l'Est, ele se levantou e deixou o vagão. Aqui ele poderia fazer a transferência para a Linha Quatro e pegar um trem. Elena esperou o quanto pôde e no último minuto saltou para a plataforma. Droga, onde ele estava? Quase tarde demais, avistou-o subindo as escadas. Ela o seguiu enquanto ele atravessava a catraca gradeada e rumava para a saída. Elena parou, fingindo estudar um mapa do metrô na parede até que ele desaparecesse, e depois saiu da estação.

Sumiu! Não, lá estava ele, dirigindo-se para o sul, afastando-se da estação, no boulevard de Strasbourg. Elena nunca viera a esta parte da cidade e estava grata por ser manhã – ela não gostaria de ter vindo aqui à noite. Um bairro perigoso, o Décimo; horríveis alojamentos para os pobres. Homens morenos, talvez portugueses ou árabes do Magreb, reuniam-se nos cafés, as alamedas margeadas por pequenas lojas amontoadas, estreitas ruelas transversais, silenciosas e sombrias. Sentia-se invisível, anônima, em meio às multidões da Galeries e no metrô, mas agora não. Caminhando sozinha no boulevard, ela se destacava, uma mulher de meia-idade num avental cinza. Ela não pertencia a este lugar, quem era ela?

O homem parou subitamente, numa vitrine que exibia pilhas de panelas e frigideiras usadas, e, quando ela diminuiu o passo, ele a fitou. Mais do que fitar – seus olhos a reconheceram como mulher, atraente, talvez disponível. Elena olhou através dele e continuou caminhando, passando a um metro das costas dele. *Encontre um modo de parar!* Aqui havia uma *pâtisserie*, e, quando ela entrou, um sino sobre a porta tilintou. Dos fundos, uma moça caminhou para o outro lado do balcão, limpando as mãos num avental polvilhado de farinha, e esperou pacientemente enquanto Elena postava-se diante de uma travessa de pastéis oleosos, olhando de lado para a rua a cada segundo.

A moça perguntou o que a madame desejava. Elena olhou para a travessa. Um *Napoléon*? Um *religieuse*? Não, lá estava ele! Ela murmurou um pedido de desculpas e deixou a loja. Agora ele estava a 10 metros de distância. Meu Deus, que ele não vire para trás, já a notara antes, e ela temia que se a visse novamente, ele a abordaria. Mas ele não se virou – olhou para o relógio e apressou o passo, por meio quarteirão, desviou rapidamente e entrou num prédio. Elena se demorou por um momento na entrada de uma *pharmacie*, dando tempo ao homem para ultrapassar o andar térreo do prédio.

Ela entrou em seguida. Número 62, boulevard de Strasbourg. E agora? Hesitou por alguns segundos, de pé em frente à porta, e então abriu. Diante dela havia uma escadaria, e à direita, numa parede, uma fileira de caixas de correio de madeira abertas. Pôde ouvir passos no andar de cima, movendo-se pelas velhas tábuas de um corredor, em seguida uma porta se abriu e se fechou com um clique. Voltando-se para as caixas de correio, ela encontrou 1A – *Mlle. Krasic* escrito a lápis sob a base, – e 1B com um cartão de visitas grampeado abaixo.

Um cartão pobremente impresso, da Agence Photo-Mondiale, agência foto-mundial, com endereço e número de telefone. O que seria isso? Talvez um banco de imagens, vendendo fotografias a revistas e agências de propaganda, ou uma firma de fotojornalismo, disponível para contratação. Teria ele ido ao apartamento de Krasic? Improvável, tinha certeza de que ele seguira até o fim do corredor, para a Photo-Mondiale. Não era um negócio incomum, quase todo mundo poderia utilizar, talvez fosse uma empresa falsa, de onde alguém poderia administrar uma operação secreta.

Ela tinha um lápis no bolso de seu avental, mas nenhum papel, portanto pegou uma nota de 10 francos da carteira e escreveu nela o número. Estaria fazendo a suposição correta? Ela achava que sim – por que ele iria ao apartamento de Mlle. Krasic? Não, ela tinha quase certeza. É claro, o modo de ter absoluta certeza seria subir ao topo da escadaria e virar à esquerda, na direção dos passos, atravessar o corredor que se estendia no sentido da entrada do prédio e dar uma olhada rápida na porta. Elena dobrou a nota e enfiou-a no bolso. Tudo era muito silencioso no vestíbulo, o prédio parecia deserto. Subir as escadas? Ou sair pela porta?

A escadaria não tinha carpete, era de madeira coberta por verniz gasto, os degraus escavados por anos de tráfego. De qualquer maneira, experimentaria um degrau. Nenhum rangido, a coisa era sólida. Portanto, mais um. Outro. Quando já tinha subido meio caminho, a porta acima se abriu, e ela ouviu uma voz – duas ou três palavras abafadas, seguidas de passos atravessando o corredor, um homem assobiando uma melodia. Elena prendeu a respiração. Na ponta dos pés, ela se virou e correu escada abaixo. Os passos se aproximavam. Teria tempo de sair do prédio? Talvez, mas a pesada porta seria ouvida ao bater. Olhando ao longo do saguão de entrada, viu uma sombra embaixo da escadaria e correu até lá. Não havia espaço suficiente para ficar de pé sob a escada. A centímetros de distância, o avesso dos degraus vergava à medida que o peso recaía sobre eles. Mas a porta não se abriu. Em vez disso, o homem que descera as escadas, ainda assobiando, esperava no vestíbulo. Por quê? *Ele sabia que ela estava ali.* Ela congelou, colou-se à parede. Logo, acima dela, alguém mais descia a escadaria. Uma voz falou – uma voz sarcástica, torpe, pelo modo como ela ouviu –, e outra voz, mais profunda, mais pesada, riu e respondeu brevemente. *Ei, essa foi boa!*

Ou, pensou ela, algo assim – não pôde entender uma só palavra. Pois era uma língua que jamais escutara em sua vida.

Weisz percebeu que chegaria atrasado para o compromisso com Ferrara, porque Elena o estava esperando na rua do lado de fora do departamento da Reuters. Fazia frio, a primeira noite de junho, com uma névoa úmida que o fez estremecer quando saiu pela porta. *Uma nova Elena*, pensou Weisz quando disseram olá; os olhos vívidos, a voz carregada de excitação.

– Vamos caminhar até a Opéra e pegar um táxi – disse ele.

Ela assentiu entusiasticamente: que se dane a prudência, esta noite é importante. No caminho, ela lhe contou a história que prometera ao telefone, sua perseguição ao falso inspetor.

O trânsito era lento no tráfego do anoitecer, enquanto o táxi seguia seu caminho em direção a uma galeria de arte no Sétimo Arrondissement. Cada motorista tocava sua buzina para o idiota da frente, e enxames de ciclistas soavam suas sinetas quando os idiotas nos carros chegavam perto demais.

– Não estão mais juntos? – perguntou Elena. – Eu não sabia.

– Somos bons amigos – disse Weisz. – Agora.

De Elena, na escuridão do banco traseiro do táxi, um de seus meios sorrisos, especialmente cortante.

– É possível – disse Weisz.

– Tenho certeza que sim.

Véronique apressou-se em direção à porta da galeria quando eles entraram. Beijou Weisz em ambas as faces, uma das mãos sobre seu braço. Em seguida, Weisz a apresentou a Elena.

– Só um minuto, enquanto eu tranco a porta – disse Véronique.

– Recebi americanos durante todo o dia, e nenhuma venda. Eles pensam que é um museu.

Nas paredes, as rameiras dissolutas de Valkenda ainda fitavam o mundo cruel. Fechando o cadeado, ela disse:

– Pois bem, nada de arte esta noite.

Sentaram-se no escritório, reunidos ao redor da mesa.

– Carlo me disse que temos algo em comum – Véronique disse a Elena. – Ele foi o mais misterioso possível ao telefone.

– Ao que parece, temos – disse Elena. – Um homem muito desagradável. Ele apareceu na Galeries Lafayette, onde trabalho, e tentou ver a gerente. Mas tive sorte, ele tentou sair na confusão, e eu o segui.

– Para onde ele foi?

– Para o Décimo. A uma agência de fotos.

– Ou seja, você acha que ele não é da *Sûreté* – Véronique olhou para Weisz.

– Não. Ele é uma fraude. Tinha amigos, naquele escritório.

– Isso é um alívio – disse Véronique. Em seguida, acrescentou pensativamente: – Ou talvez não. Tem certeza de que é o mesmo homem?

– De altura mediana. Com um bigode fino, rosto marcado de um lado, e algo nos olhos, no modo como me olhou, que não gostei. Usava um chapéu cinza, com uma pena verde na faixa.

– O homem que veio aqui tinha unhas sujas – disse Véronique. – E o francês dele não era parisiense.

– Não o ouvi falar, embora eu não possa ter certeza disso. Ele subiu até o escritório, e logo saiu um homem, seguido por outros dois, que não falavam em francês, não sei bem que língua era.

Véronique pensou por um tempo.

– O bigode está certo. Como o de Errol Flynn?

– O resto dele está um tanto longe de parecer Errol Flynn, mas sim, ele tenta alcançar o mesmo efeito. Como dizer... "sofisticado".

Véronique sorriu, *homens.*

– O bigode só piora... o que quer que seja, nele.

Ela franziu a testa com asco da imagem em sua memória.

– Almofadinha, e dissimulado. Que homenzinho nojento.

– Sim, exatamente – disse Elena.

Weisz tinha um expressão dúbia.

– Então o que devo dizer à polícia? Procurem por "um homenzinho nojento"?

– É isso que vamos fazer? – perguntou Elena.

– Suponho que sim – disse Weisz. – O que mais? Diga-me, Elena, a língua que você ouviu era russo?

– Acho que não. Mas talvez algo parecido. Por quê?

– Se eu disser isso à polícia, poderia despertar o interesse deles.

– Melhor não – disse Elena.

– Vamos até o café – disse Véronique. – Preciso de um conhaque, depois disso.

– Sim, eu também – disse Elena. – Carlo?

Weisz ficou de pé, sorriu e estendeu a mão galantemente na direção da porta.

2 de junho, 10h15.

Weisz discou o número escrito na nota de 10 francos. Após um toque, uma voz respondeu:

– Sim?

– Bom dia, é da Agence Photo-Mondiale?

Uma pausa, e em seguida:

– Sim. O que você quer?

– Quem fala é Pierre Monet, da agência de notícias Havas.

– Sim?

– Estou ligando para ver se vocês têm uma fotografia de Stefan Kovacs, o embaixador húngaro na Bélgica.

– Quem lhe deu esse número?

O sotaque era pesado, mas o ouvido de Weisz para o francês não era agudo o bastante para distinguir mais que isso.

– Acho que alguém daqui o anotou num pedaço de papel, não sei, talvez de uma lista de agências de fotos de Paris. Vocês poderiam dar uma olhada? Nós tínhamos uma foto, mas não está nos arquivos. Precisamos para hoje.

– Não temos. Sinto muito.

Weisz falou rápido, porque pressentiu que o homem estava a ponto de desligar.

– Talvez vocês possam mandar alguém para tirá-la; Kovacs está em Paris hoje, na embaixada, e temos muita urgência por aqui. Pagaremos bem, se puderem ajudar.

– Não, não acho que possamos ajudá-lo, senhor.

– Vocês são uma agência de fotos, não? Têm alguma especialidade?

– Não. Estamos muito ocupados. Adeus.

– Oh, só pensei que... Alô? Alô?

10h45.

– Carlo Weisz.

– Olá, é Elena.

– Onde você está?

– Num café. Não nos deixam fazer ligações pessoais na loja.

– Bem, telefonei para eles e, o que quer que façam, não vendem fotos, e não acho que aceitem contratações.

– Bom. Então isso está resolvido. Agora precisamos encontrar Salamone.

– Elena, faz só alguns dias que ele foi do hospital para casa.

– É verdade, mas imagine o que ele vai pensar quando descobrir o que estamos fazendo.

– Sim, acho que você está certa.

– Você sabe que estou. Ele ainda é nosso líder, Carlo, você não pode descartá-lo.

– Está certo. Podemos nos encontrar mais tarde hoje à noite? Às onze? Não posso tirar mais uma noite de folga do, do outro trabalho que estou fazendo.

– Onde deveríamos nos encontrar?

– Não sei. Vou telefonar para Arturo, ver como ele quer fazer isso. Pode me ligar depois? Posso ligar para você?

– Não, não pode. Eu ligo depois do trabalho, saio às seis.

Weisz disse até logo, desligou o telefone e discou o número de Salamone.

No Hotel Tournon, o Coronel Ferrara era um novo homem. Sorridente, relaxado, vivendo num mundo melhor e desfrutando a vida por lá. O livro se deslocou para a Espanha, e Weisz pressionou o coronel por detalhes do combate. Aquilo que era lugar-comum para Ferrara – emboscadas noturnas, disparos sob o abrigo de muralhas de pedras, duelos de metralhadoras – seria emocionante para o leitor. Simpatias liberais podem ser declaradas, mas quando se tratava de balas e bombas, de colocar a própria vida na linha de tiro, aqui estava a realidade máxima do idealismo.

– E então – disse Weisz –, vocês tomaram a escola?

– Tomamos os dois primeiros andares, mas os nacionalistas tinham o último andar e o teto, e não se renderiam. Subimos as escadas e jogamos granadas de mão no corredor, e o reboco, e um soldado morto, caíram sobre nossas cabeças. Houve uma enorme gritaria, ordens e muitos ricochetes.

– Balas assobiando...

– Sim, é claro. É muito estranho combater, ninguém gosta disso.

Weisz trabalhava sem cessar na máquina de escrever.

Uma sessão produtiva, a maior parte do que Ferrara descreveu poderia ir diretamente para impressão. Quando estavam quase acabando, Ferrara, ainda contando histórias de batalhas, trocou de camisa e penteou os cabelos cuidadosamente no espelho.

– Vai sair? – perguntou Weisz.

– Sim, como sempre. Para beber em algum lugar, e depois vamos para o quarto dela.

– Ela ainda está na casa noturna?

– Ah não. Ela encontrou outra coisa, num restaurante, um lugar russo, música cigana e um porteiro cossaco. Por que não vem junto? Irina talvez tenha uma amiga.

– Não, não esta noite – disse Weisz.

Kolb chegou quando estavam terminando. Assim que Ferrara partiu, Kolb pediu que Weisz ficasse por alguns minutos.

– Como está indo?

– Como verá – disse Weisz, movendo a cabeça na direção das páginas daquela noite. – Estamos fazendo cenas de guerra, da Espanha.

– Bom – disse Kolb. – O sr. Brown e seus sócios estiveram lendo sem parar e estão satisfeitos com seu progresso, mas me pediram para sugerir que você enfatize a participação alemã na Espanha, pode voltar atrás no original, claro. A Legião Condor: pilotos bombardeando Guernica pela manhã e jogando golfe à tarde. Acho que você sabe o que eles estão querendo.

Quer dizer, pensou Weisz, que o Pacto de Aço teve seu efeito.

– Sim, eu sei. E imagino que eles queiram mais sobre os italianos.

– Está lendo as mentes deles – disse Kolb. – Mais sobre a aliança, o que acontece quando se vai para a cama com nazistas. Pobres meninos italianos dizimados, Camisas Negras pavoneando-se nos bares. Tudo que Ferrara lembrar, e invente o que ele não lembrar.

– Conheço as histórias – disse Weisz. – De quando estive lá.

– Ótimo. Não poupe detalhes. Quanto pior, melhor, certo?

Weisz ficou de pé e vestiu o paletó – ele tinha à frente seu próprio encontro noturno, muito menos atraente.

– Mais uma coisa, antes que se vá – disse Kolb. – Estão preocupados com este caso que Ferrara está tendo, com a garota russa.

– E?

– Eles não têm certeza de quem ela é. Você sabe o que acontece por aqui, *femmes galantes* – a expressão francesa para espiãs – atrás de cada cortina. O sr. Brown e seus amigos estão muito preocupados, não o querem em contato com os serviços de espionagem soviéticos. Você sabe como é, com essas garotas – Kolb esganiçou a voz para imitar uma mulher – "Oh, aqui está meu amigo Igor, ele é tão divertido!"

Weisz pregou em Kolb um olhar cético.

– Ele não vai terminar com ela só pela hipótese de conhecer o russo errado. Ele pode muito bem estar apaixonado, ou muito perto disso.

– Apaixonado? Claro, por que não, todo mundo precisa de alguém. Mas talvez ela seja o alguém errado, e você é quem pode conversar com ele sobre isso.

– Você só vai irritá-lo, Kolb. E ele não vai mandá-la embora.

– É claro que não. Ele pode estar apaixonado, quem pode saber, mas sem dúvida ele está é apaixonado por trepar. Ainda assim, tudo que estão pedindo é que você puxe o assunto, então, por que não? Ajude-me a fazer bonito, deixe-me trabalhar em paz.

– Se isso lhe faz feliz...

– Vai fazê-los felizes: pelo menos, se algo der errado, eles tentaram. E fazê-los felizes, agora, não seria a pior das coisas para você, para vocês dois. Eles estão pensando no futuro, no futuro de Ferrara e no seu, e é melhor que tenham bons pensamentos. Acredite em mim, Weisz, eu sei.

A reunião das onze da noite com Salamone e Elena aconteceu no Renault de Salamone. Ele buscou Weisz na frente do hotel e parou para pegar Elena no prédio, não longe da Galeries, onde ela alugava um quarto num apartamento. Em seguida, Salamone dirigiu sem destino, enredando-se nas ruas escondidas do Nono, contudo, Weisz notou, rumando sempre para o leste.

No banco traseiro, Weisz inclinou-se para a frente e disse:

– Vou lhe dar um dinheiro para a gasolina.

– Gentileza sua, mas não, obrigado. Sergio está sendo mais benfeitor do que nunca, mandou um mensageiro para minha casa com um envelope.

– Sua mulher não se importou? Que você saísse a esta hora da noite?

Weisz conhecia a Signora Salamone.

– É claro que se importou. Mas ela sabe o que acontece com gente como eu: se vai para a cama, se abandona o mundo, morre. Então ela me pregou sua pior olhada, disse que era melhor ter cuidado e me fez usar este chapéu.

– Ela é tão emigrada quanto nós – disse Elena.

– É verdade, ela é, mas... Mudando de assunto, eu queria lhes contar que telefonei para todo o comitê. Menos para o advogado, que não consegui encontrar. De qualquer maneira, fui muito cuidadoso, disse apenas que tínhamos uma nova informação sobre os ataques, e que talvez precisemos de ajuda nestes próximos dias. Nenhuma menção a você, Elena, ou ao que aconteceu. Afinal, como saber quem está ouvindo no telefone?

– Provavelmente é melhor assim – disse Weisz.

– Só estou sendo cauteloso, só isso.

Salamone pegou a rue La Fayette, passou pelo boulevard Magenta, e virou à direita no boulevard de Strasbourg. Escuro e quase deserto; portas de metal fechadas nas lojas, um grupo de homens ociosos em uma esquina, e um café lotado e enfumaçado, iluminado apenas por uma lâmpada azul sobre o bar.

– Diga onde, Elena.

– Sessenta e dois. Ainda falta um pouco. Há a *pâtisserie*, um pouco mais, mais, ali.

Estacionaram. Salamone desligou o único farol que funcionava.

– Segundo andar?

– Sim.

– Nenhuma luz acesa.

– Vamos lá, dar uma olhada – disse Elena.

– Ah, que maravilha – disse Salamone. – Arrombar e invadir.

– Então o quê?

– Vigiaremos, por um ou dois dias. Talvez você possa vir na hora do almoço, Carlo. Você, Elena, depois do trabalho, só por uma hora.

Voltarei amanhã de manhã, no carro. E Sergio à tarde. Há um sapateiro do outro lado da rua, ele pode colocar saltos novos, esperamos enquanto são colocados. Não podemos estar aqui a cada minuto, mas podemos dar uma olhada em quem entra e quem sai. Carlo, o que acha?

– Vou tentar. Mas não creio que vá ver alguma coisa. Será que isso ajuda, Arturo? O que veríamos, que poderia ser relatado à polícia? Podemos descrever o homem que foi à galeria, podemos dizer que não acreditamos que seja uma verdadeira agência de fotos, podemos contar-lhes sobre o Café Europa, talvez um incêndio criminoso, e o roubo do apartamento. Isto não é o bastante?

– Precisamos tentar, é o que acho – disse Salamone. – Tentar qualquer coisa. Pois só podemos ir à *Sûreté* uma vez e temos que entregar a eles tudo que pudermos, o suficiente para que não possam ignorar. Se nos virem como emigrados nervosos, lamurientos, talvez intimidados por outros emigrados, inimigos políticos, só vão preencher um formulário e arquivar.

– Você entraria lá, Carlo? – perguntou Elena. – Com algum pretexto?

– Eu poderia.

A idéia amedrontou Weisz: se essas pessoas fossem minimamente competentes em seu trabalho, saberiam quem ele era, e haveria uma chance considerável de que ele jamais saísse.

– Muito perigoso – disse Salamone. – Não faça isso.

Engatou a primeira marcha.

– Vou elaborar um horário. Para um ou dois dias. Se não virmos nada, simplesmente usamos o que temos.

– Estarei aqui amanhã – disse Weisz.

A luz do dia faria diferença, pensou. E aí poderia avaliar como se sentia. *Qual pretexto?*

3 de junho.

Para Weisz, uma péssima manhã no escritório. Atenção dispersa, um nó no estômago, uma olhada no relógio a cada minuto. Enfim, hora do almoço, uma da tarde.

– Estarei de volta às três – disse à secretária. – Talvez um pouco mais tarde.

Ou nunca. O metrô levou uma eternidade para chegar, o vagão estava vazio e ele emergiu da estação Gare de l'Est numa chuva leve e uniforme.

A chuva não ajudava a vizinhança, sombria, desolada e não muito melhorada pela luz do dia. Ele caminhou na calçada do boulevard oposta ao número 62, a título de orientar-se, cruzou a rua em seguida, visitou a *pâtisserie*, comprou um pastel e, de volta à rua, livrou-se dele – nada no mundo o faria comer aquilo. Fez uma pausa no 62, como se procurasse um endereço, passou na frente, cruzou de volta para o outro lado do boulevard, parou num ponto de ônibus até que o ônibus veio e saiu. Tudo aquilo absorvera vinte minutos de seu designado tempo de vigilância. E nenhuma alma entrara ou saíra do edifício.

Por dez minutos, ele andou de um lado para o outro na esquina onde o boulevard encontrava a rue Jarry, olhando para o relógio, um homem esperando por um amigo. Que nunca chegava. *Arturo, essa idéia é ridícula.* Estava ficando ensopado aqui fora, por que cargas-d'água não trouxera seu guarda-chuva? O céu estava nublado e ameaçador quando saiu para o trabalho. E se ele dissesse que estava procurando emprego? Afinal, ele era um jornalista, e Photo-Mondiale seria um lugar lógico para tal atividade. Ou, talvez melhor, ele poderia dizer que estava procurando um amigo. O velho Duval? Que certa vez disse que trabalhava ali? Mesmo assim, o que ele veria? Alguns homens num escritório? E daí? Droga, por que tinha que chover? Uma mulher que cruzou com ele alguns minutos antes voltava agora com uma sacola de juta cheia de batatas e pregou-lhe um olhar suspeitoso quando passou.

Muito bem, que diabos – suba até lá ou volte para o trabalho. Faça *alguma coisa.* Lentamente, ele se aproximou do prédio, mas parou bruscamente. Pois aqui estava o carteiro, claudicando, a pesada bolsa de couro ao lado apoiada por uma alça em seu ombro oposto. Parou em frente ao 62, olhou dentro da bolsa e entrou no prédio. Menos de um minuto depois, ele reapareceu e rumou para o número 60.

Weisz esperou que ele terminasse seu percurso até o fim da rua, respirou fundo e caminhou para a porta do 62, empurrou-a e entrou. Por um instante ele permaneceu ali, o coração disparado, mas o vestíbulo estava silencioso e vazio. *Vá procurar o velho Duval*, disse a si mesmo, *e não pareça suspeito.* Subiu as escadas rapidamente e então, no primeiro andar, procurou ouvir novamente e, recordando a descrição de Elena, virou à esquerda no corredor. A porta no fim do corredor tinha um cartão de visitas pregado sob o estêncil *1B. Agence Photo-Mondiale.* Weisz contou até dez e ergueu a mão para bater, entretanto deteve-se. Do lado de dentro, um telefone, um suave toque duplo. Ele esperou para ouvir a resposta, mas ouviu apenas um segundo toque, um terceiro, e um quarto, seguido de silêncio. *Não estão!* Weisz bateu duas vezes na porta, o ruído alto no corredor vazio e esperou pelo som de passos. *Não, não há ninguém aí.* Cautelosamente, ele experimentou a maçaneta. Mas a porta estava trancada. Salvação. Deu meia-volta e andou rapidamente em direção ao extremo oposto do corredor.

Correu pela escadaria abaixo, ansioso pela segurança da rua, contudo, exatamente quando ele esticava o braço para a porta, os envelopes numa caixa de correio de madeira chamaram sua atenção. A caixa rotulada com *1B* tinha quatro. Vigiando a porta, preparado para colocá-los de volta num instante se ela se movesse minimamente, ele fez um exame rápido. O primeiro era uma conta da companhia elétrica. O segundo vinha da filial de Marselha do Banque des Pays de l'Europe Centrale. O terceiro era um envelope pardo e tinha um endereço datilografado. Com um selo exótico aos olhos de Weisz: *Jugoslavija*, *4 Dinars*, uma imagem em tons azuis de uma camponesa com um lenço, mãos na cintura, olhando solenemente para um rio. O carimbo sobre o selo, primeiro em cirílico, depois em letras romanas, dizia *Zagreb.* A quarta carta era pessoal, inscrições a lápis num pequeno envelope, e destinada a *J. Hravka*, com um endereço de resposta, *I. Hravka*, também no Zagreb. Com um olho na porta, Weisz procurou em seu bolso, tirou uma caneta e um bloco, e copiou os dois endereços do Zagreb – o banco francês, para países da Europa Central, ele lembraria.

Enquanto corria para o metrô, Weisz estava excitado, e exultante. *Funcionou*, Salamone tinha razão. *Zagreb*, pensou ele, *Croácia.*

É claro

SOLDADOS DA LIBERDADE

5 DE JUNHO, 1939.

Carlo Weisz admirava a primavera parisiense pela janela do escritório – os castanheiros e limeiras com novas e radiantes folhas, as mulheres em vestidos de algodão, o céu azul profundo com castelos de nuvens assomando sobre a cidade. Enquanto isso, segundo os melancólicos jornais empilhados em sua caixa, também era primavera para os diplomatas – mancebos franceses e britânicos cantavam para a donzela soviética na floresta encantada, mas ela apenas dava risadinhas e fugia. Na direção da Alemanha.

Assim seguia a vida – eternamente, parecia-lhe –, até que a tediosa marcha de coletivas e tratados foi rompida subitamente por tragédia real. Hoje, era a história do SS *St.Louis*, que zarpou de Hamburgo com 936 judeus alemães fugindo do Reich, mas não encontrou refúgio algum. Proibido de atracar em Cuba, os refugiados suplicaram ao presidente Roosevelt, que primeiro disse sim, depois "sinto muito". Forças políticas na América opunham-se violentamente à imigração judia. Assim, no dia anterior, uma declaração final: ao *St. Louis*, esperando em mar aberto entre Cuba e Flórida, não seria permitido aportar. Agora teria de retornar à Alemanha.

No escritório de Paris, tentaram extrair uma reação francesa, mas o Quai d'Orsay, em seis parágrafos, não fez nenhum comentário. O que deixou Weisz a olhar pela janela, sem ânimo para trabalhar, sua mente em Berlim, seu coração intocado pelo dia de junho.

Dois dias antes, quando retornara do boulevard de Strasbourg ao escritório da Reuters, ele imediatamente telefonou para Salamone e contou o que tinha feito.

– Alguém naquele escritório tem ligações com a Croácia – disse ele, e descreveu os envelopes. – O que sugere que a OVRA possa estar usando agentes *Ustasha.*

Ambos sabiam o que isto significava: Itália e Croácia tinham um longo, complicado e às vezes secreto relacionamento, os croatas buscando afinidade católica em seu interminável conflito com os sérvios ortodoxos. O *Ustasha* era um grupo terrorista – ou nacionalista, ou insurgente; nos Bálcãs, tudo dependia de quem estava falando – às vezes usado pelos serviços secretos italianos. Dedicado à independência da Croácia, o *Ustasha* possivelmente esteve envolvido no assassinato do rei Alexander em Marselha em 1934, e em outras ações terroristas, notoriamente explosões de trens de passageiros.

– Não são boas notícias – disse Salamone, sua voz rígida.

– Não, mas são *notícias.* Notícias para a *Sûreté.* E há razões para suspeitar que fundos possam estar sendo movidos através de um banco francês em Marselha, um banco que também opera na Croácia. Diante disso, eles vão morder a isca.

Salamone se ofereceu para abordar a *Sûreté*, mas Weisz lhe disse para não se incomodar – já estava envolvido com eles, era o informante lógico.

– Mas – disse ele – isso fica entre nós dois.

Em seguida, perguntou a Salamone se a vigilância produzira algo mais. Somente um vislumbre, disse Salamone, por Sergio, do homem do chapéu com a pena verde. Weisz aconselhou Salamone a dar a ação por encerrada; já tinham o suficiente.

– E da próxima vez que convocarmos uma reunião – disse ele –, será uma conferência editorial, para o próximo *Liberazione.*

Era uma idéia mais do que otimista, pensou ele, olhando pela janela, mas primeiro teria de telefonar para Pompon. Considerou fazê-lo, quase procurou pelo número, porém, mais uma vez, desistiu. Telefonaria mais tarde, agora ele tinha que trabalhar. Pegando o primeiro jornal da pilha, encontrou um comunicado da embaixada soviética em Paris, referente ao processo de negociação de aliança com franceses e britânicos no caso de um ataque alemão. Uma longa lista de vítimas potenciais foi nomeada, com a preeminência da Polônia. Uma visita ao Quai d'Orsay? Talvez. Teria de perguntar a Delahanty.

Pôs o comunicado de lado. O próximo da fila, um telegrama de Eric Wolf que chegara havia uma hora. *Ministério da Propaganda Divulga Rede de Espionagem Desmantelada em Berlim.* Era uma história curta: um número não-específico de prisões, algumas em ministérios do governo, de cidadãos alemães que passavam informações a agentes estrangeiros. Os nomes foram omitidos, a investigação continuava.

Weisz congelou. Poderia telefonar? Telegrafar? Não, aquilo talvez só piorasse as coisas. Poderia telefonar para Alma Bruck? Não, ela poderia estar envolvida. Christa só dissera que era uma amiga. Eric Wolf, então. Talvez. Sentia que poderia pedir um favor, porém não mais que isso. Wolf já era extremamente ocupado e não ficou lá muito satisfeito em se envolver num caso de amor clandestino de um colega. E, Weisz forçou-se a admitir, Wolf provavelmente fizera tudo que pôde – certamente pediu nomes, mas tinham sido "omitidos". Não, ele tinha de manter Wolf de reserva. Porque, se por algum milagre ela tivesse sobrevivido a isso, se por algum milagre essa fosse *outra* rede de espionagem, ele a tiraria da Alemanha, e para isso precisaria de pelo menos um contato.

Ainda assim, não conseguia obrigar-se a desistir. Mãos pressionadas contra o telegrama aberto em sua mesa, sua mente disparava de uma possibilidade para a próxima, dando voltas e mais voltas, até que a secretária chegou com mais um telegrama. *Alemanha Propõe Negociação de Aliança com a URSS.*

Ela se foi. Não há nada que você possa fazer. Com o coração arrasado, ele tentou trabalhar.

À noite, foi pior. As imagens de Christa nas mãos da Gestapo não o deixavam em paz. Incapaz de comer, chegou adiantado para seu trabalho das oito horas no Tournon. Mas Ferrara não estava lá, o quarto estava trancado. Weisz voltou ao térreo e perguntou ao funcionário se Monsieur Kolb estava em seu quarto, mas foi-lhe dito que não havia ninguém com esse nome no hotel. Típico, pensou Weisz – Kolb aparecia do nada e voltava para o mesmo lugar. Provavelmente estava hospedado no Tournon, mas evidentemente usava um nome diferente. Weisz saiu para a rue de Tournon, cruzou a rua para o Jardin du Luxembourg, sentou-se num banco e fumou cigarro após cigarro, zombado pela suave noitinha de primavera e, pareceu-lhe, por cada casal de namorados da cidade. Às 8h20 ele voltou ao hotel e encontrou Ferrara esperando por ele.

Esta cidade, aquele rio, o heróico cabo que pegou uma granada de mão do fundo de uma trincheira e lançou-a de volta. O que ajudou Weisz naquela noite foi o processo automático do trabalho, datilografando as palavras de Ferrara, editando enquanto prosseguia. Logo, poucos minutos depois das dez, Kolb apareceu.

– Vamos terminar mais cedo esta noite – disse ele. – Está indo bem?

– Chegando ao fim – disse Ferrara. – Falta o tempo no campo de internação, e está acabado. Aposto que você não quer que escrevamos sobre meu tempo em Paris.

De Kolb, um sorriso de lobo.

– Não, deixemos para a imaginação do leitor. – E, dirigindo-se a Weisz: – Você e eu vamos para o 16°. Há alguém na cidade que quer lhe conhecer.

Pelo modo como Kolb falou, Weisz não tinha escolha de fato.

O apartamento era em Passy, o aristocrático coração do *très snob* 16° Arrondissement. Vermelho e dourado, era decorado na melhor tradição parisiense, cortinas e tecidos pesados por todo lado, forrado com *boiserie*, uma parede inteira tornada estante de livros. Uma recepção escura, iluminada apenas por uma única lâmpada oriental. A funcionária em seu camarote informou por telefone sobre a chegada deles, e, quando Kolb abriu o portão do elevador, o sr. Brown estava esperando à porta.

– Ah, olá, que bom que puderam vir!

Um cumprimento alegre e um sr. Brown bastante diferente: nada do afável senhor amarfanhado com cachimbo e suéter. Em vez disso, um terno novo, caro, azul-escuro. Quando Weisz apertou-lhe a mão e entrou no apartamento, descobriu o porquê.

– Este é o sr. Lane – disse Brown.

Um homem alto e longilíneo desdobrou-se de um sofá baixo, tomou a mão de Weisz e disse:

– Sr. Weisz, um prazer conhecê-lo.

Camisa branca imaculada, gravata solene, terno de corte perfeito, a resplandecente alta classe britânica, com cabelo cor de aço e sorriso contido e profissionalmente hesitante. Mas os olhos, profundos, enredados em linhas finas, eram olhos preocupados, quase apreensivos, que chegavam perto de contradizer todos os sinais de seu status.

– Sente-se aqui comigo – disse a Weisz, indicando a outra ponta do sofá. Em seguida: – Brown? Pode nos trazer um scotch? Sem gelo?

Isso significava dois dedos de puro líquido âmbar num copo de cristal. Lane disse:

– Daqui a pouco nos vemos.

Kolb já se havia evaporado, agora o sr. Brown saía para outro cômodo do apartamento.

– Pois bem – disse a Weisz, sua voz baixa, macia e satisfeita –, então o senhor é o nosso escritor.

– Sou eu – disse Weisz.

– Muito bom trabalho, sr. Weisz. *Soldado da Liberdade* deverá ir muito bem, achamos. Percebo que pôs seu coração nele.

– É verdade – respondeu Weisz.

– Uma pena quanto a seu país. Não acredito que a Itália será feliz com seus novos amigos, mas isso não se pode evitar, pode? Não que o senhor não tenha tentado.

– O senhor fala do *Liberazione*?

– Sim. Li as edições anteriores, e está seguramente no topo de sua classe. Deixa a politicagem de lado, graças a Deus, e se atém seriamente aos fatos da vida. E seu chargista é um adorável vilãozinho. Quem é ele?

– Um emigrado, trabalha para o *Le Journal*.

Weisz não disse nomes, e Lane não insistiu.

– Bem, esperamos ver muito mais daquilo.

– Oh?

– De fato. Vemos um futuro brilhante para o *Liberazione*.

A voz de Lane acariciou a palavra, como se fosse o nome de uma ópera.

– Pelo modo como anda a vida no momento, ele não existe realmente, não mais – disse Weisz.

Se o rosto de Lane fazia algo bem, era *desapontar-se.*

– Não, não diga essas coisas, ele deve continuar.

A palavra *deve* soou de ambos os modos, *simplesmente deve* e *realmente deve* – ou algo mais.

– Estamos sob cerco – disse Weisz. – Da OVRA, acreditamos, e tivemos de suspender a publicação.

Lane bebericou seu scotch.

– Então vocês simplesmente terão de retomá-la, não é, agora que Mussolini enlouqueceu e se uniu ao lado errado. O que quer dizer, sob cerco?

– Um assassinato, ataques aos membros do comitê: problemas nos empregos, possivelmente um incêndio criminoso, um arrombamento.

– Procuraram a polícia?

– Ainda não. Mas podemos tentar, estamos cogitando.

De Lane, um assentimento enfático: *É assim que se faz.*

– Não pode deixá-lo morrer assim, sr. Weisz, ele é simplesmente bom demais. E, temos razões para acreditar, efetivo. As pessoas na Itália comentam sobre ele; sabemos disso. Quer dizer, talvez possamos ajudá-los com a polícia, mas vocês precisam tentar sozinhos. A experiência diz que esta é a melhor maneira. E, fato é que o seu *Liberazione* tem por obrigação crescer, ampliar o número de leitores, e quanto a isso nós realmente podemos fazer algo. Diga-me, como se organiza a sua distribuição?

Weisz hesitou, como descrever?

– Eles sempre se distribuíram por si só, desde 1933, quando o comitê editorial da *Giustizia e Libertà* funcionava na Itália. Cresce, bem, crescia por si só. A princípio havia apenas um único motorista de caminhão, em Gênova, e depois outro, um amigo dele, que ia até Milão. Não é uma pirâmide, com um emigrado parisiense no topo, são apenas pessoas que conhecem outras, e que querem participar, fazer alguma coisa, o que quer que possam, para se opor ao regime fascista. Não somos comunistas, não estamos em células, sob disciplina. Temos um impressor em Milão, ele entrega pacotes de jornais a três ou quatro amigos, e eles espalham entre seus amigos. Um deles pega dez, outro pega vinte. E de lá, segue para todo lado.

Lane estava encantado, e demonstrava.

– Bendito caos! – disse ele. – Maravilhosa anarquia italiana. Espero que não se incomode que eu diga isto.

Weisz deu de ombros.

– Não me incomodo, é verdade. No meu país, não gostamos de patrões, assim somos feitos.

– E sua tiragem?

– Cerca de 2 mil.

– Os comunistas imprimem 20 mil.

– Não conhecia o número, imaginava que fosse maior. Mas eles são presos, mais do que nós.

– Entendo seu ponto: não se pode ter muito *daquilo*. E leitores?

– Quem sabe. Às vezes um por jornal, às vezes vinte. Não podemos nem tentar adivinhar, ele é compartilhado, e não jogado fora. Pedimos isso, logo no cabeçalho.

– Seria possível dizer, 20 mil?

– Por que não? É possível. O jornal é deixado em bancos de salas de espera de estações ferroviárias, e nos trens. Qualquer lugar público que se possa imaginar.

– E suas informações? Se me permite perguntar.

– Por correio, por novos emigrados, por fofocas e boatos.

– Naturalmente. A informação tem uma vida própria, sabemos disso muito bem, para nossa alegria e, às vezes, para nossa tristeza.

Weisz assentiu, solidário.

– Como está sua bebida?

Weisz olhou para baixo e viu que tinha quase terminado o scotch.

– Deixe-me completá-lo para você.

Lane se levantou, caminhou até um gabinete junto à porta e serviu uma segunda dose para ambos. Quando voltou, disse:

– Fico feliz que tivemos uma chance de conversar. Fizemos alguns planos em Londres para o senhor, mas eu desejava saber com quem estaríamos trabalhando.

– Que planos fizeram, sr. Lane?

– Ah, é como disse. Maior, melhor distribuição, mais leitores, muitos mais. E acredito que poderemos ajudar com informação, de vez em quando. Somos bons nisso. Ah, e por falar nisso, e quanto ao papel?

– Imprimimos no diário de Gênova, e nosso impressor, bem, é como todo o resto: ele encontra um jeito, um amigo no andar de cima, no escritório, ou talvez os registros não sejam tão bem guardados.

Mais uma vez, Lane estava encantado, e riu.

– A Itália fascista – disse ele, balançando a cabeça ante o absurdo da idéia. – Como, em nome de Deus...

Assim como o resto do mundo, Weisz tivera suas noites ruins – amor perdido, mundo de pernas para o ar, dinheiro –, mas isso era de longe o pior; horas vagarosas, desperdiçadas olhando para o teto de um quarto de hotel. Ontem, ele teria ficado excitado pelo encontro com o sr. Lane – uma virada da sorte em sua guerra particular. Boas notícias! Um investidor! Sua pequena empresa fora abordada por uma grande corporação. Talvez se revelassem como notícias não tão boas, e Weisz estava ciente disso. No entanto, o que tinham agora? Com certeza era um acontecimento, uma virada súbita do destino, e Weisz geralmente se animava diante de tais desafios, mas agora tudo que pensava era em Christa. Em Berlim. Numa cela. Interrogada.

Medo e raiva brotavam nele, primeiro um, depois o outro. Ele odiava os captores de Christa, ele daria o troco. Porém, como chegar até ela, como descobrir, o que poderia fazer para salvá-la? Será que ela ainda poderia ser salva? Não, era tarde demais. Teria como ir a Berlim? Delahanty poderia ajudá-lo? A junta de diretores da Reuters? Desesperadamente, ele buscava o poder. Mas só encontrou uma fonte. *Sr. Lane.* Será que Lane o ajudaria? Não como um favor. Lane era um executivo e compartilhava com outros de sua raça um sublime talento para esquivar-se – Weisz *sentira* isto. Seu propósito, no mar em que nadava, era adquirir, vencer. Não poderia ser uma súplica, Lane tinha de ser forçado, forçado a negociar para conseguir o que queria. Será que ele negociaria?

Weisz pensou em pedir durante o encontro em Passy, mas se deteve. Precisava de tempo para pensar, para decifrar como fazer o que precisava ser feito. Sabia muito bem com quem estava lidando; um homem cujo trabalho era, nesta semana, espalhar jornais clandestinos num país inimigo. Será que pediria apenas a Weisz? Só ao *Liberazione*? Quem mais ele teria encontrado naquela noite? Que outros jornais emigrados teria abordado? Não, Weisz pensou, deixe-o ganhar, deixe que ponha essa vitória no bolso. Depois, ataque. Weisz só poderia lançar um ataque, sabia disso, portanto tinha que funcionar. E, executivo que era, Lane em nenhum momento fez a verdadeira pergunta crucial: você concorda? Deste modo, evitou o embaraço de uma resposta que não queria ouvir. Não, aquele serviço seria deixado para Brown. *Ou seja, sr. Brown.*

Weisz não dormiu em absoluto naquela noite, não tirou as roupas, mas cochilou de vez em quando, perto do amanhecer, exausto enfim. Em seguida, em outra celestial manhã de junho, foi cedo para o trabalho e telefonou para Pompon. Que não estava, mas que retornou a ligação uma hora depois. Marcaram um encontro, depois do trabalho, no Ministério do Interior.

Ainda estava anoitecendo quando Weisz chegou à rue des Saussaies; o vasto prédio preenchia o céu, a correnteza de homens com pastas entrando e saindo de sua sombra. Como antes, foi conduzido à Sala 10; uma mesa longa, algumas cadeiras, janela alta atrás de grades, o ar parado carregado com o cheiro de tinta recente e fumaça de cigarro estagnada. O inspetor Pompon o esperava, acompanhado de seu colega mais velho, seu superior, *o tira*, que era como Weisz pensava nele, grisalho e cabisbaixo, que agora se apresentava como inspetor Guerin. Estavam informais naquela noite, sem paletós, gravatas afrouxadas. Ou seja, inspetores *amigáveis* nesta reunião. Ainda assim, Weisz pressentia tensão e expectativa. *Nós o pegamos. Pegamos?* Sobre a mesa diante deles, os dossiês verdes, e mais uma vez era Pompon quem tomava notas.

Weisz não perdeu tempo em ir direto ao assunto.

– Nós obtivemos informações que talvez sejam de seu interesse.

Pompon liderou o inquérito.

– Nós? – perguntou.

– O comitê editorial do jornal emigrado *Liberazione*.

– O que vocês têm, Monsieur Weisz, e como conseguiram?

– O que temos são indícios de uma operação do serviço secreto italiano, nesta cidade. Está em funcionamento agora, hoje.

Weisz prosseguiu descrevendo, sem citar nomes, a perseguição de Elena ao homem que abordara sua supervisora, o interrogatório de Véronique e o subseqüente encontro com Elena, seu telefonema para a agência Photo-Mondiale e as dúvidas quanto a sua legitimidade, a tentativa de investigação do comitê no número 62 do boulevard de Strasbourg, e as cartas que encontrou na caixa de correio da agência. Em seguida, das anotações que trouxera consigo, ele leu os nomes do banco francês e os endereços em Zagreb.

– Bancando o detetive? – disse Guerin, mais divertido que irritado.

– Sim, suponho que sim. Mas tínhamos de fazer alguma coisa. Mencionei os ataques ao comitê anteriormente.

Pompon deslizou o dossiê para seu colega, que leu, usando o dedo indicador, as anotações de um encontro com Weisz no café da Opéra.

– Não é muito, para nós. Mas a investigação do assassinato de Madame LaCroix ainda está aberta, e é por isso que estamos falando com o senhor.

Pompon disse:

– E vocês acreditam que este material está relacionado. Essa empresa de espionagem.

– Sim, é o que achamos.

– E a língua que sua associada ouviu, embaixo da escada, era servo-croata?

– Ela não sabia o que era.

Por um momento, silêncio, e os inspetores trocaram olhares.

– Podemos investigar – disse Guerin. – E o jornal?

– Suspendemos a publicação – disse Weisz.

– Mas, e se os seus, ahn, *problemas* forem eliminados, e então?

– Continuaremos. Mais do que nunca, agora que a Itália se aliou à Alemanha, sentimos que é importante.

Guerin suspirou.

– Política, política. Indo e vindo.

– E de repente, guerra – disse Weisz.

Guerin concordou.

– Está chegando.

– Se investigarmos – disse Pompon –, talvez entremos em contato com o senhor novamente. Alguma coisa mudou? Emprego? Domicílio?

– Não, está tudo como antes.

– Muito bem, se vocês descobrirem qualquer coisa mais, avise-nos.

– Avisarei – disse Weisz.

– Mas – disse Guerin – não vá tentando ajudar, não mais, certo? Deixe isso para nós.

Pompon conferiu suas notas, certificando-se dos nomes e endereços no Zagreb, e por fim disse a Weisz que podia ir.

Quando Weisz saiu, Guerin sorriu e disse:

– *A bientôt*, Monsieur Weisz.

Até breve.

De volta à rue des Saussaies, Weisz encontrou um café, provavelmente o café do Ministério do Interior, imaginou, pela expressão dos homens jantando e bebendo no bar, e por uma certa característica amuada nas conversas. Apressado, ele deglutiu o *plat du jour*, um bife de vitela, bebeu duas taças de vinho e depois ligou para Salamone de um telefone público nos fundos do café.

– Está feito – disse. – Eles investigarão. Mas preciso ver você, e talvez Elena.

– O que disseram?

– Ah, que talvez investiguem. Você sabe como são.

– Quando quer nos encontrar?

– Hoje à noite. Onze horas é muito tarde?

Após um momento, Salamone disse:

– Não, eu pego você.

– Na rue de Tournon, esquina com a rue de Médicis.

– Telefonarei para Elena – disse Salamone.

Fora do café, Weisz pegou um táxi e às oito estava no hotel de Ferrara.

Trabalharam duro naquela noite, fazendo mais páginas que o habitual. Estavam na entrada de Ferrara na França e em sua internação num campo perto da cidade de Tarbes, a sudoeste. Ferrara ainda estava irado e não poupou detalhes, concentrado no pecado burocrático da *indifference*. Contudo, Weisz baixou o tom no texto. Uma enxurrada de refugiados da Espanha, tristes resíduos de uma causa perdida, os franceses fazendo o que podiam. Pois o Pacto de Aço mudara a química política, e este livro era, afinal, propaganda, propaganda britânica, e a França agora era, mais do que nunca, aliada da Inglaterra numa Europa dividida. Às onze horas, Weisz se levantou para sair – onde estava Kolb? No corredor, por acaso, dirigindo-se para o quarto.

– Preciso ver o sr. Brown – disse Weisz. – O mais rápido possível.

– Algo errado?

– Não é o livro – respondeu Weisz. – Outra coisa. Sobre o encontro da noite de ontem.

– Falarei com ele – disse Kolb. – E marcaremos.

– Amanhã de manhã – disse Weisz. – Há um café chamado Le Repos, descendo a rue Dauphine vindo do Hotel Dauphine. Às oito.

Kolb ergueu uma sobrancelha.

– Não é assim que fazemos as coisas – disse.

– Eu sei, mas isso é um favor. Por favor, Kolb, o tempo é importante.

Kolb não gostou.

– Vou tentar. Mas não se surpreenda se ele não aparecer. Você conhece o costume, Brown escolhe a hora, e o lugar. Precisamos ter cuidado.

Weisz estava a um centímetro de implorar.

– Só tente, é tudo que peço.

Na rua, Weisz andou rapidamente até a esquina. O Renault estava lá, o motor falhando durante o ócio. Elena estava sentada ao lado de Salamone, e Weisz subiu no banco de trás e se desculpou pelo atraso.

– Não se preocupe – disse Salamone, castigando a alavanca de câmbio até engrenar a primeira marcha. – Esta noite, você é o nosso herói.

Weisz descreveu a reunião no Ministério do Interior e em seguida disse:

– O que temos de discutir agora é outra coisa, algo que descobri na noite passada.

– O que é desta vez? – perguntou Salamone.

Weisz contou a Elena, rapidamente, mas com exatidão, sobre o livro de Ferrara, uma operação do SSI britânico.

– Desta vez eles me abordaram a respeito do *Liberazione.* Não só estão ansiosos para nos ver de volta ao trabalho, mas também querem que cresçamos. Tiragem maior, mais leitores, distribuição mais ampla.

Dizem que nos ajudarão, e que fornecerão informações. E tenho que acrescentar que quero usar a oportunidade para salvar a vida de uma amiga, a vida de uma mulher, em Berlim.

Por um momento ninguém falou nada. Finalmente, Salamone disse:

– Carlo, assim você não nos dá chance de dizer não.

– Se é não, é não – disse Weisz. – Quanto à minha amiga, encontrarei outra maneira.

– Fornecerão informações? O que é isso? Vão dizer o que devemos publicar?

– É a aliança – disse Elena. – Queriam que a Itália permanecesse neutra, mas, se estavam fazendo algo em nome disso, não funcionou. Portanto, agora precisam pôr lenha na fogueira.

– Meu Deus, Carlo – disse Salamone, girando o volante e virando numa transversal. – De todo mundo, você... Parece até que quer que se intrometam. Mas você sabe o que acontece. Um pé na porta, depois um pouco mais, e logo seremos propriedade deles. Seremos espiões, nós. – Ele riu ante a idéia. – Sergio? O advogado? Zerba, o historiador de arte? *Eu?* A OVRA nos fará em pedaços, não podemos sobreviver naquele mundo.

A voz de Weisz foi tensa.

– Precisamos tentar, Arturo. O que sempre quisemos foi fazer diferença na Itália, combater. Bem, esta é a nossa chance.

O interior escuro do Renault foi subitamente iluminado pelos faróis de um carro que entrou na rua atrás deles. Salamone olhou pelo retrovisor enquanto Elena dizia:

– Como faríamos isso? Encontrar outro impressor? Mais mensageiros? Mais pessoas para distribuir as cópias? Em mais cidades?

– *Eles* sabem como, Elena – disse Weisz. – Nós somos amadores, eles são profissionais.

Mais uma vez, Salamone olhou no espelho. O carro se aproximara.

– Carlo, eu realmente não entendo você. Quando substituímos os *giellisti* na Itália, enfrentamos intromissões desse tipo e as afastamos. Somos uma organização de resistência e isso tem seus riscos, mas temos de permanecer independentes.

– Haverá uma guerra aqui – disse Elena. – Como em 1914, porém pior, se conseguem imaginar isso. E cada organização de resistência, cada idealista de nariz em pé, será tragado por ela. E não por suas santificadas opiniões.

– Você está com Carlo?

– Não me agrada, mas sim, estou.

Salamone virou a esquina e acelerou.

– Quem são esses? Atrás de nós?

O Renault estava de volta à rua que corria paralelamente ao Jardin du Luxembourg e acelerava, mas os faróis continuavam fixos no retrovisor. Weisz se virou e olhou através do vidro traseiro, e viu dois vultos nos bancos da frente de um grande Citroën.

– Talvez devêssemos aceitar a ajuda – disse Salamone. – Mas acho que nos arrependeremos. Só me diga uma coisa, Carlo, essa razão pessoal, essa amiga, isso mudou sua opinião? Ou você faria o mesmo em qualquer situação?

– A guerra não está chegando, ela está aqui. E se não são os ingleses hoje serão os franceses amanhã, a pressão só está começando. Elena está certa: é apenas uma questão de tempo. Todos lutaremos, alguns com armas, alguns com máquinas de escrever. E, quanto à minha amiga, é uma vida que merece ser salva, não importa quem ela é para mim.

– Não me interessa o motivo – disse Elena. – Não podemos continuar sozinhos, a OVRA provou isto. Acho que deveríamos aceitar essa oferta e, se os ingleses podem ajudar Carlo, se podem salvar sua amiga, que assim seja, por que não? E se fosse comigo, ou com você, Arturo? Com problemas em Berlim, ou Roma? O que gostaria que Carlo fizesse?

Salamone diminuiu e, olhando o espelho retrovisor, parou o carro. O Citroën também parou. Em seguida, lentamente, Salamone manobrou o Renault e o posicionou ao lado do Citroën. Um homem no banco do carona virou o rosto e olhou para eles por um momento, disse algo ao motorista, e o carro se afastou.

– O que foi tudo isso? – perguntou Elena.

7 de junho, 8h20.

O Café Le Repos estava lotado esta manhã, duas fileiras de clientes no bar, economizando alguns centavos no café. Em busca de privacidade,

Weisz pegou uma mesa no canto oposto, de costas para a divisão de vidro granuloso. E lá esperou, *Le Journal* intacto diante dele, o café uma mancha escura no fundo da xícara, mas nem sinal do sr. Brown. Bem, Kolb o avisara, essa gente tinha sua própria maneira de fazer as coisas. De repente, um homem usando um boné deixou o bar, caminhou até a mesa e disse:

– Weisz?

– Sim?

– Venha comigo.

Weisz deixou dinheiro sobre a mesa e seguiu o homem para fora. Na rua, um táxi aguardava em frente ao café. O homem do boné sentou-se ao volante e Weisz entrou na parte de trás, onde o sr. Brown estava esperando por ele. Hoje ele era o sr. Brown de sempre, o cheiro do cachimbo adoçando o ar.

– Bom dia – disse ele, acidamente.

O táxi se pôs em movimento e se misturou ao tráfego lento da rue Dauphine.

– Que manhã agradável temos hoje.

– Obrigado por fazer isso – disse Weisz. – Eu precisava falar com você, sobre seus planos para o *Liberazione.*

– Está se referindo ao seu papinho com o sr. Lane.

– Exato. Achamos que é uma boa idéia, mas preciso de sua ajuda. Para salvar uma vida.

As sobrancelhas de Brown se ergueram, e o cachimbo emitiu uma lufada de exclamação.

– Que vida é essa?

– A vida de uma amiga. Ela se envolveu com um grupo de resistência em Berlim e agora talvez esteja em apuros. Pois, há dois dias, vi um telegrama na Reuters que talvez signifique que ela foi presa.

Por um momento, Brown pareceu um médico que ouvia algo tétrico: por pior que fosse para o paciente, ele já tinha ouvido tudo aquilo antes.

– Você pede um milagre, e aí tudo será sopa no mel. É essa a idéia, sr. Weisz?

– Talvez seja um milagre, para mim, mas não para vocês.

Brown tirou o cachimbo da boca e fitou Weisz demoradamente.

– Namorada, não?

– Mais que isso.

– E realmente fazendo coisas em Berlim, contra os nazistas? Não apenas dando opiniões em jantares?

– Primeira opção – disse Weisz. – Um círculo de amigos, alguns deles trabalhando nos ministérios, roubando documentos.

– E repassando a quem? Se me permite perguntar. Não para nós, com certeza, você não poderia ter tanta sorte.

– Não sei. Poderia ser para os soviéticos, ou até para os americanos. Ela fez questão de não me contar.

– Nem mesmo na cama.

– Sim, nem mesmo lá.

– Então, bom para ela – disse Brown. – Bolcheviques, essa gente?

– Não acho que sejam. Não do tipo stalinista, em todo caso. Tratase mais de atos de consciência, contra um regime maligno. E, quem quer que tenham encontrado para receber o que roubavam, provavelmente foi por acaso; alguém, algum diplomata talvez, que lograram conhecer.

– Ou que tramou para conhecê-los, ouso dizer.

– Provavelmente. Alguém que acertou na mosca.

– Serei franco com você, Weisz. Se foi pega pela Gestapo, não há muito que possamos fazer. Não há possibilidade de que ela seja cidadã britânica, há?

– Não, ela é alemã. Húngara pelo lado do pai.

– Hum. – Brown desviou o rosto e olhou pela janela. Após um momento, disse: – Supomos que seja um comitê de alguma espécie, que produz o seu jornal. Falou com eles?

– Falei. Estão prontos para fazer o que vocês pedirem.

– E você?

– Eu sou a favor.

– Vai entrar?

– Entrarei no projeto, sim.

– "Entrarei no projeto", ele diz. Não, Weisz, entrar *na Itália*. Ou Lane não se deu ao trabalho de lhe contar essa parte do acordo?

Você está louco. Porém, Weisz estava encurralado.

– Na verdade, não. Isso é parte do plano?

– Este *é* o maldito plano, meu chapa. É o seu disfarce que queremos.

Weisz respirou fundo.

– Se vocês me ajudarem, farei o que quer que digam.

– Condições?

Brown, os olhos gelados, deixou a palavra pairando no ar.

Dê a resposta certa. Weisz sentiu um músculo retesar no canto do olho.

– Não é uma condição, mas...

– Você sabe o que está pedindo? O que está buscando é uma *operação*, você tem alguma idéia do que isso envolve? Não é nada como "o bom e velho Weisz, vamos dar uma passadinha em Berlim e surrupiar sua gatinha dos nazistas". Serão necessárias reuniões sobre isso, em Londres, e se por alguma razão absurda resolvermos minimamente *tentar*, você será nosso. Doravante. Gosta desta palavra? Eu pessoalmente gosto bastante. Ela conta uma história.

– Fechado – disse Weisz.

Entre dentes, Brown murmurou: "Que chateação." Em seguida, dirigindo-se a Weisz:

– Muito bem, anote isto. – Ele esperou enquanto Weisz sacava caneta e bloco. – O que quero de você, hoje, na sua caligrafia, é tudo que sabe sobre ela. O nome, nome de solteira, se casou. Uma descrição física muito precisa: altura, peso, o que veste, como penteia o cabelo. E todas as fotografias que tiver, e isso significa *todas* as fotografias. Todos os endereços dela, onde mora, onde trabalha, e os números de telefone. Onde faz compras, se você sabe, e quando faz compras. Onde janta, ou almoça, nomes dos criados, e os nomes de quaisquer amigos que ela já tenha mencionado, e os endereços deles. Os pais, quem são, onde moram. E alguma frase íntima entre vocês dois, "meu pudinzinho de maçã", esse tipo de coisa.

– Não tenho nenhuma fotografia.

– Não, é lógico que não teria...

– Devo entregar isto a Kolb, hoje à noite?

– Não, escreva "Sra. Day" num envelope e deixe na recepção do Bristol. Antes do meio-dia, está claro?

– Estará lá.

Brown, muitas vezes acossado pelas súbitas surpresas da vida, balançou a cabeça. Em seguida, resignação em sua voz, disse:

– Andrew.

O motorista sabia o que isso significava, deslizou o táxi entre o trânsito até chegar ao ponto e parou. Brown se inclinou por sobre Weisz e abriu a porta.

– Nós o manteremos informado – disse ele. – E, enquanto isso, é melhor terminar seu trabalho com Ferrara.

Weisz se dirigiu para o escritório, ansioso para escrever o que Brown solicitara. E igualmente ansioso para dar uma olhada nos despachos da noite anterior, mas não havia mais notícias sobre a rede de espionagem de Berlim. Por um instante, persuadiu-se de que esse era um pretexto razoável para telefonar para Eric Wolf, depois reconheceu que não era, a menos que Delahanty pedisse. Delahanty não pediu, embora Weisz tivesse mencionado. Em vez disso, Delahanty lhe disse para estar no trem de uma hora para Orléans, onde o presidente de um banco fugira da cidade com sua namorada de 17 anos e uma substancial porção do dinheiro de seus correntistas. Partiu para o Taiti, diziam os boatos, e não para uma reunião em Bruxelas, como anunciara no banco. Weisz trabalhou duro por uma hora, escrevendo tudo que sabia sobre a vida de Christa e, em seu caminho de volta ao Dauphine para fazer a mala, parou no Bristol.

Quando Weisz retornou a Paris, ao meio-dia de 9 de junho, havia problemas no escritório.

– Por favor, vá até a sala de Monsieur Delahanty imediatamente – disse a secretária, um brilho malicioso no olhar. Há muito suspeitava que Weisz estava envolvido em alguma tramóia, e agora, ao que parecia, ela estava certa e ele receberia seu corretivo.

Mas ela estava errada. Weisz se sentou na cadeira do visitante, do outro lado da mesa de Delahanty, que ficou de pé e fechou a porta de sua sala, e depois piscou para ele.

– Eu realmente tinha algumas dúvidas a seu respeito, rapaz – disse ele, voltando para sua mesa –, mas agora tudo está claro.

Weisz ficou desconcertado.

– Não, não diga nada, não precisa. Não tenho culpa, não é mesmo? Todo esse sobe e desce, esse vaivém. Perguntei a mim mesmo, o que diabos está acontecendo com ele? Os emigrados estão sempre armando alguma coisa, é a opinião comum, mas o trabalho precisa ter prioridade. E não estou dizendo que não teve, quase sempre teve, desde que você começou aqui. Você tem sido confiável e exato, nos horários, nas histórias, e nenhum absurdo nos relatórios de despesas. Mesmo assim, bem, eu não sabia o que estava acontecendo.

– E agora sabe?

– Fiquei sabendo do topo, rapaz, o mais alto possível. *Sir* Roderick e sua trupe, bem, se há uma coisa que eles valorizam é o patriotismo, o velho rugido do velho leão britânico. Ora, sei que você não vai tirar vantagem disso, porque eu realmente preciso de você, preciso ter as matérias, todo dia, ou não há departamento, mas se você precisar, ahn, *desaparecer* de vez em quando, é só dizer. Pelo amor de Deus, não suma simplesmente das minhas vistas, mas uma palavra basta. Estamos orgulhosos de você, Carlo. Agora dê o fora daqui e me escreva um resumo de sua pauta de Orléans, aquele banqueiro safado e sua namorada safada. Temos uma foto dela, do jornaleco local, está em sua mesa. Uma coisinha dissimulada num vestido de crisma, nada menos que isso, com um puto buquê em sua mãozinha fogosa. Vai fundo, rapaz. Taiti. Gauguin! Sarongues!

Weisz levantou-se para sair, e então, enquanto abria a porta, Delahanty disse:

– Ah, e quanto àquele outro negócio, não vou mencioná-lo novamente. Exceto para dizer boa sorte, e tome cuidado.

Em algum lugar, Weisz pensou, nos bastidores de sua vida, alguém moveu uma peça.

10 de junho, 21h50, Hotel Tournon.

> É algo que jamais quero viver novamente, mas que fez de mim irmão de cada alma da Europa que vê o mundo através do arame farpado, e há milhares deles, não importa o quanto seus governos tentem negar. Minha boa sorte me trouxe amigos, que asseguraram minha soltura, e que me ajudaram a começar vida nova na cidade onde escrevo estas linhas. É uma boa cidade, uma cidade livre, onde o povo valoriza sua liberdade, e tudo que desejo a vocês, às pessoas de todos os lugares da Europa, de todos os lugares do mundo, é que possam, um dia, compartilhar essa preciosa liberdade.

Não será fácil. Os tiranos são fortes, e ficam mais fortes a cada dia. Mas acontecerá, acreditem. E, o que quer que façam, para onde quer que se voltem, estarei lá, a seu lado. Ou alguém como eu – há mais de nós do que imaginam, estamos ali no fim da rua, ou na cidade vizinha, prontos para lutar pelo que acreditamos. Lutamos pela Espanha, e vocês sabem o que aconteceu por lá, nós perdemos a guerra. Mas não perdemos a esperança e, quando a próxima luta chegar, estaremos lá. E quanto a mim pessoalmente, não desistirei. Continuarei sendo, como o fui durante todos esses anos, um soldado da liberdade.

Weisz acendeu um cigarro e se recostou na cadeira. Ferrara deu a volta e leu o texto por sobre seu ombro.

– Gostei – disse. – Então, acabamos?

– Eles vão querer mudanças – disse Weisz. – Mas estão lendo as páginas todas as noites, portanto eu diria que está bem perto do que estão procurando.

Ferrara afagou o ombro de Weisz.

– Nunca pensei que escreveria um livro.

– Bem, agora você escreveu.

– Deveríamos tomar um drinque, para comemorar.

– Talvez tomemos, quando Kolb aparecer.

Ferrara olhou para o seu relógio, era novo, de ouro, e muito chamativo.

– Ele geralmente chega às onze.

Desceram até o café que ficava abaixo do nível da rua, outrora uma adega do Tournon. Estava escuro e quase deserto no interior, com apenas um cliente, meia taça de vinho junto ao cotovelo, escrevendo em folhas de papel amarelo.

– Ele está sempre aqui – disse Ferrara.

Pediram conhaques no bar e se sentaram nas mesas surradas, a madeira manchada e marcada por queimaduras de cigarro.

– O que vai fazer, agora que o livro está terminado? – perguntou Weisz.

– Difícil dizer. Querem que eu faça uma série de palestras, depois que o livro for lançado. Na Inglaterra, talvez na América.

– Não é incomum, para um livro como este.

– Posso dizer a verdade, Carlo? Você guardaria um segredo?

– Vá em frente. Não conto tudo a eles.

– Não vou fazer.

– Não?

– Não quero ser um soldadinho de brinquedo deles. Não sou assim.

– Não, mas é uma boa causa.

– Realmente é, mas não para mim. Tentando ler um discurso, para algum grupo de igreja...

– Então, o quê?

– Irina e eu vamos embora. Os pais dela são emigrados em Belgrado, diz ela que podemos ir para lá.

– Brown não se importa com ela, acho que você sabe disso.

– Ela é minha vida. Fazemos amor a noite toda.

– Bem, eles não vão gostar disso.

– Vamos simplesmente desaparecer. Não vou para a Inglaterra. Se houver uma guerra, irei para a Itália, travar meu combate lá, nas montanhas.

Weisz prometeu não contar a Kolb, ou Brown, e quando desejou boa sorte a Ferrara, foi sincero. Beberam durante algum tempo e, em seguida, pouco antes das onze, voltaram para o quarto enfumaçado. Naquela noite, Kolb foi rápido. Quando leu o final, disse:

– Belas palavras. Muito inspiradoras.

– Avise-me – disse Weisz – sobre quaisquer mudanças.

– Eles estão realmente com pressa agora, não sei o que deu neles, mas duvido que tomem muito mais do seu tempo. – Sua voz se tornou confidencial e ele disse: – Você poderia sair por um momento?

No corredor, Kolb disse:

– O sr. Brown me pediu para lhe dizer que temos notícias sobre sua amiga, de nosso pessoal em Berlim. Ela não está detida, ainda. Por enquanto, eles a estão vigiando. De perto. Deduzi que nosso pessoal manteve distância, mas a vigilância está a postos; eles sabem identificar o andar da carruagem. Portanto, fique longe dela, e *não* tente usar o telefone. – Fez um pausa e em seguida disse, com preocupação em sua voz: – Espero que ela saiba o que está fazendo.

Por um momento, Weisz não pôde falar. Por fim, conseguiu dizer "obrigado".

– Ela está em perigo, Weisz, é melhor que você esteja ciente disso. E não estará segura até que encontre um meio de sair de lá.

Durante os dias seguintes, silêncio. Foi até Le Havre para uma pauta da Reuters, fez o que tinha de fazer e voltou. A cada toque do telefone no escritório, a cada anoitecer em que parava na recepção do Dauphine, a esperança brotava dentro dele e depois evaporava. Tudo que podia fazer era esperar, e nunca tinha percebido o quão inadequadamente fazia isso. Passava os dias, e particularmente as noites, preocupado com Christa, com Brown, com a viagem à Itália – um vaivém, e nada que pudesse fazer quanto a qualquer dessas questões.

Então, na alta manhã do dia 14, Pompon telefonou. Weisz deveria estar na *Sûreté* às três e meia da tarde. Ou seja, mais uma vez na Sala 10. Contudo, nada de Pompon desta vez, somente Guerin.

– O inspetor Pompon está reunindo os dossiês – explicou. – Entretanto, enquanto esperamos, há algo que precisamos esclarecer. O senhor omitiu os nomes de seu comitê editorial, e nós respeitamos isso, é um instinto honrado, mas agora, para seguir adiante na investigação, precisaremos entrevistá-los, para ajudar na identificação. É do interesse deles, Monsieur Weisz, para a segurança deles assim como para a sua. – Deslizou um bloco e um lápis na direção de Weisz. – Por favor.

Weisz escreveu os nomes de Véronique e Elena e acrescentou os endereços da galeria e do quarto de Elena.

– Estas são aquelas que estiveram em contato – disse Weisz, em seguida explicando que Véronique não tinha nada a ver com o *Liberazione.*

Pompon apareceu alguns minutos depois, com dossiês e um espesso envelope.

– Não vamos segurá-lo por muito tempo hoje, simplesmente queremos que veja algumas fotografias. Tome seu tempo, estude os rostos, e diga-nos se reconhece algum deles.

Ele tirou uma ampliação 20x25 do envelope e entregou a Weisz. Ninguém que já tivesse visto. Um homem pálido, cerca de 40 anos, de constituição robusta, com cabelo cortado rente, fotografado de perfil enquanto caminhava numa rua, uma foto tirada de certa distância. Enquanto Weisz examinava a fotografia, ele viu a porta do número 62 do boulevard de Strasbourg no canto esquerdo da imagem.

– Reconhece o homem? – perguntou Pompon.

– Não, nunca o vi.

– Talvez de passagem – disse Guerin. – Numa rua em algum lugar. No metrô?

Weisz se esforçou, mas não se lembrava de jamais ter visto o homem. Era este que queriam especialmente?

– Acho que nunca o vi – disse Weisz.

– E ela? – perguntou Pompon.

Uma mulher atraente, passando por uma barraca numa feira. Vestia um terno elegante e um chapéu com uma aba que obscurecia um lado de seu rosto. Fora captada num passo largo, provavelmente caminhando rápido, a expressão absorta e determinada. Na mão esquerda, uma aliança. *O rosto do inimigo.* Mas ela parecia tão lugar-comum, em meio a qualquer que fosse a vida que vivia, que por um simples acaso incluía um emprego na polícia secreta italiana, cujo trabalho consistia em destruir certas pessoas.

– Não reconheço – disse Weisz.

– E este sujeito?

Não era uma fotografia clandestina desta vez, mas uma foto policial; rosto de frente e de perfil, com um número de identificação no peito, sob o nome Jozef Vadic. Jovem e brutal, pensou Weisz. Um assassino. Seus olhos brilhavam em desafio – os *flics* poderiam tirar sua foto o quanto quisessem, ele faria como queria, porque era a coisa certa a fazer.

– Nunca o vi – disse Weisz. – Melhor que não tenha visto, eu diria.

– Verdade – disse Guerin.

Esperando pela próxima fotografia, Weisz pensou, *onde está o homem que tentou entrar no meu quarto no Dauphine?*

– E este? – perguntou Pompon.

Weisz sabia quem era este. Rosto marcado de um lado, bigode de Errol Flynn, embora deste ângulo não pudesse ver a pena na faixa do chapéu. Fora fotografado sentado numa cadeira num parque, pernas cruzadas, muito à vontade, mãos entrelaçadas no colo. Esperando, pensou Weisz, que alguém saísse de um edifício ou restaurante. E era bom em esperar, talvez devaneando sobre algo de que gostava. E – lembrou-se das palavras de Véronique – havia um certo ar em seu rosto que bem poderia ser descrito como "almofadinha, e dissimulado".

– Creio que este é o homem que interrogou minha amiga, proprietária da galeria de arte – disse Weisz.

– Ela terá sua chance de identificá-lo – disse Guerin.

Weisz também conhecia o próximo. Mais uma vez, a fotografia foi tirada com a entrada do número 62, boulevard de Strasbourg no cenário. Era Zerba, o historiador de arte de Siena. Cabelos louros, bastante bonito, seguro de si, não muito abalado pelo mundo. Weisz procurou ter certeza. Não, não estava errado.

– O nome deste homem é Michele Zerba – disse Weisz. – É um ex-professor de história da arte da Universidade de Siena, que emigrou para Paris há alguns anos. É membro do comitê editorial do *Liberazione*.

Weisz empurrou a fotografia de volta pela mesa.

Guerin achou graça.

– Você deveria ver sua cara – disse.

Weisz acendeu um cigarro e puxou um cinzeiro em sua direção – um cinzeiro de uma cafeteria, provavelmente do café próximo à *Sûreté*.

– E conseqüentemente – disse Pompon, sua voz animada pela vitória –, um espião da OVRA. Como vocês chamam? Um *confidente*?

– Essa é a palavra.

– Nunca teria suspeitado... – disse Guerin, como se fosse Weisz.

– Não.

– Assim é a vida. – Guerin deu de ombros. – Ele não faz o tipo, você acha.

– Há um tipo?

– Se fosse comigo, eu diria que sim; com o tempo, você aprende a farejar. Mas, com sua experiência, eu diria que não.

– O que acontecerá com ele?

Guerin pensou a respeito.

– Se tudo que ele fez foi informar sobre o comitê, não muito. A lei que ele violou, não traia seus amigos, não está nos livros. Não fez mais do que tentar ajudar o governo de seu país. Talvez fazê-lo na França não seja tecnicamente legal, mas não é possível associar isso ao homicídio de Madame LaCroix, a menos que alguém confesse. E, acredite, essa gente não confessará. Provavelmente, na pior das hipóteses, nós o mandaremos de volta à Itália. De volta a seus amigos, e eles lhe darão uma medalha.

Pompon disse:

– Escreve-se *Z, e, r, b, a*?

– Exato.

– Siena tem dois "n"? Nunca consigo lembrar.

– Um – disse Weisz.

Havia mais três fotografias: uma mulher atarracada com cabelos louros, trançados em coques em cada lado da cabeça, e dois homens, um deles de aparência eslava, o outro mais velho, com um lânguido bigode branco. Weisz jamais vira qualquer um deles. Enquanto Pompon inseria as fotografias de volta no envelope, Weisz disse:

– O que farão com eles?

– Vigiaremos – disse Guerin. – Vamos dar uma olhada no escritório, à noite. Se pudermos pegá-los com documentos, se estão espionando a França, irão para a cadeia. Mas novos agentes serão enviados, para outra empresa falsa, em algum outro Arrondissement. Quanto ao homem que se fez passar por inspetor da *Sûreté*, este *irá* para a prisão, por um ou dois anos. Eventualmente.

– E Zerba? O que devemos fazer com relação a ele?

– Nada! – disse Guerin. Não diga uma palavra. Ele continuará indo às suas reuniões, enviando seus relatórios. Até que encerremos nossa investigação. E, Weisz, façam-me um favor e não o matem, certo?

– Não vamos matá-lo.

– Verdade? – disse Guerin. – Eu mataria.

Mais tarde naquele dia, encontrou Salamone nos jardins do Palais Royal. Era uma tarde nublada e cálida, chuva iminente, e estavam sozinhos, andando pelas trilhas marginadas por arbustos baixos e canteiros de flores. Salamone parecia velho e extenuado para Weisz. O colarinho de sua camisa estava largo em seu pescoço, havia sombras sob seus olhos, e, enquanto andava, enterrava a ponta de seu guarda-chuva fechado na trilha de cascalho.

Weisz contou que tinha sido convocado, mais cedo naquele dia, à *Sûreté*.

– Eles tiraram fotografias – disse ele. – Secretamente. Das pessoas conectadas à Agence Photo-Mondiale. Algumas delas tiradas em vários lugares na cidade, outras de pessoas entrando ou saindo do edifício.

– Conseguiu identificar alguém?

– Sim, um. Era Zerba.

Salamone estacou e se virou para encarar Weisz, sua expressão misturando asco e descrença.

– Está certo disso?

– Sim. Triste dizer.

Salamone correu a mão pelo rosto, Weisz pensou que ele fosse chorar. Em seguida, ele respirou fundo e disse:

– Eu sabia.

Weisz não acreditou.

– Eu sabia, mas ao mesmo tempo não sabia. Quando começamos a nos reunir com Elena e mais ninguém, foi porque comecei a desconfiar que um de nós estava trabalhando para a OVRA. Acontece, a todos os grupos de emigrados por aqui.

– Não podemos fazer nada – disse Weisz. – Foi o que eles disseram: não podemos revelar que sabemos. Talvez o mandem de volta à Itália.

Voltaram a caminhar, Salamone golpeando o chão com seu guarda-chuva.

– Ele deveria estar flutuando no Sena.

– Está preparado para fazer isso, Arturo?

– Talvez. Não sei. Provavelmente não.

– Se isso acabar um dia, e os fascistas se forem, vamos dar o troco, na Itália. Em todo caso, deveríamos comemorar, porque isso significa que o *Liberazione* voltará à vida. Dentro de uma semana, um mês, a *Sûreté* terá concluído seu trabalho e estas pessoas não nos importunarão mais, não *estas* pessoas.

– Outras, talvez.

– É provável. Eles não vão desistir. Mas nós também não, e agora nossas tiragens serão maiores, e a distribuição mais ampla. Talvez não pareça, mas isso é uma vitória.

– Comprada pelo dinheiro britânico, e submissa à pretensa ajuda deles.

Weisz concordou.

– Inevitável. Somos pessoas sem posses, Arturo, e é isso que acontece.

Caminharam em silêncio por um instante, e Weisz disse em seguida:

– E eles me pediram para ir à Itália, para organizar a expansão.

– Quando pediram isso?

– Há alguns dias.

– E você disse sim.

– Disse. Você não pode ir, então irei eu, e vou precisar de tudo que você tenha: nomes, endereços.

– O que tenho são umas poucas pessoas em Gênova, pessoas que conheci quando vivia lá, dois ou três expedidores marítimos, trabalhávamos na mesma empresa; um número de telefone de Matteo, do departamento gráfico do *Il Secolo*; alguns contatos em Roma e Milão, que escaparam às prisões de *giellisti* de alguns anos atrás. Mas, no fim das contas, não é muito. Você sabe como funciona; amigos, e amigos de amigos.

– Sim, eu sei. Simplesmente terei de fazer o melhor que puder. E os britânicos têm seus próprios recursos.

– Você confia neles, Carlo?

– Nem um pouco.

– E mesmo assim vai fazer isso, essa coisa perigosíssima.

– Vou.

– Os *confidenti* estão por todo lado, Carlo. Todo lado.

– Estão, evidentemente.

– De coração, você acredita que vai voltar?

– Vou tentar. Mas se não voltar, que seja.

Salamone tentou responder, mas se deteve. Como sempre, seu rosto mostrava tudo que sentia – era a coisa mais triste que havia, perder um amigo. Após um momento, com um suspiro na voz, ele disse:

– Bem, quando parte?

– Não me dirão quando, ou como, mas precisarei de suas informações o mais rápido possível. No hotel. Hoje, se você conseguir.

Continuaram caminhando, até a arcada que limitava o jardim, e viraram em outra trilha. Durante algum tempo não falaram, o silêncio rompido apenas pelos pardais e pelo som dos passos no cascalho. Salamone parecia perdido em seus pensamentos, mas, por fim, só pôde balançar a cabeça muito lentamente e murmurar, mais para si mesmo e para o mundo do que para Weisz:

– Ahh, que merda.

– Sim – disse Weisz. – E isso serve de epitáfio.

Apertaram-se as mãos e disseram até logo, e Salamone desejou boa sorte, afastando-se depois em direção ao metrô. Weisz o observou até que ele desapareceu sob a arcada que levava à rua. Talvez, pensou, jamais visse Salamone novamente. Permaneceu no jardim por algum tempo, caminhando nas trilhas, as mãos enterradas nos bolsos da capa de chuva. Enquanto algumas gotas de chuva tamborilaram, ele pensou *aí vem ela*, e entrou sob a arcada coberta, em frente à vitrine de uma chapelaria com dúzias de criações alucinadamente excêntricas penduradas no cabideiro – penas de pavão e lantejoulas vermelhas, chapéus-coco de cetim, medalhões dourados. As nuvens rolavam e adejavam sobre o jardim, mas não houve mais chuva. E, como acontecia com freqüência, ele se surpreendeu com o quanto amava esta cidade.

17 de junho, 10h40.

Uma reunião final com o sr. Brown, em algum bar no fim de uma ruela perdida do Marais.

– O tempo urge – disse Brown –, portanto precisaremos de algumas fotos para o passaporte: deixe-as no Bristol amanhã.

Ditou em seguida uma lista de nomes, números e endereços, que Weisz anotou num bloco. Quando terminou, disse:

– Você vai guardar tudo de cabeça, claro. E destruir suas anotações.

Weisz concordou.

– Nada pessoal vai com você, e, se tem roupas compradas na Itália, use-as. Caso contrário, corte fora as etiquetas francesas.

Weisz assentiu.

– O que importa é que vejam você, lá na Itália, você estará em cena a cada minuto. Pois significará muito, para as pessoas que têm de fazer o serviço e se colocar na linha de risco, que você tenha sido corajoso o bastante para voltar. Bem embaixo do nariz de Mussolini, esse tipo de coisa. Alguma pergunta?

– Ouviu algo mais sobre minha amiga em Berlim?

Não era o gênero de pergunta que Brown tinha em mente, e ele demonstrou.

– Não se preocupe com isso, estamos cuidando do caso, concentre-se apenas no que tem de fazer agora.

– Está certo.

– É importante, a concentração. Se você não está atento ao lugar onde está, e com quem está, a cada minuto, algo poderia dar errado. E nós não queremos isso, queremos?

20 de junho, Hotel Dauphine.

Ao raiar do dia, uma batida na porta. Weisz falou:

– Um minuto – e vestiu um par de calções. Quando abriu a porta, S. Kolb sorria para ele. Kolb tocou o chapéu em cumprimento e disse:

– Linda manhã. Um dia perfeito para viajar.

Como diabos ele chegou até aqui?

– Entre – disse Weisz, esfregando os olhos.

Kolb apoiou uma pasta sobre a cama, destravou os fechos e abriu a tampa. Em seguida, olhou para dentro e disse:

– O que temos aqui? Uma pessoa nova em folha! Ora, quem poderia ser? Aqui está o passaporte dele, um passaporte italiano. Aliás, um homem sempre deve tentar lembrar seu próprio nome. Muito embaraçoso, em postos de fronteira, não saber seu próprio nome. Passível de provocar suspeitas, embora eu deva dizer que dá para sobreviver. Oh, e veja aqui, *documentos.* De todos os tipos, até mesmo um... – Kolb afastou o documento de si, o gesto típico da hipermetropia – um *libretto di lavoro*, uma carteira de trabalho. E onde trabalha nossa pessoa? Ele é uma autoridade do *Istituto per la Ricostruzione Industriale*, o IRI. Ora, em nome de Deus, o que *isso* faz? Entrevista banqueiros, compra ações, transfere o dinheiro público para a indústria privada, uma agência crucial para o planejamento econômico fascista. Entretanto, o mais importante, ele emprega nosso cavalheiro recém-nascido como um soberano burocrata, de poder desconhecido, e portanto assustador. Não há um único policial na Itália que não empalidecerá na presença de um tão vertiginoso status, e nosso gentil-homem passará voando pelos controles rodoviários numa velocidade que desprenderá fogo de seu traseiro. Ora, nosso garoto não apenas tem documentos, eles estão devidamente carimbados, e *envelhecidos.* Dobrados e redobrados. Weisz, tenho que dizer que levei um tempo pensando nesse trabalho. Quer dizer, eles nunca dizem quem faz isso, dobrar e redobrar, mas alguém tem que fazer. O que mais? Oh, veja, dinheiro! E um monte de dinheiro, milhares e milhares de liras, nosso cavalheiro é rico, carregado. Algo mais aqui? Hum, acho que isso é tudo. Não, espere, um último item, quase esqueci. Uma passagem de primeira classe para Marselha! Para hoje! Às dez e meia! Bem, por acaso é uma passagem só de ida, mas não fique nervoso por isso. Quer dizer, nosso homem não gostaria de carregar uma passagem de trem francesa no bolso: nunca se sabe, você puxa seu lenço e opa! Por isso, quando voltar para Marselha, você simplesmente comprará uma passagem a Paris, e aí celebraremos um trabalho bem-feito. Comentários? Perguntas? Palavrões?

– Nenhuma pergunta. – Weisz alisou os cabelos para trás e procurou pelos óculos. – Você já fez isso antes, não?

Um sorriso melancólico de Kolb.

– Muitas vezes. Muitas, muitas vezes.

– Agradeço pelo toque de humor.

Kolb fez uma certa cara: *deveria mesmo.*

22 de junho, Porto Vecchio, Gênova.

O cargueiro grego *Hydraios*, bandeira panamenha hasteada, atracou no porto de Gênova pouco antes da meia-noite. Zarpando com lastro de Marselha, escalado para buscar cargas de linho, vinho e mármore, o navio levava um tripulante extra. Quando a tripulação correu pela prancha de embarque abaixo, rindo e gracejando, Weisz estava no meio da multidão, junto ao segundo imediato, que o buscara no porto de Marselha. A maior parte da tripulação era grega, mas alguns deles sabiam algumas palavras de italiano, e um deles chamou o fiscal de passaportes adormecido na entrada de um galpão de cargas.

– Ei! Nunzio! *Hai cuccato?* Andou transando?

Nunzio fez um certo gesto na região entre suas pernas, que constituía resposta afirmativa.

– *Tutti avanti!* – cantarolou, chamando-os com um aceno, carimbando cada passaporte sem fazer mais do que olhar para o dono. O segundo imediato poderia ter nascido em qualquer lugar, mas falava inglês de marinheiro mercante, suficiente para dizer:

– Nós cuidaremos de Nunzio. Portanto, não temos problema no porto.

Por algum tempo, Weisz simplesmente ficou ali parado, sozinho no cais, enquanto a tripulação desaparecia subindo um lance de escadas de pedra. Quando se foram, tudo era silêncio, somente o zumbido de um farol, uma nuvem de mariposas flutuando em seu toldo de metal, e o bater do mar contra o cais. O ar noturno era morno, um calor familiar, suave na pele, e perfumado com os aromas da decomposição – pedras e drenos úmidos, pântanos de musgos na maré baixa.

Weisz nunca estivera aqui, mas se sentia em casa.

Acreditou que estava sozinho, exceto por alguns gatos vagueando, contudo, percebia agora que não. Havia um Fiat estacionado na porta de um depósito fechado, e uma jovem no banco do carona o observava. Quando ele encontrou os olhos dela, ela moveu a cabeça em reconhecimento. O carro se afastou em seguida, lentamente, chacoalhando sobre o empedramento do cais. Um instante depois, os sinos da igreja começaram a badalar, alguns próximos, outros à distância. Era meia-noite, e Weisz se pôs a caminho para encontrar a via Corvino.

Os *vicoli*, que era como os genoveses chamavam o quarteirão atrás do porto, "os becos". Todos arcaicos – mercadores aventureiros zarpavam daqui desde o século XIII –, estreitos e íngremes. Eles galgavam o morro, tornavam-se alamedas marginadas por altos muros cobertos de hera, dobravam em pontes, depois em ruas feitas de degraus, com uma pequena estátua de um santo num côncavo aqui e ali, para que os perdidos pudessem rezar por orientação. E Carlo Weisz estava completamente perdido. Em certo ponto, absolutamente desencorajado, sentou-se apenas na soleira de uma porta e acendeu um Nazionale – graças a Kolb, que atirou alguns maços dos cigarros italianos na valise enquanto Weisz fazia as malas. Recostado na porta, olhou para cima: sob um céu sem estrelas, um prédio de apartamentos inclinava-se sobre a rua, janelas abertas na noite de junho e, de uma delas, ouvia-se um ritmo uniforme de roncos longos, lamentosos. Quando ele terminou o cigarro e ficou de pé, jogou o paletó sobre o ombro e voltou à busca. Decidiu que seguiria até o amanhecer, e aí desistiria e voltaria para a França, uma nota de pé de página na história da espionagem.

Marchando ao longo de um beco, transpirando no ar morno da noite, ouviu passos se aproximando quando alguém virou uma esquina à sua frente. Dois policiais. Não havia onde se esconder, então disse a si mesmo para lembrar que seu nome agora era Carlo *Marino*, enquanto seus dedos involuntariamente se certificavam da presença do passaporte no bolso da calça.

– Boa noite – disse um dos guardas. – Está perdido?

Weisz admitiu que estava.

– Para onde está indo?

– Para a via Corvino.

– Ah, essa é difícil. Mas volte por este beco até o final, vire à esquerda subindo o morro, cruze a ponte, e depois esquerda novamente. Siga a curva, não desista, você chegará em Corvino, terá que procurar pela placa, com letras em relevo entalhadas na pedra da esquina do prédio.

– *Grazie.*

– *Prego.*

Neste momento, quando o policial recomeçou a andar, algo cintilou em sua mente – Weisz viu em seus olhos. *Quem é você?* Ele hesitou, tocou a aba de seu quepe, a saudação cortês, e se afastou pelo beco seguido por seu parceiro.

Seguindo suas instruções – muito melhor que aquelas que memorizou, ou pensou ter memorizado –, Weisz encontrou a rua, e o prédio de apartamentos. E a grande chave estava, como prometido, numa saliência acima da entrada. Em seguida, subiu três lances de escadas de mármore, seus passos ecoando na escuridão, e, no alto da terceira porta à direita, encontrou a chave do apartamento. Usou a chave, entrou e esperou. Silêncio profundo. Acendeu seu isqueiro, viu um abajur na mesa do vestíbulo e o ligou. O abajur tinha uma antiquada cúpula de cetim com longas borlas, assim como tudo o mais era antiquado no apartamento – mobília bulbosa coberta de veludo desbotado, cortinas de cor creme amareladas pelo tempo, rachaduras repintadas na parede. Quem mora aqui? Quem *morou* aqui? Brown descreveu o apartamento como "vazio", mas era mais que vazio. Havia uma imobilidade desconfortável, uma ausência, no ar parado do local. Numa alta estante de livros, três espaços. Ou seja, levaram consigo aqueles livros. E quadrados pálidos nas paredes outrora tinham sido lar de pinturas. Vendidas? Aquelas pessoas, seriam *fuorusciti* – aqueles que fugiram? Para a França? Brasil? Estados Unidos? Ou para a prisão? Ou para o cemitério?

Agora tinha sede. Numa parede da cozinha, um telefone ancestral. Levantou o fone, mas ouviu apenas silêncio. Pegou uma caneca de uma cristaleira abarrotada com boa porcelana e virou a torneira. Nada. Esperou, e logo resolveu fechá-la, mas ouviu um assobio distante seguido de um estertor, e então, alguns segundos depois, um filete de água turva jorrou na pia. Encheu a caneca, deixou que algumas partículas se depositassem no fundo e tomou um gole. A água tinha gosto de metal, mas ele bebeu de qualquer maneira. Levando a caneca, foi até os fundos do apartamento, ao quarto maior, onde uma colcha felpuda fora cuidadosamente esticada sobre um colchão de penas. Tirou as roupas, rastejou sob a colcha e, exausto da tensão, da jornada, do retorno do exílio, desmaiou de sono.

Pela manhã, saiu para encontrar um telefone. O sol penetrava nos becos, canários engaiolados eram instalados nos parapeitos das janelas, rádios tocavam, e, nas pequenas *piazzas*, o povo era como ele recordava – a sombra que se abatera sobre Berlim não caíra aqui. *Ainda não.* Havia, talvez, mais cartazes colados nas paredes, zombando dos franceses e ingleses. Num deles, um inchado John Bull e uma arrogante Marianne – personagens-símbolo de Inglaterra e França respectivamente – passeavam juntos numa charrete, com rodas que esmagavam o pobre povo da Itália. E, quando parou para olhar a vitrine de uma livraria, viu-se fitando o embaraçoso calendário fascista, determinado por Mussolini a ter início com sua ascensão ao poder em 1922, sendo, portanto, a data deste dia *23 Giugno, Anno XVII.* Mesmo assim, o proprietário escolheu exibir aquele absurdo na vitrine, ao lado da autobiografia de Mussolini, e isso, para Weisz, dizia algo sobre a tenacidade do personagem nacional. Recordou-se do sr. Lane, na noite do encontro em Passy, divertido e perplexo, à maneira da alta classe, pela idéia de que poderia haver fascismo na Itália.

Weisz encontrou uma cafeteria aberta, tomou café, leu o jornal – em geral esportes, atrizes, uma cerimônia de inauguração de uma nova rede de esgotos – e em seguida usou o telefone público junto ao banheiro. O número de Matteo no *Il Secolo* tocou por um longo tempo. Quando por fim atenderam, ele pôde ouvir engrenagens, máquinas de impressão trabalhando ao fundo, e o homem no outro lado da linha teve de gritar.

– *Pronto?*

– Matteo está por aí?

– Quê?

Weisz tentou outra vez, mais alto. No café, um garçom olhou para ele.

– Vai levar um minuto. Não desligue.

Finalmente, uma voz disse:

– Sim? Quem é?

– Um amigo, de Paris. Do jornal.

– O quê? De onde?

– Sou amigo de Arturo Salamone.

– Oh. Você não deveria me ligar aqui, sabe? Onde está?

– Em Gênova. Onde podemos nos encontrar?

– Só à noite.

– *Onde*, eu perguntei.

Matteo pensou a respeito.

– Há uma casa de vinhos na via Caffaro, chama-se Enoteca Carenna. Fica lotada.

– Às sete?

– Talvez mais tarde. Só espere por mim. Leia uma revista, a *Illustrazione*, assim vou reconhecer você.

Tratava-se da *Illustrazione Italiana*, a versão italiana da revista *Life*.

– Então até lá.

Weisz desligou, mas não voltou para sua mesa. De Paris, ele não podia telefonar para sua família – as linhas internacionais eram notoriamente grampeadas, e a regra para os emigrados era: não tente, você colocará sua família em apuros. Mas agora ele podia. Precisaria de uma telefonista para chamar para fora de Gênova e, quando ela atendeu, ele deu o número de Trieste. O telefone tocou repetidamente – ele pôde ouvir. Por fim, ela disse:

– Sinto muito, Signore, mas não atendem.

23 de junho, 18h50.

A casa de vinhos na via Caffaro era muito popular – clientes nas mesas e no bar, o resto preenchendo cada espaço disponível, alguns na rua. Mas, com o tempo, um perspicaz Weisz viu sua chance, pegou uma mesa desocupada, pediu uma garrafa de Chianti e dois copos e se instalou com sua revista. Leu duas vezes, e já estava na terceira quando Matteo apareceu dizendo:

– Foi você quem ligou? – Na casa dos 40, ele era um homem alto e ossudo, com cabelos louros e orelhas salientes.

Weisz respondeu que sim, Matteo fez um cumprimento de cabeça, olhou em torno no salão e se sentou. Enquanto servia o Chianti, Weisz disse:

– Eu me chamo Carlo, sou editor do *Liberazione* desde o assassinato de Bottini.

Matteo o fitava.

– E escrevo sob o pseudônimo Palestrina.

– Você é o Palestrina?

– Sou.

– Gosto do que escreve. – Matteo acendeu um cigarro e apagou o palito de fósforo. – Alguns dos outros...

– *Salute.*

– *Salute.*

– Isso que você está fazendo pelo jornal – disse Weisz. – Somos gratos por isso. O comitê me pediu que lhe agradecesse.

Matteo deu de ombros, mas não se incomodou com o agradecimento.

– *Alguma coisa* tem que ser feita – disse ele. Em seguida: – O que há, com você? Quer dizer, se você é quem diz ser, que diabos está fazendo aqui?

– Estou aqui em segredo, e não ficarei por muito tempo. Mas eu tinha que falar com você, em pessoa, e com outros também.

Matteo estava desconfiado e demonstrou.

– Estamos mudando. Queremos imprimir mais cópias. Agora que Mussolini foi para a cama com seus coleguinhas nazistas...

– Isso não aconteceu da noite para o dia, sabe como é. Há um lugar onde almoçamos, perto do *Secolo*, logo ali nesta mesma rua. Há alguns meses apareceram três alemães, de repente. Uniformes da SS, a caveira e tudo o mais. Uns canalhas arrogantes, é como se fossem donos do lugar.

– Esse pode ser o futuro, Matteo.

– Suponho que sim. Os *cazzi* locais já são suficientemente maus, mas isso...

Weisz, seguindo os olhos de Matteo, viu dois homens de preto rindo entre si, de pé nas proximidades, com broches fascistas nas lapelas. Havia algo sutilmente agressivo no modo como ocupavam o espaço, no modo como se moviam, e em suas vozes. Este era basicamente um bar de operários, mas eles não se importavam, beberiam em qualquer lugar que lhes aprouvesse.

– Você acha que é possível? – perguntou Weisz. – Uma tiragem maior?

– Maior. Quantos?

– Talvez 20 mil.

– *Porca miseria!*

Eram cópias demais.

– Não no *Il Secolo*. Tenho um amigo no andar de cima, que não mantém uma contabilidade tão boa do gasto de papel-jornal, mas um número assim...

– E se nós providenciássemos o papel?

Matteo balançou a cabeça.

– Muito tempo, muita tinta. Não posso fazer isso.

– E os amigos? Outros impressores?

– É claro que conheço alguns rapazes. Do sindicato. Do que *costumava* ser o sindicato.

Mussolini destruiu os sindicatos, e Weisz percebeu que Matteo o odiava por isso. Impressores eram considerados, por si mesmos e pela maior parte do mundo, como os aristocratas do ramo, e eles não gostavam de ser acossados.

– Mas, não sei, 20 mil...

– Poderiam ser feitas em outras gráficas?

– Talvez em Roma, ou Milão, mas não aqui. Tenho um camarada no *Giornale di Genova*, o diário do partido fascista, e ele poderia arranjar outras 2 mil cópias, e arranjaria, pode acreditar. Mas é tudo que poderíamos fazer em Gênova.

– Teremos de achar outra maneira – disse Weisz.

– Sempre há uma maneira.

Matteo parou de falar quando um dos homens de broche na lapela passou diante deles para se reabastecer no bar.

– Sempre há um jeito de fazer qualquer coisa. Veja os vermelhos, nas docas e nos estaleiros. A *questura*, a polícia local, não mexe com eles, alguém acabaria com a cabeça quebrada. Eles espalham seu jornal por todo lado, distribuem panfletos, colam cartazes. E todo mundo sabe quem são. É claro, uma vez que a polícia secreta aparece, a OVRA, tudo acaba. Porém, um mês depois, estão de volta à ativa.

– Poderíamos ter nossa própria gráfica?

Matteo estava impressionado.

– Quer dizer prensas, papel, tudo?

Por que não?

– Não abertamente – disse Matteo.

– Não.

– Você teria que ser muito astuto quanto a isso. Não poderia ter caminhões estacionando na porta.

– Talvez um caminhão, à noite, vez por outra. O jornal sai a cada duas semanas aproximadamente, um caminhão estaciona, pega 2 mil cópias, leva até Roma. Em seguida, duas noites depois, até Milão, ou Veneza, ou qualquer lugar. Imprimiremos à noite, você poderia fazer um pouco, e seus amigos, os rapazes do sindicato, poderiam fazer o resto.

– Foi o que fizeram em 1935. Contudo, estão todos na prisão agora, ou foram mandados para os campos nas ilhas.

– Pense no assunto – disse Weisz. – Como fazê-lo, como não ser pego. E eu ligo para você dentro de um ou dois dias. Podemos nos encontrar aqui, outra vez?

Matteo respondeu que sim.

24 de junho, 22h15.

Era preciso encontrar Grassone durante seu horário de trabalho – à noite. E as ruas escuras à direita da *piazza* Caricamento faziam o Décimo Arrondissement parecer um colégio de freiras. Passando pelos chacais plantados nas soleiras das portas, Weisz desejou, sinceramente, ter uma arma no bolso. Da *piazza*, podia ver os navios no porto, incluindo o *Hydraios*, iluminado por holofotes enquanto sua carga era embarcada, e programado para zarpar para Marselha dentro de quatro noites, com Weisz a bordo. Quer dizer, se conseguisse chegar até o escritório de Grassone. E, se conseguisse sair.

O escritório de Grassone era um quarto, três por três. *Spedzionare Genovese* – Transportadora Genovesa – na porta, calendário pornô na parede, janela gradeada com vista para um tubo de ar, dois telefones numa mesa, e Grassone numa cadeira de escritório com rodinhas. Grassone era um apelido, significava "gordão", e ele facilmente fazia jus ao nome – quando pôs a barra na porta e voltou para sua mesa, Weisz se lembrou de um velho chiste, *anda como dois porcos trepando embaixo de um cobertor*. Mais novo do que Weisz esperava, tinha o rosto de um querubim maligno, com olhos brilhantes e astutos fixados num mundo que nunca gostou dele. Numa análise mais detalhada, ele era tão largo quanto gordo, largo na linha dos ombros, e forte nos antebraços. Um lutador, pensou Weisz. E se alguém tivesse alguma dúvida, notaria imediatamente a linha branca de uma cicatriz que ia de um lado ao outro do pescoço, sob seu queixo duplo. Aparentemente, alguém cortara sua garganta, mas aqui estava ele, igualmente aparente. Nas palavras do sr. Brown, "nosso camarada do mercado negro de Gênova".

– Pois bem, o que vai ser? – disse ele, mãos rosadas entrelaçadas sobre a mesa.

– Pode conseguir papel? Papel-jornal, em grandes rolos?

Isso o divertiu.

– Se posso, ah, você ficaria surpreso. Papel-jornal? Claro, por que não. – *Só isso?*

– Vamos precisar de um fornecimento regular.

– Sem problema. Contanto que pague. Está começando um jornal?

– Podemos pagar. Quanto custaria?

– Isso eu não sei dizer, mas saberei amanhã à noite.

Reclinou-se em sua cadeira, que não ficou satisfeita e guinchou.

– Já experimentou isto? – Abriu uma gaveta e rolou uma bola preta sobre a mesa. – Ópio. Fresquinho da China.

Weisz girou a bolinha pegajosa em seus dedos e depois devolveu, embora sempre tivesse sentido curiosidade.

– Não obrigado, hoje não.

– Não gosta de bons sonhos? – perguntou Grassone, guardando a bola de volta na gaveta. – Então, o quê?

– Papel-jornal, um fornecimento confiável.

– Oh, eu sou confiável, sr. X. Pergunte por aí, vão lhe dizer, você pode contar com Grassone. A regra aqui nas docas é: o que entra num caminhão, passa. Eu só estava pensando que, já que você fez essa viagem, talvez quisesse uma coisinha a mais. Presuntos de Parma? Lucky Strikes? Não? Então quem sabe uma arma? São tempos difíceis, todo mundo anda nervoso. Você está um pouco nervoso, sr. X, se me permite dizer. Talvez o que precise é de uma automática, uma Beretta, vai caber direitinho no seu bolso, e o preço é bom, o melhor de Gênova.

– Você disse amanhã à noite, o preço do papel?

Grassone assentiu.

– Passe por aqui. Você quer rolos grandes, talvez precise de um caminhão.

– Talvez – disse Weisz, levantando-se para sair. – Vejo você amanhã à noite.

– Estarei aqui – respondeu Grassone.

De volta à via Corvino, Weisz tinha tempo demais para pensar – assombrado pelos fantasmas do apartamento, atormentado por visões de Christa em Berlim. E igualmente atormentado por um telefonema que teria de fazer pela manhã. Entretanto, se o *Liberazione* quisesse ter sua própria gráfica, havia um contato que ele precisaria fazer antes de ir embora, um contato sobre o qual tinha sido avisado. "Não, a menos que seja absolutamente necessário", dissera Brown. Era um homem conhecido como Emil, que, segundo Brown, podia lidar "com qualquer coisa que precise ser feita *muito* silenciosamente". Bem, depois de sua conversa com Matteo, *era* necessário, e teria de discar o número que memorizara. Não era um nome italiano, Emil, poderia ser de qualquer lugar. Ou talvez fosse um pseudônimo, ou um codinome.

Agitado, Weisz vagava de quarto em quarto; armários cheios de roupas, gavetas vazias na escrivaninha. Nenhuma fotografia, nada pessoal em lugar algum. Não conseguia ler, não conseguia dormir, e o que queria fazer era sair, fugir do apartamento, mesmo sendo mais de meia-noite. Pelo menos, lá fora na rua, existia vida. Que lhe pareceu estar seguindo como sempre. O fascismo era poderoso e estava por todo lado, mas as pessoas agüentavam, dobravam-se com o vento, improvisavam, em surdina, e esperavam por tempos melhores. *Aah, mais um governo podre, e daí.* Não eram todos assim; Matteo não era, as moças que distribuíam os jornais não eram, e Weisz também não. Contudo, pela forma como ele sentia a cidade, nada havia mudado realmente – o lema nacional ainda era *faça o que tem de fazer, mantenha a boca fechada, guarde seus segredos.* Assim seguia a vida por aqui, não importando quem governava. As pessoas falavam com os olhos, com pequenos gestos. Dois amigos encontravam um terceiro, e um sinalizaria ao outro: olhos fechados, um sutil e rápido menear de cabeça. *Não confie nele.*

Weisz entrou na cozinha, na sala de leitura, finalmente no quarto. Acendeu a luz, deitou-se na colcha e esperou que a noite passasse.

Ao meio-dia, ligou para casa novamente, e desta vez sua mãe atendeu.

– Sou eu – disse ele, e ela engasgou. Mas ela não perguntou onde ele estava, e não disse seu nome. Uma conversa tensa, breve: seu pai se aposentou, discretamente, assinando o juramento de lealdade do professor com relutância, mas sem criar caso a respeito. Viviam agora da pensão dele, e do dinheiro da família dela, graças a Deus.

– Não falamos no telefone hoje em dia – ela lhe disse, um aviso. E, um minuto depois, disse que sentia imensas saudades e se despediu.

No café, Weisz bebeu um Strega, e depois outro. Talvez não devesse ter ligado, pensou, mas provavelmente passou despercebido. Acreditava que tinha passado, tinha esperanças. Terminado o segundo Strega, ele puxou o número de Emil em sua memória e voltou ao telefone. Uma jovem, estrangeira, mas fluente em italiano genovês, atendeu imediatamente e perguntou quem era ele.

– Um amigo de Cesare – disse Weisz, como o sr. Brown o instruíra.

– Espere na linha – disse ela.

De acordo com o relógio de Weisz, ela levou mais de três minutos para voltar ao telefone. Ele deveria encontrar Signor Emil na estação ferroviária de Brignole, na plataforma da linha 12, às 5h10 daquela tarde.

– Leve um livro – disse ela. – Que gravata usará?

Weisz olhou para baixo.

– Azul com risca de cor prata – respondeu.

Ela então desligou.

Às cinco, a Stazione Brignole enxameou de viajantes – todo mundo de Roma viera à Gênova, onde empurravam e acotovelavam a população de Gênova que tentava pegar o trem das 5h10 para Roma. Weisz, segurando uma cópia de *L'Imbroglio*, os contos de Moravia, foi arrastado na multidão até que um viajante que se aproximava acenou para ele e depois sorriu, tão feliz em vê-lo, e pegou seu cotovelo.

– Como vai Cesare? – perguntou Emil. – Você o tem visto ultimamente?

– Nunca o vi na minha vida.

– Bem – disse Emil –, vamos caminhar um pouco.

Ele era muito suave, e de idade indefinível, com o rosto corado do barbear recente – estava sempre recentemente barbeado, pensou Weisz –, um rosto sem expressão sob cabelos castanho-claros, penteados para trás a partir de uma testa alta. Seria tcheco? Sérvio? Russo? Falava italiano havia muito e lhe saía naturalmente, mas não era nativo, um ligeiro sotaque estrangeiro tocava suas palavras, sotaque de algum lugar a leste do Oder, mas, fora isso, Weisz não pôde distinguir. E havia algo nele – o exterior suave e inexpressivo com seu permanente sorriso – que o fazia lembrar Kolb. Eles eram, suspeitava, membros da mesma profissão.

– Em que posso ajudá-lo? – perguntou Emil.

Pararam diante de uma grande tabuleta onde um funcionário uniformizado da companhia ferroviária, de pé numa escada, escrevia horários e destinos a giz.

– Preciso de um lugar, um lugar quieto. Para instalar certo maquinário.

– Entendo. Por uma noite? Uma semana?

– Pelo máximo de tempo possível.

O telefone sobre uma mesa perto da escada tocou, e o funcionário escreveu o horário de partida do trem para Pavia, o que suscitou um murmúrio de aprovação, quase uma ovação, da multidão à espera.

– No campo, talvez – disse Emil. – Uma fazenda, isolada, privativa. Ou talvez um barracão em algum lugar, em algum dos distritos afastados, não na cidade, mas não exatamente no campo. Estamos falando de Gênova, não?

– Sim, estamos.

– O que quer dizer com maquinário?

– Máquinas de impressão.

– Ahh. – A voz de Emil se amornou, o tom afetuoso e nostálgico. Tinha boas lembranças de máquinas de impressão. – Bastante grandes, e nada silenciosas.

– Não, é um processo barulhento – disse Weisz.

Emil apertou os lábios, tentando pensar. Ao redor, dúzias de conversas; um sistema de alto-falantes emitindo anúncios que faziam cada um se virar para o vizinho, "O que ele disse?"; e os trens em si, o ribombar dos motores de locomotiva ecoando na cúpula da estação.

– Esse tipo de operação – disse Emil – deveria estar numa cidade. A menos que você esteja cogitando insurreição armada, e isto ainda não chegou até aqui. *Depois disto* é que se leva tudo para a zona rural.

– Seria melhor na cidade. As pessoas que vão operar as máquinas estão na cidade. Elas não podem estar se deslocando para as montanhas.

– Não, não podem. Lá para cima, você tem de lidar com os camponeses.

Para Emil, a palavra era simplesmente descritiva.

– Portanto, em Gênova – disse Weisz.

– Sim. Sei de uma possibilidade muito boa, provavelmente algumas outras me ocorrerão. Pode me dar um dia para trabalhar nisso?

– Não muito mais.

– Serve. – Ele não estava exatamente pronto para ir embora. – Máquinas de impressão – disse ele, como se estivesse dizendo *romance* ou *manhãs de verão*.

Ele era, evidentemente, um homem mais de armas e bombas, no curso normal de sua vida.

– Ligue para o número que tem. Amanhã, por volta desta hora. Haverá instruções para você. – Voltou-se e encarou Weisz: – Prazer em conhecê-lo. E por favor, tenha cuidado. A defesa de Estado em Roma está começando a se preocupar com Gênova. Como todos os cães, eles têm pulgas, mas, ultimamente, a pulga genovesa está começando a incomodá-los.

Certificou-se de que Weisz compreendera o que quis dizer, virou-se e, após alguns passos, desapareceu na multidão.

25 de junho.

Weisz achou seu caminho pelos becos do bairro da zona portuária, e chegou na sala de Grassone por volta das nove e meia.

– Signor X! – disse Grassone, abrindo a porta, e feliz em vê-lo. – Teve um bom dia?

– Não tão mau – disse Weisz.

– Pois prossegue – disse Grassone, instalando-se na cadeira de rodinhas. – Encontrei seu papel-jornal. Ele vem em carros fretados, da Alemanha. Que é onde estão as árvores.

– E o preço?

– Levei o que você disse ao pé da letra, sobre os grandes rolos. Eles põem o preço do negócio por tonelada métrica, e para você isso estaria na faixa de 1.400 liras por tonelada métrica. Quantos rolos eu não sei, mas isso deve mantê-lo abastecido, não? E batemos o preço local... ou o preço local de onde quer que vá imprimir.

Weisz pensou a respeito. Um terno masculino custava em torno de 400 liras, o aluguel de um apartamento barato custava 300 por mês. Presumia que estaria comprando por um preço de mercadoria roubada, e, mesmo com gordas comissões para Grassone e seus asseclas, ainda estaria conseguindo o papel-jornal por um preço abaixo do mercado.

– Isso é aceitável – disse ele.

Contando nos dedos, calculou o câmbio de liras para dólares, vinte para um, e depois em libras esterlinas a 5 dólares a libra. Certamente, ele pensou, o sr. Brown pagaria por isso.

Grassone o observava em ação.

– O resultado é bom?

– Sim. Muito bom. E, é claro, fica em segredo.

Grassone meneou um dedo polpudo.

– Não se preocupe com isso, Signor X. E, é claro, precisarei de um depósito.

Weisz pôs a mão no bolso e contou 700 liras. Grassone segurou uma das notas diante da luminária de mesa.

– Que mundo é este, em que estamos vivendo hoje em dia. Gente imprimindo dinheiro no porão.

– É verdadeiro – disse Weisz.

– De fato – disse Grassone, guardando o dinheiro em sua gaveta.

– Bem, não sei quando ou onde, poderia ser dentro de algumas semanas, mas a próxima coisa de que precisaremos é uma máquina de impressão, e uma máquina linotipo.

– Você tem uma lista? Tamanho? Marca e modelo?

– Não.

– Sabe onde me encontrar.

– Dentro de um ou dois dias, terei a lista.

– O senhor está com pressa, Signor X, não é? – Grassone se inclinou para a frente e achatou as mãos sobre a mesa. Weisz pôde ver que ele usava um anel de ouro com uma gema de rubi no dedo mindinho. – Meia Gênova vem aqui, e a outra metade vê meus concorrentes, e quase nada dá errado, porque cuidamos da polícia local, e são apenas negócios. Agora aqui está você, começando um jornal. Muito bem. Não nasci ontem, e não me interessa o que faz, mas, independentemente do que se trata, é passível de irritar as pessoas erradas, e não quero isso caindo na minha cabeça. Isso não vai acontecer, vai?

– Ninguém quer isso.

– Você me dá sua palavra?

– É sua – disse Weisz.

Foi uma longa caminhada de volta à via Corvino, trovões ribombando à distância, e relâmpagos no horizonte, sobre o Mar Lígure. Uma moça num casaco de couro entrou no passo dele enquanto Weisz cruzava a *piazza*. Numa voz morna, rascante, ela perguntou se ele gostava disto. Ou talvez daquilo? Queria ficar sozinho esta noite? Depois, no prédio de apartamentos, um velho casal passou por ele, descendo as escadas enquanto ele subia. O homem disse boa-noite, a mulher o examinou – quem era ele? Conheciam todo mundo por aqui, não o conheciam. De volta ao apartamento, cochilou, depois acordou subitamente, o coração disparado, de um sonho mau.

Pela manhã, o sol ia alto, e a vida pulsava plenamente nas ruas. O garçom no café já o conhecia, e o saudou como um cliente habitual. No jornal, La Spezia vencera Gênova, 2x1, um gol no minuto final. O garçom, lendo por cima do ombro de Weisz enquanto servia o café, disse que não valeu – gol de mão –, mas o árbitro estava comprado, todos na cidade sabiam.

Weisz telefonou para Matteo no *Il Secolo* e o encontrou uma hora depois num bar em frente ao jornal, onde tiveram a companhia de um amigo de Matteo do *Giornale* e de outro impressor. Weisz pagou café, pastéis e conhaque; o generoso visitante de fora, confiante e divertido. "Três macacos entram num bordel, o primeiro diz...", tudo muito relaxado e amigável – Weisz os chamava pelos nomes, perguntava sobre seus trabalhos.

– Teremos nossa própria gráfica – disse ele. – E bom equipamento. E se às vezes vocês precisarem de algumas liras no fim do mês, só precisam pedir.

Eles queriam saber se era seguro. Hoje em dia, disse Weisz, nada era seguro. Mas ele e seus amigos eram muito cuidadosos; não queriam que ninguém se metesse em apuros.

– Perguntem a Matteo – disse Weisz. – Nós mantemos as coisas em silêncio. Mas o povo da Itália precisa saber o que está acontecendo.

Caso contrário, os *fascisti* passarão incólumes com cada mentira que contavam, e eles não queriam isso, queriam? Não, não queriam. E Weisz percebeu que não queriam, sinceramente.

Depois que os amigos de Matteo deixaram o bar, Weisz escreveu uma lista do que seria preciso comprar de Grassone e depois disse que gostaria de conhecer o motorista do caminhão, Antonio.

– Ele transporta carvão no inverno, produz no verão – disse Matteo. – Faz uma viagem matutina para a costa, e está de volta à cidade por volta do meio-dia. Poderíamos vê-lo amanhã.

Weisz respondeu que meio-dia era uma boa hora, combinem onde, ele entraria em contato mais tarde naquele dia. Em seguida, depois que Matteo voltou para o trabalho, Weisz discou o número de Emil.

A jovem atendeu imediatamente.

– Estávamos esperando por seu telefonema – disse ela. – O senhor deverá encontrá-lo amanhã de manhã. Num bar chamado La Lanterna, em um dos becos, o *vico* San Giraldo, à direita da piazza dello Scalo, seguindo pelas docas. A hora é cinco e meia. Poderá estar lá?

Weisz respondeu que sim.

– Por que tão cedo? – perguntou ele.

Ela não respondeu imediatamente.

– Esse não é o costume de Emil, mas sim do homem que vocês encontrarão no La Lanterna, ele é dono do bar, ele é dono de muitas coisas em Gênova, mas é cuidadoso quanto a onde vai. E quando. Entendido?

– Sim. Cinco e meia, combinado.

Weisz ligou para Matteo depois das três – foi informado que encontrariam o motorista de caminhão ao meio-dia de amanhã, numa garagem no limite norte da cidade. Matteo lhe passou o endereço e disse:

– Você causou uma boa impressão nos meus amigos. Estão prontos para começar.

– Fico feliz – disse Weisz. – Se todos trabalharmos juntos, poderemos nos livrar desses calhordas.

Talvez, um dia, pensou ele, quando desligou o telefone. Contudo, o mais provável era que eles, todos eles, Grassone, Matteo e seus amigos, e todo o resto, acabassem na prisão. E seria culpa de Weisz. A alternativa era calar e esperar por tempos melhores, mas, desde 1922, tempos melhores não chegavam. E, Weisz pensou, se a OVRA não gostava do *Liberazione* no passado, agora gostaria menos ainda. Portanto, no fim das contas, quando a operação fosse delatada, ou qualquer que fosse a maneira pela qual desmoronasse, Weisz estaria, de um modo ou de outro, na cela mais próxima.

Naquela noite, ele levou a lista de equipamentos de Matteo para o escritório de Grassone e em seguida escalou morro acima em direção à via Corvino. *Mais dois dias*, pensou. Depois voltaria a Paris, tendo interpretado o papel que o sr. Brown escreveu para ele: uma aparição destemida, e alguns passos iniciais em direção à expansão do

Liberazione. Havia mais a ser feito – alguém teria de voltar aqui. Isso significava que Brown tinha outras pessoas que poderia acionar? Ou seria ele mesmo? Não sabia, e não ligava. Pois o que importava para ele agora era a esperança – e era muito mais do que esperança – de que uma vez que fizesse o que o sr. Brown queria, o sr. Brown faria, em Berlim, o que ele queria.

27 de junho, 5h20.

Na piazza dello Scalo, um alvorecer cinzento, garoando, pesada névoa marinha sobre a praça. E uma feira matutina. À medida que Weisz caminhava pela *piazza*, os feirantes armavam suas barracas, descarregando um exótico sortimento de carros e caminhões antigos; o peixeiro gracejava com seus vizinhos – duas mulheres arrumavam alcachofras, crianças levavam engradados, carregadores com carrinhos de mãos gritavam para que as pessoas saíssem do caminho, bandos de pombos e pardais nas árvores esperavam por sua parte do espólio da feira.

Weisz entrou no *vico* San Giraldo e, depois de passar direto uma vez, encontrou La Lanterna. Não havia nome na porta, mas uma tábua, pendendo de uma corrente enferrujada, exibia uma carcomida pintura de uma lanterna. Embaixo da placa, uma entrada baixa ligava a um túnel, e depois a uma sala longa e estreita, o chão negro de centenas de anos de sujeira, as paredes encardidas pela fumaça dos cigarros. Weisz circulou entre os clientes matutinos – vendedores de loja e estivadores em aventais de couro – até que avistou Emil. Que o chamou com um aceno, o permanente sorriso ampliando-se um pouco no rosto recém-barbeado. O homem a seu lado não sorria. Era alto e lúgubre, e muito moreno, com um bigode espesso e olhos aguçados. Usava terno de seda sem gravata, a camisa de cor chocolate abotoada até a garganta.

– Bom, chegou na hora – disse Emil. – E aqui está o nosso novo senhorio.

O homem o examinou de alto a baixo, cumprimentou brevemente com a cabeça, e então checou um extravagante relógio e disse:

– Ao trabalho. – Do bolso, ele retirou um grande molho de chaves, manuseando-as para encontrar a que queria. – Por aqui – disse, dirigindo-se para os fundos da taverna.

– É um bom lugar para você – Emil disse a Weisz. – Gente entrando e saindo, dias e noites inteiras. Existe desde... quando?

O senhorio deu de ombros.

– Há uma taverna neste local desde 1490, é o que dizem.

Nos fundos da sala, uma porta baixa feita de tábuas grossas. O senhorio a destrancou, depois se curvou sob o batente e esperou por Emil e Weisz. Quando atravessaram a porta, ela a trancou por dentro. Weisz imediatamente sentiu dificuldade de respirar, o ar era uma névoa ácida de vinho estragado.

– Antigamente era um depósito – disse Emil.

O senhorio pegou um lampião de querosene de um gancho na parede, acendeu-o e conduziu-os para baixo por um longo lance de escadas de pedra. As paredes brilhavam com a umidade, e Weisz podia ouvir os ratos quando eles disparavam em fuga. No pé da escada, um corredor – levaram quase um minuto para andar até o final – abria-se numa imensa galeria em cúpula, o teto feito de uma série de arcos, com barris de madeira enfileirados junto às paredes. O ar carregado de vinho era tão forte que Weisz teve de enxugar lágrimas dos olhos. Do arco central, uma lâmpada pendia de um fio. O senhorio esticou o braço e acendeu a luz, que lançou sombras nos blocos de pedra molhada.

– Está vendo? Nada de tochas para você – disse Emil, piscando para Weisz.

– Precisa ter eletricidade – disse Weisz.

– Instalaram luz aqui nos anos 20 – disse o senhorio.

De algum lugar atrás das paredes, Weisz podia ouvir o ritmado borbotar de água.

– Este lugar ainda está em uso? As pessoas descem até aqui?

Do senhorio, um estertor seco que passava por risada.

– O que quer que haja aí dentro – acenou com a cabeça na direção dos barris –, você não poderia beber.

– Há outra saída – disse Emil. – No final do corredor.

O senhorio olhou para Weisz e disse:

– Então?

– Quanto quer por ele?

– Seiscentas liras por mês. Você me paga adiantado, dois meses de uma vez. Depois pode fazer o que quiser.

Weisz pensou a respeito, em seguida enfiou a mão no bolso e começou a contar notas de cem liras. O senhorio lambeu o dedão e conferiu a soma enquanto Emil ficava ali, sorrindo, mãos nos bolsos. Depois, o senhorio abriu o anel do molho e entregou duas chaves a Weisz.

– Da taverna, e da outra entrada – disse. – Se precisar me encontrar, procure esse seu amigo aí, ele cuidará disso. – Apagou a luz, ergueu o lampião de querosene e disse: – Podemos sair pelo outro lado.

Fora da galeria, o corredor fazia uma curva brusca e se tornava um túnel, levando a uma escadaria que subia de volta ao nível da rua. O senhorio soprou o lampião, pendurou na parede, e destrancou um par de pesadas portas de ferro. Empurrou uma delas com o ombro, que rangeu ao abrir, revelando o pátio de uma oficina, coberto de jornais velhos e peças de máquina. No outro extremo do pátio, uma porta num muro de tijolos se abria para a piazza dello Scalo, onde as primeiras clientes da feira, mulheres carregando sacolas de pano, estavam atarefadas nas barracas.

O senhorio olhou para o céu e estreitou os olhos sob a garoa.

– Vejo você na próxima semana – disse a Emil, e cumprimentou Weisz com a cabeça.

Quando se virou para ir embora, um homem surgiu de uma porta e o agarrou pelo braço. Por um instante, Weisz congelou. *Corra.* Mas uma mão se fechou na gola de sua camisa e paletó, e uma voz disse:

– Venha comigo – Weisz girou e, com o antebraço, golpeou a mão do homem para longe de si. Viu Emil com o canto do olho, correndo a toda velocidade por uma passagem entre as barracas, e o senhorio lutando com um homem com metade de seu tamanho que tentava prender seu braço nas costas.

O homem que encarava Weisz era robusto, de rosto e olhos duros, um tira de algum tipo, com o cinto de um coldre de ombro que passava sob uma gravata florida cruzando o peito. Sacou uma pequena carteira e abriu-a com um piparote para revelar um distintivo, dizendo:

– Entende? – Tentou agarrar o braço de Weisz, que se esquivou, e que foi então estapeado numa das faces, e estapeado novamente na contravolta. O segundo tapa foi tão forte que seus pés saíram do chão, e ele cambaleou para trás e caiu sentado. – Vamos, dificulte a minha vida – disse o tira. Weisz rolou duas vezes e lutou para ficar de pé. Mas o tira era muito rápido, lançou uma perna e varreu os pés de Weisz do chão. Ele se estatelou, percebeu que viria muito mais pela frente, e tentou rastejar para baixo de uma barraca de feira. Das pessoas ao redor, um murmúrio crescente, sons amuados de raiva ou solidariedade ante a visão de um homem sendo surrado.

O rosto do tira tornou-se vermelho vivo. Empurrou uma velhinha para fora do caminho e depois esticou o braço, agarrou Weisz pelo tornozelo e começou a puxá-lo.

– Saia daí – disse entre dentes. Quando Weisz estava sendo arrastado para fora da barraca, uma alcachofra quicou na testa no tira. Alarmado, ele soltou Weisz e deu um passo para trás. Uma cenoura passou voando junto a sua orelha, e ele ergueu a mão para se proteger de um morango, enquanto outra alcachofra o acertava no ombro. De algum lugar atrás de Weisz, uma voz de mulher:

– Deixe-o em paz, Pazzo, seu filho-da-puta.

Evidentemente, eles conheciam esse tira e não gostavam dele. Ele puxou um revólver, apontou para a esquerda e depois virou para a direita, provocando um grito:

– Sim, vá em frente e atire em nós, seu puto miserável.

O fuzilamento aumentou: três ou quatro ovos, um punhado de sardinhas, mais alcachofras – em sua época e baratas naquele dia –, uma alface, e por fim algumas cebolas. O policial apontou a arma para o céu e disparou dois tiros.

Os feirantes não se intimidaram. Weisz viu uma mulher num avental ensangüentado, da barraca de carne de porco, mergulhando um garfo de cabo longo num balde e lancetando uma orelha de porco, que atirou no policial usando o garfo como catapulta. O tira recuou até o limite da piazza, abaixo de uma velha pensão arqueada. Ele pôs dois dedos na boca e emitiu um assobio agudo. Mas ninguém apareceu, seu parceiro estava ocupado com o senhorio, e, quando a primeira bacia d'água voou de uma janela e se esparramou a seus pés, ele se virou e, com um olhar selvagem por cima do ombro, *Não esquecerei isto*, deixou a *piazza*.

Weisz, o rosto queimando, ainda estava embaixo da barraca. Quando começou a rastejar para fora, uma mulher imensa, usando uma rede de cabelo e um avental, acorreu em sua direção, seus óculos, presos numa corrente em torno do pescoço, quicando a cada passo. Ela ofereceu a mão, Weisz a pegou, e ela o pôs de pé sem esforço.

– É melhor você dar o fora daqui – disse a mulher, a voz quase um sussurro. – Eles voltarão. Tem algum lugar para ir?

Weisz respondeu que não – pressentiu perigo na idéia de retornar à via Corvino.

– Então venha comigo.

Eles correram através de uma fileira de barracas e deixaram a *piazza*, entrando nos *vicoli*.

– Aquele canalha prenderia a própria mãe – disse a mulher.

– Para onde estamos indo?

– Você verá.

Ela parou de repente, segurou-o pelos ombros e o virou para que pudesse ver seu rosto.

– O que você fez? Não parece um criminoso. Você é um criminoso?

– Não, não sou um criminoso.

– Ah, não achei que fosse.

Ela o pegou pelo cotovelo e disse:

– *Avanti!* – Caminharam o mais rápido que ela podia, ofegando enquanto subiam o morro.

A igreja de Santa Brígida não era esplêndida ou ancestral, fora construída em estuque, num bairro pobre, um século antes. No interior, a feirante se pôs num joelho, fez o sinal-da-cruz, caminhou pelo passadiço e desapareceu por uma porta atrás do altar. Weisz se sentou no fundo. Havia muito que não entrava numa igreja, mas se sentia seguro naquele momento, na agradável penumbra tocada pelo incenso. Quando a mulher reapareceu, um jovem padre a seguia pelo passadiço. Ela se inclinou sobre Weisz e disse:

– Padre Marco vai cuidar de você. – Apertou-lhe a mão – *seja forte* – e seguiu seu caminho.

Quando ela se foi, o padre conduziu Weisz à sacristia e depois a um pequeno escritório.

– Ela é uma boa alma, Angelina – disse ele. – Está com problemas?

Weisz não sabia exatamente como responder a isso. Padre Marco foi paciente e esperou.

– Sim, com alguns problemas, padre. – Weisz arriscou: – Problemas políticos.

O padre assentiu, isso não era novidade.

– Precisa de lugar para ficar?

– Até amanhã à noite. Depois sairei da cidade.

– Até amanhã à noite é possível administrar. – Ele estava aliviado. – Você pode dormir naquele sofá.

– Obrigado – disse Weisz.

– Que tipo de política?

Pelo modo como falava e ouvia, Weisz pressentiu que esse não era um típico pároco. Era um intelectual, destinado a ascender na igreja ou ser banido para algum distrito remoto – das duas, uma.

– Políticas liberais – respondeu ele. – Políticas antifascistas.

Nos olhos do padre, aprovação e uma ponta de inveja. *Se a vida tivesse sido diferente...*

– Vou ajudá-lo de todas as maneiras que puder – disse ele. – E você pode me fazer companhia no jantar.

– Eu gostaria disso, padre.

– Você não é o primeiro que me trazem. É um velho costume, santuário. – Levantou-se, olhou para um relógio na mesa e disse: – Tenho de rezar a missa. Você é bem-vindo a participar, se é o seu costume.

– Há muito que não – disse Weisz.

O padre sorriu.

– Também ouço isso com freqüência, mas faça como quiser.

Weisz saiu uma vez, durante a tarde, e caminhou até um posto dos correios, onde usou o telefone para ligar para o número de contato de Emil. Tocou por um longo tempo, mas a mulher não atendeu. Ele não fazia idéia do que aquilo significava, e nenhuma idéia do que acontecera na *piazza*. Suspeitava que tinha sido, no caso dele, um acidente – estava com a pessoa errada no momento errado, o senhorio avistado e denunciado quando entrou no bairro. Pelo quê? Weisz não fazia idéia. Mas esta não era a OVRA, eles teriam chegado lá em peso. É claro, havia uma remota possibilidade de que tivesse sido traído – por Emil, por Grassone, ou por alguém da via Corvino. Mas não tinha importância, ele zarparia no *Hydraios* no dia seguinte, à meia-noite, e, no devido tempo, caberia ao sr. Brown desvendar as coisas.

•

28 de junho, 22h30.

Sentado na borda de uma fonte seca, no alto da escadaria que descia ao cais, Weisz podia ver o *Hydraios*. Ainda estava amarrado no ancoradouro, mas uma fina coluna de fumaça se desgarrava de suas chaminés enquanto acumulava vapor, preparado para zarpar à meia-noite. Podia ver, também, o galpão do lado oposto ao ancoradouro, e Nunzio, o fiscal alfandegário das tripulações dos navios mercantes, sua cadeira inclinada para trás, encostada na mesa onde processava documentos. Muito relaxado, Nunzio, seu trabalho noturno um emprego tranqüilo, passando o tempo ociosamente esta noite, com dois policiais uniformizados, um encostado na porta do galpão, o outro sentado num engradado.

Weisz também podia ver a tripulação do *Hydraios* retornando de sua liberdade em Gênova. Saíram em grupo, na noite em que o navio aportou, mas agora retornavam, um pouco mais desleixados, em duplas e trios. Weisz observava enquanto três dos marinheiros se aproximavam do galpão; dois deles carregando um terceiro com os braços em torno de seus ombros, que ocasionalmente se aventurava em alguns passos, às vezes perdendo a consciência, as pontas dos sapatos trombando nos paralelepípedos enquanto era rebocado pelo caminho.

Na mesa, os dois marinheiros apresentaram seus passaportes, e em seguida um momento constrangedor, procuraram pelos documentos do amigo, por fim encontrando-os enfiados no bolso de trás das calças. Nunzio riu, e os policiais o acompanharam. Como estaria a cabeça daquele homem pela manhã!

Nunzio pegou o passaporte do primeiro marinheiro, abriu-o sobre a mesa e olhou para cima e para baixo, duas vezes, a ação de um homem comparando uma fotografia com um rosto. Sim, era ele mesmo. Nunzio prensou seu carimbo de porto-e-data meticulosamente sobre uma almofada de tinta e então bateu-o enfaticamente no passaporte. Enquanto trabalhava, um dos policiais deu a volta na mesa e, olhando por sobre o ombro de Nunzio, deu uma examinada. Só para ter certeza, sempre é válido.

23h. Os sinos da igreja tocaram. 23h20. Uma confusão de marinheiros se dirigiu ao *Hydraios*, apressando-se para subir a bordo, dois ou três oficiais entre eles. Dez minutos depois, o segundo imediato apareceu, fazendo hora, perambulando ao longo do cais, esperando por Weisz para passá-lo através do controle de passaporte. Por fim desistiu, juntou-se à aglomeração na mesa e, olhando para trás em direção ao porto pela última vez, subiu a rampa.

Weisz não se moveu. Ele não era um marujo mercante, ele era, segundo seu *libretto di lavoro*, uma importante autoridade. Por que estaria viajando para Marselha num cargueiro grego? Às 23h55, um profundo toque da sirene do navio ecoou pela costa, e dois marinheiros giraram a manivela que trazia a rampa para o convés, enquanto outros, ajudados por um estivador, puxavam as cordas que haviam atado o navio ao ancoradouro.

Por fim, à meia-noite, com mais um lamento da sirene, o *Hydraios* rumou vagarosamente para o mar.

7 de julho.

Uma cálida noite de verão em Portofino.

Paraíso. Sob o terraço do Hotel Splendido, luzes bruxuleavam no porto, e, quando a brisa soprava a favor, a música das festas nos iates chegava adejando pela encosta. No salão de jogos, turistas britânicos jogavam bridge. Na piscina, três moças americanas estendiam-se em espreguiçadeiras, bebendo Negronis e seriamente considerando a possibilidade de *nunca* voltar para Wellesley. Na piscina, sua amiga flutuava languidamente, movia as mãos de vez em quando para não afundar, olhava as estrelas e sonhava em estar apaixonada. Bem, sonhava em fazer o que as pessoas faziam quando estavam apaixonadas. Um beijo, uma carícia, outro beijo. *Outra carícia.* Duas vezes ele dançara com ela, na noite anterior: gentil, cortês, seus olhos, suas mãos, seu sotaque italiano com uma nota britânica. "Poderia me dar a honra desta dança?" Oh sim. E, na última noite dela em Portofino, ele poderia ter um pouco mais, Carlo poderia, *Car-lo*, se quisesse.

Eles conversaram por um tempo, depois de dançar, passeando pelo terraço à luz de velas junto ao bar. Conversaram despreocupadamente, sobre isso e aquilo. Porém, quando ela disse que estava indo embora para Gênova, onde ela e as amigas zarpariam para Nova York num navio de linha italiano, ele pareceu perder o interesse, e a íntima pergunta nunca foi feita. E agora, ela voltaria para Cos Cob, Connecticut, voltaria – *intacta.* Ainda assim, nada poderia impedi-la de sonhar com ele: suas mãos, seus olhos, *seus lábios.*

•

Era verdade, ele perdera o interesse, quando soube que ela não chegara em Portofino num iate. Não que ela não fosse atraente. Ele podia vê-la lá embaixo quando olhou pela janela, uma estrela branca na água azul, e, se tivesse acontecido há alguns anos... Mas não aconteceu.

Depois que o *Hydraios* zarpou sem ele, Weisz passou a noite na estação ferroviária de Brignole, depois pegou o primeiro trem para a costa, em direção ao balneário de Santa Margherita. Lá ele comprou uma valise, as melhores roupas de veraneio que pôde encontrar – blazer, calças brancas, camisas-pólo de mangas curtas. Ah, gastou dinheiro como água, e que lição Kolbística isso provou ser! Em seguida, após a compra de lâmina e sabão de barbear, e uma escova de dentes e todo o resto, ele fez a mala e pegou um táxi – não havia trem – para Portofino, ao Hotel Splendido.

Muitos quartos naquele verão, alguns dos hóspedes habituais não viajariam para a Itália, naquele verão. Uma sorte para Weisz, e na manhã em que chegou, trocou de roupa e embarcou em sua campanha: uma presença na piscina, no bar, no chá da tarde no salão; loquaz, encantador, o sujeito mais agradável que se possa imaginar. Tentou com os britânicos, participando desta e daquela festa fora dos iates, mas não quiseram nada com ele – desencorajar estrangeiros insinuantes era uma habilidade aprendida desde cedo, nas escolas públicas, pelo tipo de gente que vinha a Portofino.

E ele começava a desesperar, começava a considerar uma viagem à vila de pescadores próxima – barcos de bom tamanho, pescadores pobres – quando descobriu a festa dos dinamarqueses e seu efusivo líder. "Pode me chamar de Sven!" Que jantar! Mesa para 12 – seis dinamarqueses e seus novos amigos de hotel – garrafas de champanhe, risos, piscadelas e referências sorrateiras às folias noturnas a bordo do *Ambrosia*, o iate de Sven. Foi a esposa de Sven, cabelos alvos e estonteante, que finalmente disse, em seu lento inglês escandinavo, as palavras mágicas:

– Mas nós precisamos encontrar um jeito de vê-lo mais vezes, meu querido, pois quinta-feira zarparemos para Saint-Tropez.

– Talvez eu simplesmente deva ir com vocês.

– Oh Carlo, você poderia?

Weisz contemplou a vista pela última vez, postou-se diante do espelho e penteou os cabelos. Esta seria a última noite dos dinamarqueses em Portofino, e o jantar certamente seria elaborado e barulhento. Uma olhada final no espelho, uma esfregadela nas lapelas, e rumo à guerra.

Foi como ele imaginara – champanhe, linguado grelhado, conhaque, e grande amabilidade ao redor da mesa. Contudo, Weisz pegou o anfitrião olhando-o, mais de uma vez, alguma pergunta à espreita no fundo de sua mente. Sven era jovial e muito divertido, mas na superfície. Ganhara seu dinheiro com minas de chumbo na África do Sul, não era nenhum tolo e, Weisz pressentiu, percebera seu jogo. Assim, após o conhaque, Sven sugeriu que a companhia se reunisse no bar, enquanto ele e seu amigo Carlo disputariam a sós uma prometida partida de bilhar.

E assim fizeram – os ângulos do rosto de Sven delineados pela luz sobre a mesa na escurecida sala de bilhar. Weisz fez o seu melhor, mas Sven era um bom jogador e movia, com a ponta do taco, as contas do marcador pelo fio de cobre quando o placar aumentava.

– Pois então, meu caro, virá conosco a Saint-Tropez?

– Eu realmente gostaria muito.

– Estou vendo. Mas, você pode deixar a Itália tão facilmente? Não é necessário, ahn, algum tipo de permissão?

– Verdade. Mas não consegui obtê-la.

– Não? Que chateação... Por que não?

– Sven, preciso sair deste país. Minha mulher e meus filhos foram para a França há dois meses, e agora eu preciso encontrá-los.

– Sair, sem permissão.

– Sim. Em segredo.

Sven se inclinou sobre a mesa, correu o taco sobre o fancho e mandou a bola rolando facilmente sobre o feltro até que ela bateu contra a lateral acolchoada e se chocou levemente contra a bola vermelha e a outra branca. Em seguida, esticou o braço e registrou o ponto.

– Será uma guerra podre, quando chegar. Você acha que a evitará na França?

– Talvez eu consiga – disse Weisz, passando giz na ponta de seu taco. – Ou talvez não. Mas, de qualquer maneira, não posso lutar no lado errado.

– Bom – disse Sven. – Admiro isso. Então talvez venhamos a ser aliados.

– Talvez sejamos, embora eu tenha esperanças de que não chegue a esse ponto.

– Mantenha as esperanças, Carlo, faz bem à alma. Zarpamos às nove.

5 de julho. Berlim.

Como ele odiava estes horríveis nazistas de merda! Olhe só aquele, plantado na esquina como se não desse a mínima para o mundo. Baixinho e atarracado, cor de carne, com lábios borrachudos e a cara de um bebê depravado. De vez em quando ele perambulava ao longo da rua, depois voltava, sempre mantendo os olhos na entrada no departamento do *Bund Deutscher Mädchen*, a divisão das adolescentes da Juventude Hitlerista. Vigiando, e não fazendo nenhum segredo disto, Christa von Schirren.

S. Kolb, no banco de trás de um táxi, estava a ponto de desistir. Encontrava-se em Berlim há dias, e não conseguia chegar perto dela. As sentinelas da Gestapo estavam por toda parte – em carros, portarias, furgões de entregas. Certamente estavam grampeando seu telefone e lendo sua correspondência e a pegariam quando lhes conviesse. Por enquanto eles esperavam, já que talvez, só talvez, um dos outros conspiradores caísse em desespero, saísse da toca e tentasse contatá-la. E, Kolb podia ver, ela sabia exatamente o que estava acontecendo. Era uma vez uma aristocrata segura de si, toda confiante, mas não mais. Agora havia profundas sombras sob seus olhos, e seu rosto estava pálido e encovado.

Bem, ele próprio não estava em melhor forma. Assustado, entediado, e cansado – a condição clássica do espião. Estava em ação desde 29 de junho, quando passou a noite em Marselha, esperando por Weisz. Porém, quando a tripulação do *Hydraios* deixou o cargueiro, nem sombra dele. E, de acordo com o segundo imediato, o navio saiu de Gênova sem ele.

– Desapareceu – disse o sr. Brown quando Kolb telefonou. – Talvez a OVRA o tenha agarrado, nunca saberemos.

Uma pena, mas vida que segue. Em seguida, Brown lhe disse que ele teria de ir a Berlim para resgatar a namorada. Isso era necessário?

– Nossa parte do acordo – disse Brown, do conforto de seu hotel em Paris. – E ela pode ser útil, nunca se sabe.

Ele teria alguma ajuda em Berlim, Brown lhe disse, o SSI estava à míngua por lá, à míngua por todo lado, mas o adido naval na embaixada tinha um motorista de táxi que ele poderia usar.

Era Klemens, ex-comunista e lutador de rua nos anos 20, com cicatrizes para provar, agora descansando seu peso no volante do táxi e acendendo seu décimo cigarro da manhã.

– Estamos sentados há muito tempo, sabe? – disse ele, fitando os olhos de Kolb pelo retrovisor.

Cale a boca, seu macaco.

– Podemos esperar um pouco mais, acho.

Eles esperaram, dez minutos, outros cinco. Em seguida, um ônibus encostou à frente do departamento, o motor ligado, expelindo fumaça preta do escapamento. E, um minuto depois, lá estavam as meninas, em uniformes marrons, meias três-quartos e lenços atados, um bando delas, algumas com cestas de piquenique, marchando aos pares, seguidas por Von Schir ren. Quando elas subiram a bordo do ônibus, um brutamontes na esquina acenou com a cabeça para um carro estacionado do outro lado da rua, que, quando o ônibus partiu, entrou no tráfego diretamente atrás dele.

– Vá em frente – disse Kolb. – Mas mantenha distância.

Dirigiram-se para os limites da cidade, rumo leste em direção ao Oder, e rapidamente chegaram ao campo. De repente, um golpe do destino. Na cidade de Müncheberg, o carro da Gestapo parou num posto de gasolina, e dois homens corpulentos saíram para esticar as pernas.

– O que devo fazer? – perguntou Klemens.

– Siga o ônibus.

– Aquele carro logo vai alcançar o nosso.

– Só dirija – disse Kolb.

Um dia quente, e úmido. Clima irritante para Kolb; se tivesse de andar, suas cuecas já estariam pinicando. Ou seja, neste momento, ele não se importava com o que o outro carro faria.

Alguns minutos depois, um segundo golpe da sorte: o ônibus virou numa estradinha de terra. O coração de Kolb saltou. *É a minha chance.*

– Siga! – disse ele.

Klemens se manteve firme atrás do ônibus, um rastro de poeira exibindo seu avanço enquanto subia a colina perto do Oder. Logo parou. Klemens deu ré e estacionou o carro fora da estrada, num ponto onde as pessoas no ônibus não poderiam vê-los.

Kolb deu ao grupo alguns minutos para ir aonde quer que estivessem indo, e em seguida saiu do carro.

– Abra o capô – disse ele. – Você teve problemas com o motor; isso nos dará tempo.

Kolb caminhou pela estrada e logo ultrapassou o ônibus, mantendo uma boa distância dentro de um bosque de pinheiros. *Natureza*, pensou. Não gostava da natureza. Numa cidade, ele era um rato astuto à vontade num labirinto, mas aqui sentia-se nu e vulnerável e, sim, tinha razão quanto às suas cuecas. De um ponto de observação no alto do morro, pôde ver as *Deutscher Mädchen*, enxameando à beira de um pequeno lago. Algumas meninas desembalavam o piquenique, enquanto outras – os olhos de Kolb se arregalaram – despiam-se para nadar, nenhuma roupa de banho à vista. Elas gritavam quando corriam para dentro da água fria, molhando umas às outras, lutando, um festival de moças nuas. Toda aquela carne ariana adorável, alva, saltitando e tremelicando, livres e desimpedidas. Kolb não se fartava, e logo se viu mais do que ligeiramente desimpedido.

Von Schirren tirou os sapatos e as meias. Faria mais? Não, não tinha ânimo para nadar, ela andou em volta, olhando para o chão, para o lago, para os morros, às vezes com um pálido sorriso quando uma das *Mädchen* gritava para que ela se juntasse ao grupo.

Kolb seguiu seu caminho morro abaixo, escondendo-se de árvore em árvore. Por fim, chegou ao limite do bosque e se ocultou num arbusto. Von Schirren caminhou para junto do lago, parou por um tempo e em seguida moveu-se na direção dele. Quando ela estava a 3 metros de distância, Kolb olhou para fora do arbusto.

– Pssst.

Von Schirren, alarmada, fixou nele os olhos furiosos.

– Seu patife pervertido! Vá embora! Agora! Ou soltarei as garotas em cima de você.

Fique à vontade.

– Ouça-me com atenção, Von Schirren. Seu amigo Weisz arquitetou isso, e você vai fazer o que digo, ou vou embora e você nunca verá a mim ou a ele novamente.

Ela ficou, por um momento, sem fala.

– Carlo? Mandou você aqui?

– Sim. Você está saindo da Alemanha. Começa agora.

– Preciso pegar meus sapatos – disse ela.

– Diga à líder das meninas que não se sente bem e vai descansar no ônibus.

E assim, finalmente, gratidão nos olhos dela.

Galgaram a encosta, apenas pássaros quebravam o silêncio, e dardos de luz do sol iluminavam o chão da floresta.

– Quem é você? – perguntou ela.

– Seu amigo Weisz, na profissão dele, tem amplos contatos. Por acaso, eu sou uma das pessoas que ele conhece.

Passado um instante, ela disse:

– Sabe, estou sendo seguida, por todo lado.

– Sim, eu os vi.

– Suponho que não posso ir até minha casa, nem por um momento.

– Não. Estarão esperando por você.

– Para onde então?

– De volta a Berlim, para um sótão. Quente como o inferno. Onde vamos mudar sua aparência, comprei a peruca grisalha mais horrorosa. Tirarei seu retrato, revelarei o filme, e colocarei sua foto em seu novo passaporte, com seu novo nome. Depois disso, uma troca de carros e uma viagem de algumas horas até Luxemburgo, uma travessia de fronteira em Echternach. *Daí* em diante, você estará por sua conta.

Ultrapassaram o ônibus e desceram para a estrada. Klemens estava deitado de costas ao lado do táxi, as mãos entrelaçadas sob a cabeça. Quando os viu, levantou-se, bateu o capô, deslizou para o banco do motorista e deu partida no motor.

– Onde devo sentar? – perguntou ela, aproximando-se do carro.

Kolb deu a volta no táxi e abriu o porta-malas.

– Não é tão mau – disse ele. – Já fiz isso algumas vezes.

Ela entrou e se encolheu de lado.

– Quentinha e confortável? – perguntou Kolb.

– Você é bom nisso, não? – disse ela.

– Muito bom – disse ele. – Pronta?

– A razão pela qual perguntei, sobre ir à minha casa, é que minhas cadelas estão lá. Elas são muito queridas para mim, queria dizer adeus.

– Não podemos chegar nem perto de sua casa, Von Schirren.

– Perdoe-me – disse ela. – Não devia ter perguntado.

Não, não devia, pelo amor de Deus, cães. Mas a expressão nos olhos dela o tocou, e ele disse:

– Talvez você possa arranjar um amigo para levá-los a Paris.

– Sim, é possível.

– Pronta agora?

– Agora estou.

Kolb fechou o capô do porta-malas, e o pressionou até trancar.

11 de julho.

Passava das dez da noite no momento em que Weisz desceu de um táxi em frente ao Hotel Dauphine. A noite era morna, e a porta da frente era mantida aberta por um peso. Quietude no interior, Madame Rigaud sentada numa cadeira atrás do balcão, lendo o jornal.

– Então – disse ela, tirando os óculos –, o senhor voltou.

– Achou que eu não voltaria?

– Nunca se sabe – respondeu ela, repetindo o adágio francês.

– Há, talvez, uma mensagem para mim?

– Nenhuma, monsieur.

– Entendo. Muito bem, uma boa-noite, madame. Vou para a cama.

– Hum – disse ela, colocando os óculos e chacoalhando o jornal.

Ele estava no quarto degrau quando ela disse:

– Ah, Monsieur Weisz?

– Madame?

– Houve uma indagação. Uma amiga sua está hospedada conosco. E ela de fato perguntou, quando chegou, se o senhor estava aqui. Dei-lhe o quarto 47, na outra ponta do seu corredor. Tem vista para o pátio.

Após um momento, Weisz disse:

– Foi muita gentileza sua, Madame Rigaud, é um quarto agradável.

– Uma mulher muito culta. Alemã, creio. E nota-se que está ansiosa para vê-lo, talvez o senhor deva correr lá para cima, se me permite dizer.

– Sendo assim, que a senhora tenha uma ótima noite.

– Que tenhamos todos, monsieur. Todos nós.